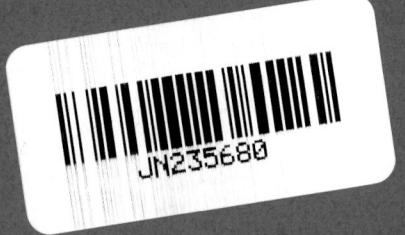

平安時代文学美術研究会編

平安時代文学美術語彙集成

◉【索引編】

COMPENDIUM OF ART HISTORICAL TERMS
IN HEIAN-PERIOD LITERATURE

笠間書院

【装画】　平松礼二　「路・ドーバーを望む」より

目次

語句索引

語句一覧

索引編　凡例

●語句索引は、五十音順に配置し、読み・語句（テキストの表記に従う）・分類番号・作品名・通し番号を付し、所在を示した。

●意匠や技法に関する具体的な様相が示されている場合に限って収集した語句があるため、総索引とは異なる。（本文編・凡例、参照）

●語句の読みについては、底本で相違がある場合、これを合わせて掲出した場合がある。（例／装束→さうぞく、しやうぞく　障子→しやうじ、さうじ）

●引用文中に当該語句はないが、話題にしていることが明らかな場合は、（　）に入れて当該語句に続いて掲出した。

●分類番号は、本文編凡例に列挙した19の分類項目の番号を示す。収集した語句が、複数の項目に該当する場合は、重複して分類番号を付した。

●通し番号は、本文編の各引用文に付された番号で、この番号が当該語句の所在を示している。各作品ごとの通し番号であるが、源氏物語・宇津保物語は巻ごとに、堤中納言物語は各作品ごとに付してある。

●語句一覧は、語句索引に掲出した語句を、19の分類項目ごとに一覧したものである。各項目内の配列は五十音順とした。

●分類項目のうち、1・絵、3・屏風絵、5・障子、7・扇、8・工芸、10・装身具、11・衣装、に該当する箇所で、主題・題材（モチーフ）にかかわる語句には、M記号を付した。たとえば、屏風絵の主題としての「子の日」や、衣装に刺繍された題材（モチーフ）としての「唐草」などである。

●語句索引掲出例

読み	語句	分類番号	作品	通し番号
ぜじやう	軟障	06	蜻蛉日記	29
			源氏・須磨	17
			源氏・玉鬘	3・4
			源氏・藤裏葉	9
（ぜじやう）	（軟障）	06	源氏・玉鬘	5
せちゑ	節会	01 M	源氏・絵合	30

語句索引

あ

あ

あうむ	鸚鵡	08	栄花物語	259•267•317
		08 M	古今著聞集	87
あかいとげ	赤糸毛	12	宇津保・国譲下	27
あかぎぬ	赤衣	11	栄花物語	44•91
			枕草子	262•268•304
あかぎぬすがた	赤衣姿	11	源氏・澪標	1
あかけさ	赤袈裟	11	枕草子	209
あかのぐ	閼伽の具	15	源氏・鈴虫	2
あかのたな	閼伽の棚	13	源氏・鈴虫	8
		15	源氏・鈴虫	8
あかひも	赤紐	08	栄花物語	125
			枕草子	119•121•122
		11	栄花物語	507
			讃岐典侍日記	63
あかりしやうじ	明障子	05	宇治拾遺物語	33
			古今著聞集	69•254•255•256•259•260•261
あき	秋	06 M	栄花物語	362
あきのくさ	秋の草	11 M	とりかへばや	15
あきのくさむら	秋の草むら	11 M	紫式部日記	17
あきのの	秋の野	01 M	枕草子	164
		07 M	狭衣物語	190
		08 M	宇津保・楼の上上	26
		11 M	大鏡	90
あきのはな	秋の花	14	宇津保・俊蔭	5
			源氏・野分	1
あきのはやし	秋の林	14	宇津保・吹上上	1
あきやま	秋山	08 M	宇津保・内侍のかみ	35
あく	幄	06	今昔物語集	447
		13	宇津保・国譲中	25
あけぎぬ	緋衣	11	宇津保・菊の宴	9
あげばり	幄、幄舎	06	宇津保・吹上下	5•8
			栄花物語	327
			今昔物語集	56
		13	宇津保・俊蔭	19
			宇津保・春日詣	5•9
			枕草子	318
		14	宇津保・俊蔭	19
			栄花物語	327
あげまき	総角	08	栄花物語	550
			枕草子	248
あこめ	衵	11	今鏡	48
			宇津保・春日詣	13
			宇津保・祭の使	22
			宇津保・吹上上	8
			宇津保・あて宮	1

			宇津保・蔵開上	37•59
			宇津保・蔵開下	4
			栄花物語	122•182•429•471•545
			落窪物語	12•64
			大鏡	85
			源氏・葵	19
			源氏・絵合	35•37
			源氏・朝顔	9
			源氏・少女	21
			源氏・蛍	6
			源氏・野分	6
			源氏・若菜下	2•6
			古今著聞集	113
			今昔物語集	374•399•436•452
			更級日記	12
			堤・花桜折る少将	3
			堤・ほどほどの懸想	1
			堤・貝あはせ	3
			とりかへばや	7
			枕草子	13•275•286•330
			紫式部日記	71
			夜の寝覚	9
あこめのおほんぞ	衵の御衣	11	栄花物語	332
あこやのたま	あこやの玉	08	宇治拾遺物語	78
あさうづ	あさうづ	02	更級日記	25
あさがほ	朝顔	14	源氏・朝顔	3
			源氏・野分	7
（あさごろも）	（麻衣）	11	大鏡	84
あさぢ	浅茅	14	源氏・蓬生	2
			枕草子	168
あさゆひ	麻結	08	宇津保・吹上上	18
あしがき	葦垣	14	源氏・浮舟	7•25
あしたづ	葦鶴	08 M	古今著聞集	275
あしづ	あしづ	08	今鏡	32
あしで	葦手、芦手	01	源氏・梅枝	13•19
		16	今鏡	125
			宇津保・蔵開中	15•23
			宇津保・国譲上	16
			宇津保・国譲中	11
			栄花物語	127•492•511•534•550
			源氏・梅枝	13•19
			古今著聞集	67
			紫式部日記	75
		08 M	栄花物語	127
あしのおひざま	葦の生ひざま	01 M	源氏・梅枝	19
あしびたくや	葦火たく屋	02	狭衣物語	139
あじやり	阿闍梨[義清]	17	今昔物語集	411
あじろ	網代	12	落窪物語	60

			源氏・宿木	34
			枕草子	42•377
		03 M	宇津保・菊の宴	13
			蜻蛉日記	22
あじろぐるま	網代車	12	落窪物語	41
			蜻蛉日記	35
			とりかへばや	35
あじろのおほんくるま	網代の御車	12	栄花物語	72
あじろびやうぶ	網代屏風	04	蜻蛉日記	31
			源氏・椎本	1
			源氏・東屋	22
			源氏・浮舟	10
			堤・よしなしごと	4
			枕草子	136
あそびもの	遊物	08	栄花物語	184
			大鏡	52
			源氏・若紫	20
			源氏・若菜上	1
あだなるをとこ	あだなる男	02	源氏・若菜下	15
あつぎぬ	あつぎぬ	11	古今著聞集	96
あづまぎぬ	東絹	08	宇津保・俊蔭	24
			源氏・東屋	4
あづまや	東屋	13	枕草子	335
あと	跡	16	源氏・梅枝	8
			源氏・若菜上	38
			源氏・幻	15
			源氏・橋姫	16
			狭衣物語	5•304
あなうらをむすぶ	蹠を結ぶ	01 M	栄花物語	281
あは	粟	08	三宝絵	20•21
あはせ	袷	11	落窪物語	5
			源氏・夕顔	13
			源氏・椎本	17
			源氏・宿木	17
あはせのきぬ	袷の衣	11	落窪物語	82
			とりかへばや	45
あはたやま	粟田山	03 M	蜻蛉日記	22
あふぎ	扇	01	栄花物語	160
			源氏・紅葉賀	7
			源氏・花宴	1•2
			狭衣物語	51•92•122•190•219•288
			とりかへばや	22
			枕草子	33•232•280•296
			紫式部日記	73
		02	今鏡	47
			大鏡	37
		05	宇津保・祭の使	10
		07	和泉式部日記	7

あ

				161・162・172・190・193・212・219・220・228・234・259・288・289・290・297・306・310・312
			讃岐典侍日記	6・7・44
			更級日記	55
			竹取物語	1
			堤・はなだの女御	3
			堤・花桜折る少将	4
			堤・虫めづる姫君	4・5
			堤・このつゐで	8
			とりかへばや	2・5・12・19・22・36・39・56
			浜松中納言物語	19・32・47・62・64・68・74・75・84
			枕草子	33・35・44・51・57・58・71・77・78・93・116・126・141・148・195・232・239・261・263・264・280・296・309・312・332・378
			紫式部日記	5・14・18・23・24・28・43・44・45・46・54・70・72・73・74
			大和物語	5・8
			夜の寝覚	8・23・25・35・39・45・46・49・50・55・57・64
		16	栄花物語	99・167・490・495・523
			源氏・夕顔	4
			源氏・紅葉賀	7
			源氏・鈴虫	5
			源氏・幻	11
			今昔物語集	360
			狭衣物語	49・50・53・54・71・87・89・92・101・122・124・190・220・288・289・306
			堤・虫めづる姫君	4
			堤・このつゐで	8
			とりかへばや	22
			枕草子	93・280
			紫式部日記	23
（あふぎ）	（扇）	07	古今著聞集	123
			枕草子	49
		16	古今著聞集	123
あふぎがみ	扇紙	07	今鏡	64
あふぎのほね	扇のほね	07	讃岐典侍日記	19
あふぎひき	扇ひき	07	讃岐典侍日記	44・45
あふぎびやうし	扇拍子	07	宇津保・蔵開下	7
あふこ	朸	08	宇津保・国譲中	46
			宇津保・国譲下	12

あふちのはな	楝の花	08	枕草子	65
あふひ	葵	08	堤・ほどほどの懸想	3
			枕草子	40
あふひ	葵［紋］	11	枕草子	366
あぶみ	鐙	12	宇津保・吹上上	19
あべのおほし	阿部のおほし	02	源氏・絵合	18
あま	海人	01 M	源氏・絵合	10
		08 M	宇津保・祭の使	17
あまがつ	天児	08	栄花物語	245
			源氏・若菜上	32
あまのり	甘海苔	08 M	宇津保・蔵開下	14
あみ	網	08	栄花物語	317
あみだ	阿弥陀	15	栄花物語	174
	阿弥陀［法成寺］		栄花物語	553
	阿弥陀		今昔物語集	67•69
	阿弥陀［九体］		狭衣物語	251
	阿弥陀	15 M	栄花物語	322
（あみだ）	（阿弥陀）	15	今鏡	12
あみだきやう	阿弥陀経	02	栄花物語	321
			落窪物語	82
			源氏・鈴虫	3
		09	源氏・鈴虫	3
あみだだう	阿弥陀堂［無量寿院］	13	栄花物語	223•230•231
（あみだによらい）	（阿弥陀如来）	15	大鏡	91
あみだのさんぞん	阿弥陀の三尊	15	栄花物語	449•454•564
あみだのゑざう	阿弥陀の絵像	15	今昔物語集	200
あみだぶつ	阿弥陀仏	15	古今著聞集	28•34
			今昔物語集	68•70•71•180•194•195•230•251•268•336
			浜松中納言物語	59
あみだほとけ	阿弥陀仏	15	栄花物語	242•419
			源氏・若紫	7
			源氏・鈴虫	2
	阿弥陀ほとけ［三尺］		古本説話集	1
	阿弥陀仏［丈六］		古本説話集	29
	阿弥陀仏		狭衣物語	311
	阿弥陀仏［丈六］		更級日記	60
	阿弥陀仏		紫式部日記	89
あめ	雨	01 M	枕草子	278
		07 M	枕草子	280
あめうし	黄牛	08	宇津保・蔵開下	35
		08 M	宇津保・菊の宴	26
あめわかみこ	天稚御子	02	狭衣物語	6•18•19•21•24•57•96•

				148
		01 M	狭衣物語	58
あや	文	01	栄花物語	84
あや	綾	06	栄花物語	101
		08	宇津保・蔵開上	13
			栄花物語	310
			源氏・須磨	9
			源氏・梅枝	2
			源氏・若菜上	24
			源氏・若菜上	28
			源氏・横笛	1
			源氏・宿木	12
			紫式部日記	26
		11	宇津保・国譲中	37
			栄花物語	21•109•158•253•361•417
			落窪物語	23•34•58•74•81
			源氏・空蟬	2
			源氏・須磨	11
			源氏・藤裏葉	4
			源氏・橋姫	12
			源氏・宿木	16
			源氏・東屋	21
			源氏・手習	1•18
			今昔物語集	351
			堤・虫めづる姫君	3
			枕草子	55•94•148•303•325
			紫式部日記	99
			大和物語	12
あやうすもの	綾薄物	11	栄花物語	313
あやおり	綾織	17	栄花物語	248•250•426
あやおりもの	綾織物	11	栄花物語	224•250
			狭衣物語	175
			枕草子	80•112
あやかいねり	綾掻練	08	宇津保・蔵開上	24
		11	宇津保・蔵開下	8
あやにしき	綾錦	08	栄花物語	225
あやのもん	綾の紋	11	枕草子	80•366
			紫式部日記	24
あやひがき	綾檜垣	13	今昔物語集	454
あやべのうちまろ	あやべの内麻呂	17	竹取物語	12
あやめ	菖蒲	08	栄花物語	86
		14	狭衣物語	13
あやめ	文目	11	源氏・竹河	7
あやめのは	菖蒲の葉	08	枕草子	65
あやゐがさ	綾藺笠	10	古本説話集	97
			今昔物語集	256
あらうみ	荒海	01 M	源氏・帚木	8
あらうみのかた	荒海のかた	05 M	枕草子	20

あらうみのしやうじ	荒海の障子	01	古今著聞集	147
		05	古今著聞集	147
あらたうち	新田打ち	07 M	狭衣物語	122
あらばたけ	荒畠	14	枕草子	200
あられぢ	あられ地[紋]	11	源氏・行幸	9
			枕草子	366
あられふるらしといふうた	あられふるらし、といふ歌	11 M	栄花物語	550
ありはらのなりひらのちうじやう	在原業平中将	02	土佐日記	4
ありふさ	有房	17	古今著聞集	151
あを	襖	11	宇治拾遺物語	41•66
			宇津保・蔵開上	13
			宇津保・国譲下	8•12•13
			栄花物語	139•218
			源氏・関屋	2
			古本説話集	97
			今昔物語集	278•327•328•345•456
			更級日記	57
			とりかへばや	15
			枕草子	165•174
あをがみ	青紙	08	宇津保・あて宮	8
あをし	襖子	11	宇津保・蔵開下	17
あをじ	青瓷	13	宇津保・楼の上上	32
あをずり	青摺	08	栄花物語	125•507
		11	源氏・幻	12
			とりかへばや	10
			枕草子	121•257
あをのり	青海苔	08 M	宇津保・蔵開下	14
あをばかま	襖袴	11	宇治拾遺物語	79
あをやぎ	青柳	01 M	栄花物語	540

い

いかけぢ	沃懸地	08	今昔物語集	322
いがたうめ	伊賀たうめ	02	源氏・東屋	23
いがのたをめ	伊賀のたをめ	02	三宝絵	3
いけ	池	08	栄花物語	540
		14	今鏡	101
			宇津保・俊蔭	4•5
			宇津保・嵯峨の院	4
			宇津保・祭の使	9
			宇津保・蔵開中	26
			宇津保・蔵開下	53
			宇津保・国譲上	15
			宇津保・国譲中	13
			宇津保・楼の上上	20
			宇津保・楼の上下	11•30
			栄花物語	16•39•66•90•214•216•

				259•289•290•293•317•327•339•351•357•492•530•532•534•543•590•596•601
			落窪物語	94
			大鏡	30
			源氏・桐壺	8
			源氏・夕顔	14
			源氏・若紫	21
			源氏・朝顔	8
			源氏・少女	16•17
			源氏・胡蝶	2•4
			源氏・藤裏葉	3•9
			源氏・若菜下	21
			源氏・橋姫	1
			今昔物語集	353
			狭衣物語	1•13•68•74•95•179
			更級日記	51
			堤・はなだの女御	1
			浜松中納言物語	23•51
			枕草子	219•222•382
			紫式部日記	1•27•49•58•92
			夜の寝覚	2
		03 M	宇津保・菊の宴	13
		11 M	栄花物語	513
いけのふぢなみ	池の藤浪	11 M	栄花物語	550
いけやま	池山	14	今鏡	20
いさご	砂、砂子	08	宇津保・吹上上	25
		14	今昔物語集	291•305•380
		08 M	宇津保・吹上下	4
		11 M	狭衣物語	174
いさりび	漁火	03 M	蜻蛉日記	22
いし	椅子	08	今鏡	50
			宇津保・楼の上下	27
			源氏・若菜上	7•24
いし	石	08	宇津保・あて宮	9
		14	伊勢物語	10
			宇津保・祭の使	13
			栄花物語	216
			源氏・胡蝶	4
			源氏・竹河	8
			源氏・東屋	10
			今昔物語集	284•380
			浜松中納言物語	4
			夜の寝覚	34
		01 M	源氏・梅枝	19
		08 M	栄花物語	492•493
いしずゑ	礎	13	更級日記	6

いしだて	石立て	14	今鏡	73・137
いしのおび	石の帯	10	今鏡	133
いしのざう	石の象	15	今昔物語集	121
いしやう	衣装	11	宇津保・祭の使	24・26
（いしやう）	（衣装）	11	今鏡	91
			宇津保・吹上下	14
			今鏡	120
			栄花物語	7・14・74・110・191・315・340・343・392・412・430・453・475・520・529・531・532・547・564・576・584・585・587・590・593・605
			落窪物語	2・17
			蜻蛉日記	38
			源氏・末摘花	17
			源氏・葵	20
			源氏・澪標	4
			源氏・松風	6
			源氏・少女	2・3・9・14
			源氏・玉鬘	15
			源氏・初音	2・3・6・13
			源氏・胡蝶	5
			源氏・野分	9
			源氏・藤裏葉	10
			源氏・若菜上	26
			源氏・若菜下	1・26
			源氏・柏木	5
			源氏・御法	5
			源氏・幻	1
			源氏・竹河	6
			源氏・総角	9・26・38・42
			源氏・宿木	14
			源氏・浮舟	11
			源氏・蜻蛉日記	3
			源氏・手習	14・18
			古今著聞集	50・140・173
			今昔物語集	438
			狭衣物語	22・28・169・231・287
			更級日記	44
			篁物語	5
			堤・ほどほどの懸想	2
			堤・貝あはせ	8
			堤・思はぬ方に	5
			とりかへばや	20
			浜松中納言物語	33・42・60・63・69・70
			枕草子	5・6・113・114・178・180・194・201・212・228・347
			紫式部日記	28・33・77・94

い

			大和物語	6・7
			夜の寝覚	2
いせ	伊勢	17	栄花物語	571
いせしふ	伊勢集	02	大鏡	22
いせのうみといふさい	伊勢海といふ	02	栄花物語	492
ばら	催馬楽	08 M	栄花物語	492
いせものがたり	伊勢物語	02	大鏡	2
			源氏・絵合	23
		01 M	源氏・絵合	23
いそ	磯	01 M	源氏・須磨	9
			源氏・絵合	41
いた	板	13	枕草子	54
いたがき	板垣	14	源氏・蓬生	11
いだしあこめ	出袙	11	宇治拾遺物語	64
			今昔物語集	456
いだしうちき	出袿	11	和泉式部日記	11
			栄花物語	493・575
			今昔物語集	384・399
			枕草子	3
いたじき	板敷	13	栄花物語	242・282
			今昔物語集	306・380
いだしぎぬ	出衣	11	狭衣物語	39
			讃岐典侍日記	27
		12	今昔物語集	458
(いだしぎぬ)	(出衣)	11	今鏡	56
			栄花物語	67・157・187・276・354・433・569
			源氏・初音	15
			源氏・真木柱	7
			源氏・若菜上	43
			古今著聞集	225
			狭衣物語	187・232
			讃岐典侍日記	60・61
			更級日記	45
			とりかへばや	11
			枕草子	22・23・85・86・151・154・286
			紫式部日記	7・67
いだしぐるま	出車	12	今鏡	31・33
			栄花物語	305・471・488
			落窪物語	67・68
			大鏡	37・42・43
			源氏・賢木	2
			源氏・宿木	34
			今昔物語集	457
			狭衣物語	168・170・173・182
			とりかへばや	50
(いだしぐるま)	(出車)	12	宇津保・蔵開下	20

			栄花物語	15•252•276•325•342•572•575
			大鏡	42•70
			源氏・葵	2•3•6
			源氏・関屋	1
			源氏・若菜下	4
			狭衣物語	178
			枕草子	52•135•276•315•346
いたど	板戸	13	宇津保・祭の使	29
いたひがき	板檜垣	14	狭衣物語	167
いたぶき	板葺	13	源氏・蓬生	3
いたま	板間	13	枕草子	381
いたや	板屋	13	宇津保・国譲中	13
			源氏・夕顔	10
			源氏・賢木	1
			今昔物語集	291
			更級日記	34
			枕草子	175•221•288
		14	源氏・賢木	1
(いちじやう)	(一丈)	15	打聞集	41
いちまんさんぜんのほとけ	一万三千の仏	15	三宝絵	71
いちまんさんぜんぶつ	一万三千仏	15	三宝絵	70
いつさいきやう	一切経	02	今鏡	24•39•98
			栄花物語	222
			枕草子	326
(いつしやく)	(一尺)	15	古本説話集	88
いつつ	五つ	11	栄花物語	414
いつつぎぬ	いつつ絹	08	宇津保・忠こそ	8
いつへあふぎ	五重扇	07	夜の寝覚	6
いつへがさね	五重襲	11	宇津保・国譲下	24
いつへのおほんぞ	五重の御衣	11	栄花物語	480
いづみ	泉	14	栄花物語	563
			源氏・少女	17
		03 M	蜻蛉日記	22
いづもむしろ	出雲筵	08	枕草子	205
いと	糸	08	宇津保・俊蔭	8
			宇津保・祭の使	22
			宇津保・吹上上	18•21
			宇津保・吹上下	8
			宇津保・菊の宴	25
			栄花物語	364•372•373•513•550•552•560
			落窪物語	84
			今昔物語集	36•334•427•442
			枕草子	41•63•115
			紫式部日記	24
		15	今昔物語集	202

い

いとげ	糸毛	08	宇津保・蔵開下	35
		12	宇津保・春日詣	2
			宇津保・嵯峨の院	42
			宇津保・菊の宴	11
			宇津保・あて宮	5
			宇津保・蔵開下	15•21
			宇津保・国譲中	23
			宇津保・国譲下	26
			宇津保・楼の上上	26
			宇津保・楼の上下	28•29
			栄花物語	506•525
			源氏・宿木	34
			狭衣物語	170
			紫式部日記	62
いとげのおほんくるま	糸毛の御車	12	栄花物語	5•62•116•151•443
いとげのくるま	糸毛の車	12	宇津保・蔵開中	32
			宇津保・国譲下	28
いなば	稲葉	14	狭衣物語	250
いにしへのうたよみの いへいへのしふども	古の歌よみの 家々の集ども	02	栄花物語	117
いぬ	犬	01 M	古今著聞集	187
いぬふせぎ	犬防	13	栄花物語	281
いね	稲	03 M	宇津保・菊の宴	13
いは	岩、石	14	宇津保・祭の使	13
			宇津保・国譲上	15
			宇津保・楼の上上	19
			狭衣物語	250
			とりかへばや	14
			浜松中納言物語	5
			紫式部日記	27
		03 M	宇津保・菊の宴	13
		08 M	古今著聞集	279
		11 M	大鏡	103
いはいし	巌石	08 M	古今著聞集	278
いはかげ	岩蔭	14	源氏・胡蝶	4
いはつつじ	岩躑躅	14	源氏・少女	17
いはほ	巌	14	栄花物語	530
			源氏・少女	17
		01 M	栄花物語	13
		08 M	源氏・少女	22
			古今著聞集	67
いはほいし	巌石	14	栄花物語	357
いはゐのしみづ	岩井の清水	14	古本説話集	25
いはんき	為範記	02	古今著聞集	286
いひ	飯	08	宇津保・国譲中	6
いひむろのあざり	飯室の阿闍梨	17	栄花物語	347
いひむろのそうじやう じおん	飯室の僧正慈 恩	01 M	今鏡	59

いへ	家	13	伊勢物語	11•13
			大鏡	15
			源氏・手習	5
			狭衣物語	8
			堤・はいずみ	1
			枕草子	221•270•272
		14	伊勢物語	11•13
		01 M	大鏡	62
			古今著聞集	134
		03 M	宇津保・菊の宴	13•13
			落窪物語	93
			蜻蛉日記	22
			今昔物語集	314
いへのき	家の記	02	宇津保・蔵開上	61
いへのしふ	家集	02	宇津保・蔵開上	62
いへゐ	家居	01 M	源氏・帚木	8
いほり	庵	13	宇治拾遺物語	75
いまだいり	今内裏	13	枕草子	285
いまめきたるすぢ	今めきたる筋	16	宇津保・内侍のかみ	9
いまめきのちゆうじやう	いまめきの中将	02	三宝絵	3
いまやうのて	今様の手	16	狭衣物語	123
			堤・ほどほどの懸想	5
いもうとにきんおしへたるところ	妹に琴教へたるところ	01 M	源氏・総角	35
いもじ	鋳師、鋳物師	17	宇津保・国譲中	33
			宇津保・吹上上	2
			今昔物語集	467•468•469
いよす	伊予簾	06	枕草子	36•221
いよすだれ	伊与簾	06	今昔物語集	291
		12	宇津保・藤原の君	13
いよのにふだう	伊予の入道	17	古今著聞集	189
いりえ	入江	14	源氏・明石	2
			源氏・胡蝶	4
いりかたびら、いれかたびら	入帷子	08	宇津保・内侍のかみ	34
			栄花物語	100
			紫式部日記	25
いろかは	色革	08	伊勢物語	18
いろごのみ	色好み	02	源氏・若菜下	15
いろどり	色どり	01	源氏・末摘花	23
いゐん	伊尹	05 M	古今著聞集	142
いを	魚	08	宇津保・蔵開上	29
		16	宇津保・吹上上	6
		01 M	源氏・帚木	8
		08 M	宇津保・吹上上	6
いをのものがたり	いをの物語	02	枕草子	91
いんみやう	因明	02	今鏡	67

う

うきくさ	浮草	14	枕草子	219
うきはし	浮橋	13	宇津保・祭の使	9
		14	宇津保・祭の使	9•22
うきふねのをんなぎみ	浮舟の女君	02	更級日記	26•40•53
うきもん	浮文、浮紋	11	栄花物語	80•129•160•376•423
			源氏・葵	4
			源氏・若菜下	6
			枕草子	146
			紫式部日記	80
うぐひす	鶯	08	源氏・初音	1
		16	宇津保・吹上上	6
		08 M	宇津保・吹上上	6
うげん	繧繝	08	堤・よしなしごと	3
うげんばし	繧繝縁	08	枕草子	219
うし	牛	12	栄花物語	75
		01 M	古本説話集	44
うしほ	潮	08 M	栄花物語	13
うしほのみづ	潮の水	14	今昔物語集	321
うず	雲珠	12	狭衣物語	168
うすききぬ	薄き衣	11	狭衣物語	17
うすごろも	薄衣	11	源氏・空蟬	7
うすずみ	薄墨	16	源氏・少女	12
			とりかへばや	31
うすずみごろも	薄墨衣	11	源氏・葵	10
うすずみぞめ	薄墨染	11	狭衣物語	274
うすだん	薄緂	08	栄花物語	310
			源氏・若菜上	28
		16	源氏・若菜上	28
うすつ	烏瑟	15	栄花物語	285•338
うすもの	薄物、羅	06	栄花物語	59•492
		08	宇津保・吹上上	11
			宇津保・楼の上上	26
			栄花物語	361•524
			落窪物語	84•107•108
			今昔物語集	436
		11	今鏡	87
			宇津保・沖つ白波	5
			栄花物語	253•414•415•496•538•550
			落窪物語	58•84
			源氏・空蟬	3
			源氏・夕顔	8
			源氏・少女	21
			源氏・蛍	6
			源氏・野分	9
			源氏・若菜下	12

			源氏・横笛	2
			源氏・蜻蛉日記	11•19
			狭衣物語	25•64•281
			枕草子	48•52•207•320•324
うすやう	薄様	08	今鏡	26•121•122
			宇治拾遺物語	64
			宇津保・蔵開上	20•31•34•55
			宇津保・蔵開中	31
			宇津保・楼の上上	11•14
			宇津保・楼の上下	19
			栄花物語	88•474
			蜻蛉日記	47
			源氏・明石	6
			源氏・少女	13
			源氏・蛍	3
			源氏・野分	13
			源氏・真木柱	2
			源氏・若菜上	15
			源氏・若菜下	23
			源氏・浮舟	1•19•21
			古今著聞集	72•73•74•82•83•103• 132•227•284•288•305
			古本説話集	21
			今昔物語集	310•399
			狭衣物語	83
			堤・花桜折る少将	5
			とりかへばや	46
			浜松中納言物語	42
			枕草子	91•116•140•185•235• 239•279•307•367
			紫式部日記	56
			夜の寝覚	37
		11	栄花物語	558
		16	今鏡	26
			宇津保・楼の上上	14
			栄花物語	474
			蜻蛉日記	47
			源氏・明石	6
			源氏・少女	13
			源氏・蛍	3
			源氏・野分	13
			源氏・真木柱	2
			源氏・浮舟	19
			今昔物語集	310
			狭衣物語	83
			枕草子	91•140•185•235•239• 279•307
うた	歌	07 M	大鏡	53

うたのこころばへ	歌の心ばへ	01 M	栄花物語	538
うたまくら	歌枕	07 M	大鏡	53
うたものがたり	歌物語	02	栄花物語	201
うたゑ	歌絵	01	栄花物語	53•540•550
			大鏡	28
			源氏・梅枝	13
			古今著聞集	173
		16	源氏・梅枝	13
うち	内裏[冷泉帝]	17	源氏・若菜上	28
うちあこめ	打衵	11	古今著聞集	48
うちあはせ	打袷	11	宇津保・楼の上上	27
			宇津保・楼の上下	1•34
			落窪物語	58
うちいだし	打出	11	大鏡	41
（うちいだし）	（打出）	11	栄花物語	491
うちいで	打出	11	今鏡	31•51•53
			栄花物語	308•432•568
うちいでのころも	うちいでの衣	11	今鏡	36
うちいでのたち	打出の太刀	10	今昔物語集	327•348•414
うちかけ	うちかけ	11	讃岐典侍日記	29
うちかりばかま	打狩袴	11	今昔物語集	431
うちき	袿	11	宇津保・俊蔭	17
			宇津保・藤原の君	24
			宇津保・春日詣	10•18
			宇津保・吹上上	8•21
			宇津保・菊の宴	20
			宇津保・内侍のかみ	16
			宇津保・沖つ白波	7•10
			宇津保・蔵開上	7•13•22•27•28•29•36•37•56•59
			宇津保・蔵開中	3
			宇津保・蔵開下	10•26
			宇津保・国譲中	3
			宇津保・国譲下	8•12•13•24
			宇津保・楼の上上	2•9•11•12•13•27
			宇津保・楼の上下	1•13•16•24•25•33•34
			栄花物語	99•105•109•188•195•204•243•358•361•417
			落窪物語	33•58•74•81
			蜻蛉日記	34•46
			源氏・末摘花	8
			源氏・玉鬘	19
			源氏・初音	8
			源氏・宿木	38
			源氏・手習	24
			今昔物語集	261
			狭衣物語	286
			堤・虫めづる姫君	3

			堤・貝あはせ	6
			堤・はなだの女御	2
			とりかへばや	3•19
			浜松中納言物語	42•74
			枕草子	131
			紫式部日記	22•44•45•47•80•95•97
			大和物語	4•9
			夜の寝覚	8•25•45•63
うちぎき	打聞	02	枕草子	298
うちきすがた	袿姿	11	源氏・松風	4
			源氏・若菜上	44
			源氏・総角	12
			枕草子	96
うちぎぬ	打衣	11	今鏡	31•32
			栄花物語	139•493•581
			今昔物語集	431
うちしき	打敷	08	宇津保・吹上上	5
			宇津保・あて宮	8
			宇津保・蔵開上	15
			宇津保・楼の上上	31
			源氏・絵合	34•36
			源氏・宿木	33
			古今著聞集	173•278•283
うぢしふゐのものがたり	宇治拾遺の物語	02	宇治拾遺物語	3
うぢだいなごんものがたり	宇治大納言物語	02	宇治拾遺物語	1
うちつくり	うちつくり	17	讃岐典侍日記	56
うちどの	打殿、擣殿	17	栄花物語	478
			源氏・玉鬘	16
うぢどののぎよき	宇治殿の御記	02	古今著聞集	228
うぢのあじろ	宇治の網代	05 M	古今著聞集	147
うちのおほいどののひめぎみ	内の大い殿の姫君	02	栄花物語	532
うちのおほんめのと	内の御乳母	17	栄花物語	495
うぢのさふのぎよき	宇治の左府の御記	02	古今著聞集	9•129
うぢのだいしやう	宇治の大将	02	更級日記	26
うぢのみやのむすめ	宇治の宮のむすめ	02	更級日記	53
うちは	団扇、打輪	07	宇治拾遺物語	1
			宇津保・国譲中	28•42
			栄花物語	417•561
			今昔物語集	104
			狭衣物語	15
			とりかへばや	23•37
			浜松中納言物語	6•8•11•14•19
		08 M	栄花物語	561

うちばかま	打袴	11	今鏡	32
			宇津保・春日詣	6
			宇津保・吹上上	13
			栄花物語	535
うぢはし	宇治橋	13	今鏡	16
うちまつ	打松	14	源氏・篝火	1
うちもの	打物、擣物	11	栄花物語	108•546
			源氏・玉鬘	16
			狭衣物語	175
			紫式部日記	39•45
うづえ	うづえ	03 M	栄花物語	198
うづき	四月	03 M	今昔物語集	314
うつし	移	12	今昔物語集	408
うつしのくら	移の鞍	12	宇治拾遺物語	28
うつせがひ	うつせ貝	08 M	堤・貝あはせ	9
うつせみ	空蟬	16	宇津保・祭の使	3
うづち	卯槌	08	源氏・浮舟	5•6
			枕草子	34•108•116•201
うつは	器	08	大鏡	36
			古今著聞集	268
うつはもの	器、器物	08	今昔物語集	6•174•219•259•358•420•455
			三宝絵	58
		08 M	今昔物語集	281
うつほ	宇津保	02	源氏・蛍	17
			枕草子	255
うつほのとしかげ	宇津保の俊蔭	02	源氏・絵合	15
		09	源氏・絵合	15
		01 M	源氏・絵合	15
うつぼのものがたり	うつぼの物語	02	浜松中納言物語	20
うづゑ	卯杖	08	枕草子	89•108•209
うてな	台	08	宇津保・俊蔭	11
			宇津保・藤原の君	17
			宇津保・忠こそ	6
			宇津保・春日詣	17
			宇津保・吹上上	5
		13	本朝神仙伝	1
うどんげ	優曇花	08	栄花物語	560
うねべ	うねべ［大和物語］	02	枕草子	62
うねめ	釆女	15	栄花物語	259
		01 M	栄花物語	259
うのはな	卯花	14	源氏・少女	17
		08 M	古今著聞集	173
うはおそひ	うはおそひ	11	枕草子	13
うはぎ	表着	11	今鏡	31•32•96
			栄花物語	54•59•108•109•376•391•418•426•432•467•478•

				481•483•485•506•512•535•540•542•546•548•550•557•558•581•602
			源氏・末摘花	8•19
			今昔物語集	377
			狭衣物語	158•174•182•210
			とりかへばや	40
			枕草子	52•315•361
			紫式部日記	16•22•44•45•47•71•79
			夜の寝覚	9
うはざし	うはざし	11	今鏡	31
うぶね	鵜船	01 M	栄花物語	13
うぶや	産屋	13	宇津保・国譲中	10
うへおりもの	上織物	11	とりかへばや	45
うへのおほんぞ	上の御衣、表の御衣	11	今鏡	93
			宇津保・菊の宴	12
			大鏡	88
			源氏・葵	23
			源氏・真木柱	5
うへのきぬ	上の衣、袍	11	伊勢物語	4
			宇津保・春日詣	4
			宇津保・吹上上	13
			宇津保・あて宮	1•16
			宇津保・蔵開上	37
			宇津保・国譲下	12
			栄花物語	145•361•364•471•577
			源氏・澪標	1
			源氏・行幸	1
			源氏・若菜下	2•4
			今昔物語集	361•419
			讃岐典侍日記	54
			枕草子	4•67•73•75•158•286•338
うへのはかま	上の袴、表の袴	11	宇津保・吹上上	13
			宇津保・菊の宴	12•14
			宇津保・あて宮	1
			宇津保・蔵開上	37•58•59
			宇津保・蔵開中	7
			宇津保・蔵開下	4•33
			宇津保・国譲下	24
			宇津保・楼の上下	32
			栄花物語	331•545
			蜻蛉日記	42
			源氏・葵	1•4
			源氏・若菜下	6
			今昔物語集	452
			狭衣物語	174
			枕草子	292
			夜の寝覚	9

うま、むま	馬	08	宇津保・吹上上	29•31
			宇津保・蔵開下	40
			今昔物語集	301
		12	栄花物語	185
		01 M	栄花物語	259
			古今著聞集	134•153•177
		03 M	蜻蛉日記	22
		05 M	古今著聞集	151
		08 M	宇津保・吹上上	18
			栄花物語	586
うまがた	馬形	01 M	古今著聞集	152
		05 M	古今著聞集	149•151
うまくら	馬鞍	12	狭衣物語	294
うまのかた	馬のかた	05 M	枕草子	136
うまば	馬場	14	栄花物語	351
うまばのおとど、むまばのおとど	馬場のおとど	13	栄花物語	351
			源氏・少女	17
		14	源氏・少女	17
うみ	海	01 M	狭衣物語	309
		08 M	宇津保・吹上上	18
			宇津保・内侍のかみ	35
うみかた	海形	08	宇津保・国譲中	9
うめ	梅	08	伊勢物語	15
			源氏・若菜上	13
		14	落窪物語	56
			源氏・若菜下	28
			源氏・匂兵部卿	1
			源氏・竹河	2
			狭衣物語	269
			讃岐典侍日記	58
			更級日記	33•45
			枕草子	95
			夜の寝覚	34
		08 M	宇津保・吹上上	5
			源氏・梅枝	4
うめつぼのだいしやう	梅壺の大将	02	枕草子	255
うめのえだ	梅の枝	08	栄花物語	118
			堤・ほどほどの懸想	3
			紫式部日記	65
うめのき	梅の木	14	更級日記	20
うめのはな	梅の花	08	宇津保・春日詣	7
			宇津保・蔵開中	4
			宇津保・蔵開下	57
			枕草子	183•223
		14	今昔物語集	275
		03 M	今昔物語集	318
うめのをりえだ	梅の折枝	08 M	栄花物語	512
うもれぎ	埋れ木	02	枕草子	255

うらうら	浦々	01 M	源氏・絵合	12•41
うらしまのこ	浦島の子	02	源氏・夕霧	21
うりわりご	瓜破子	08	蜻蛉日記	65
うるし	漆	08	宇津保・俊蔭	2
			宇津保・蔵開上	49
			落窪物語	26
			大鏡	53
うれへぶみ	愁文	16	栄花物語	419
うゑき	植木	08	栄花物語	345
		14	宇津保・俊蔭	4
			宇津保・祭の使	9
			宇津保・楼の上下	11
			栄花物語	16•214•259•345
			源氏・少女	17
		03 M	宇津保・菊の宴	13
うをかひ	魚養	17	宇治拾遺物語	76
うんけい	雲慶	17	古今著聞集	240
うんちようのもん	雲鳥の紋	08	枕草子	368

え

えい	影	01	宇治拾遺物語	59
			栄花物語	604
			古今著聞集	85•86•88•97•142•144•198
	影［性空］	15	古今著聞集	156
えい	纓	10	源氏・葵	23
			源氏・藤袴	1
			狭衣物語	72
			讃岐典侍日記	48
えいざう	影像	01	栄花物語	382
			古本説話集	44
えだ	枝	08	和泉式部日記	13
			宇津保・祭の使	1
			宇津保・菊の宴	17
			栄花物語	86•232•259
			源氏・葵	11
			源氏・絵合	19
			源氏・若菜上	24
			竹取物語	3•4•5•6•7•8•9•14•15
		08 M	宇津保・内侍のかみ	35
			宇津保・吹上上	9•18
えだあふぎ	えだあふぎ	07	枕草子	16•17
えだざし	枝差	14	狭衣物語	215
		06 M	狭衣物語	210
		11 M	狭衣物語	70
えのき	榎	14	宇津保・国譲中	25
えびら	螢簿	08	今昔物語集	414
えふ	葉	15	栄花物語	259

えぶくろ	餌袋	08	宇津保・楼の上下	1
えぶり	朳	08	今昔物語集	425
えぼし	烏帽子	10	今鏡	82•120
			大鏡	79
			枕草子	43•78•203
		11	今鏡	82
		01 M	浜松中納言物語	14
えんかん	延幹	17	栄花物語	117
			紫式部日記	64
えんかんぎみ	延幹君	17	栄花物語	152
えんぎ	延喜	17	源氏・絵合	30
えんぎのみかど	延喜帝	17	源氏・梅枝	20
えんぐゑんあじやり	延源阿闍梨	17	今昔物語集	168

お

おいたるひと	老いたる人	01 M	浜松中納言物語	14
おいづる	老鶴	11 M	宇津保・蔵開上	10
おうてんもんのがく	応天門の額	13	本朝神仙伝	7
		16	本朝神仙伝	7
おき	沖	03 M	今昔物語集	320
おきぐち	置口	08	宇津保・吹上上	32
			宇津保・菊の宴	29
			宇津保・あて宮	2•3
			宇津保・蔵開上	22•42•57
			宇津保・蔵開中	3
			栄花物語	149•207•232•313
			落窪物語	82
		11	栄花物語	99•304•326•550
			狭衣物語	182
			紫式部日記	24
おきて	おきて	01	源氏・帚木	8
おくみ	衽	11	宇津保・俊蔭	9
おそくづ	おそくづ	01 M	古今著聞集	184
おそひ	襲	08	栄花物語	51•407
おちくぼ	落窪	13	落窪物語	1•3
おちくぼのせうしやう	落窪の少将	02	枕草子	337
おとど	大殿	13	宇津保・藤原の君	1
			宇津保・忠こそ	1
			宇津保・菊の宴	22
			宇津保・国譲中	13
			源氏・若紫	19
おに	鬼	15	古今著聞集	157
		01 M	源氏・帚木	8
		03 M	古今著聞集	157
おにがた	鬼形	08	今昔物語集	473
おにびやうぶ	おに屏風	04	枕草子	172
おばしま	蘭	12	今昔物語集	457
おび	帯	01	枕草子	289

		10	宇津保・忠こそ	7
			宇津保・祭の使	26
			宇津保・蔵開中	17•21•25
			宇津保・国譲中	20
			落窪物語	76•77•78•95•96•98•99•100
			大鏡	69
			源氏・紅葉賀	5•11•12
			源氏・賢木	20
			源氏・若菜上	27
			源氏・蜻蛉日記	6
			篁物語	6
			堤・虫めづる姫君	1
			枕草子	286•289
			夜の寝覚	24
		11	栄花物語	361
			今昔物語集	335
			夜の寝覚	34
おほうちき	大袿	11	源氏・桐壺	6
おほうみ	大海	11 M	宇津保・楼の上上	27
			栄花物語	15•51•108•135•376
			枕草子	363
			紫式部日記	31•45
おほうみのすりめ	大海の摺目	11 M	紫式部日記	17
おほえのわうじのむすめのわうぢよ	おほえの皇子のむすめの王女	02	浜松中納言物語	75
おほがき	大垣	14	栄花物語	213
おほがさのかた	大傘のかた	01 M	枕草子	277
おほがしら	おほがしら	08	讃岐典侍日記	28
おほかたばみ	大かたばみ	01 M	今鏡	109
おほき	大木	14	栄花物語	172•175•208•216•327
おほきなるひと	大きなる人	05 M	今昔物語集	288
おほじやうず	大上手	17	古今著聞集	163
おほつのわうじ	大津の皇子	02	狭衣物語	100
おほとの	大殿	13	宇津保・吹上上	1
おほひ	覆	08	栄花物語	100
			源氏・賢木	16
			源氏・若菜上	24
			源氏・鈴虫	1
			紫式部日記	25
おほぶね	大船	12	枕草子	177
おほやなぐひ	大胡録	08	今昔物語集	256
おほわりご	大破子	08	今昔物語集	319
おほゐ	大井	01 M	栄花物語	13
おほゐがは	大井河	11 M	栄花物語	538•550
おほゐがはのみづのながれ	大井河の水の流れ	11 M	栄花物語	550

お

おほゐどの	大炊殿	13	堤・よしなしごと	2
おほゐのものがたり	おほゐの物語	02	狭衣物語	213
			浜松中納言物語	66
おほを	大緒	08	宇津保・吹上上	19
おほんぞ、おほむぞ	御衣	11	和泉式部日記	11
			今鏡	65•96•123
			宇津保・春日詣	3
			宇津保・嵯峨の院	11
			宇津保・祭の使	11•22
			宇津保・菊の宴	10•12
			宇津保・内侍のかみ	12•16
			宇津保・蔵開上	1•9•14•17•26•29•32•54
			宇津保・蔵開中	22
			宇津保・国譲上	18
			宇津保・国譲中	2•47
			宇津保・楼の上下	1•12
			栄花物語	8•21•28•37•42•45•70•76•77•78•80•100•113•136•137•138•160•186•190•194•196•276•291•312•333•334•388•395•397•408•411•423•441•476•477•502•504•509•510•526•533•541•551
			落窪物語	20•53
			大鏡	49
			源氏・帚木	4
			源氏・夕顔	17
			源氏・末摘花	16
			源氏・葵	9•10
			源氏・賢木	4
			源氏・須磨	2
			源氏・朝顔	5
			源氏・少女	15
			源氏・玉鬘	18
			源氏・蛍	2
			源氏・野分	16
			源氏・行幸	3•5
			源氏・藤袴	1
			源氏・藤裏葉	4
			源氏・若菜上	14
			源氏・若菜下	10
			源氏・横笛	2
			源氏・夕霧	15
			源氏・橋姫	12
			源氏・椎本	4
			源氏・総角	11•24•37•40•41
			源氏・宿木	1

			源氏・東屋	17•27
			源氏・蜻蛉日記	11•16
			今昔物語集	324
			狭衣物語	59•75•79•103•110•115•149•160•188•227•263•270
			讃岐典侍日記	20
			堤・このつゐで	2
			とりかへばや	3•12•28•32•34•45
			浜松中納言物語	42•48•65•69•71•72
			枕草子	22•131•132•146•148•156•231•306•307•308•320•324
			紫式部日記	96
			夜の寝覚	11•21•29•32•34•36•48•50•51•52•56•58•68•69•74•76
おまし	御座	08	宇津保・国譲上	19
			栄花物語	407
			狭衣物語	64
おもて	表	08	源氏・若菜下	5
おもてがた	面形	08	今昔物語集	409
おもの	御膳	08	宇津保・あて宮	2
おりひとへ	織単衣	11	とりかへばや	37
おりもの	織物	08	宇津保・楼の上下	38
			栄花物語	188•204•253•310•407•431•433•538
			とりかへばや	11•34
		11	宇津保・菊の宴	12
			栄花物語	76•89•99•108•129•137•147•188•243•253•313•326•368•376•414•415•429•471•479•480•481•483•492•493•520•533•535•538•540•541•542•546•549•550•598
			落窪物語	58•74•106
			源氏・末摘花	16
			源氏・絵合	35
			源氏・少女	21
			源氏・玉鬘	14•17•18
			源氏・若菜上	44
			源氏・若菜下	6•12
			源氏・東屋	8
			源氏・浮舟	13
			源氏・手習	24
			狭衣物語	79•103•149•151•188•277
			更級日記	42•57

			堤・このつゐで	2
			堤・貝あはせ	6
			とりかへばや	3•4•11•12•32
			浜松中納言物語	26
			枕草子	48•52•109•115•148•155•219•245•306•315•316•320•325•325•359•365
			紫式部日記	44•45•79•95•96•97•99
おんぎやうのくすり	陰形の薬	08	打聞集	31
おんやうじぶみ	陰陽師書	02	宇津保・蔵開上	4
おんやうのつかさのがく	陰陽寮の額	13	本朝神仙伝	7
		16	本朝神仙伝	7

か

かいきふのもの	戒急の者	01 M	栄花物語	281
かいねり	掻練	08	宇津保・俊蔭	25
			宇津保・蔵開上	25
		11	宇津保・内侍のかみ	20
			宇津保・蔵開上	23
			宇津保・蔵開下	10
			宇津保・国譲中	30
			栄花物語	320
			落窪物語	12•23•33
			源氏・玉鬘	6•17
			源氏・初音	8
			更級日記	46•48•49
			堤・このつゐで	7
			とりかへばや	12•19
			枕草子	358
			紫式部日記	44•79
			大和物語	7
かいねりがさね	掻練襲	11	枕草子	127
かいぶ	海賦	08 M	宇津保・内侍のかみ	34
			栄花物語	104
			大鏡	60
			紫式部日記	38
		11 M	今鏡	32
			源氏・玉鬘	17
			狭衣物語	174
			紫式部日記	17
かうがい	笄	10	宇津保・祭の使	30
			栄花物語	127
			大鏡	74
			源氏・真木柱	4
			紫式部日記	75
かうき	江記	02	古今著聞集	276
かうきやう	孝経	02	栄花物語	302
			古今著聞集	130

			紫式部日記	20
かうけち	講結	08	打聞集	42•44
かうご	香壺	08	源氏・梅枝	3
かうごのはこ	香合の筥	08 M	栄花物語	560
かうざ	高座	15	栄花物語	258•285
がうざんぜ	降三世	15	今鏡	129
	降三世［法成寺五大堂］		栄花物語	297
	降三世		本朝神仙伝	6
かうし	格子	13	宇津保・楼の上上	20•32
			枕草子	214
かうじ	柑子	08	宇津保・蔵開上	29
			宇津保・蔵開中	30
かうぜい	行成	17	古本説話集	6
かうぜう	康成、かう上	17	古本説話集	103
			今昔物語集	234
かうなう	香嚢	08	栄花物語	416
かうのこし	香の輿	12	栄花物語	6
かうぶり	冠	10	宇津保・祭の使	23•25
			宇津保・あて宮	16
			栄花物語	446•527
			今昔物語集	73•188
			狭衣物語	72
			讃岐典侍日記	29
かうやのだいし	高野の大師	17	今鏡	124
かうらいの	高麗の	19	宇津保・吹上下	8
かうらいばし	高麗端、高麗縁	08	堤・よしなしごと	3
			枕草子	301•304•376
かうらいべり	高麗端	08	今昔物語集	242•470
かうらん	高欄	12	今昔物語集	457
		13	宇津保・楼の上上	20
			栄花物語	71•289•376•491
			源氏・若菜上	41
			今昔物語集	380
			讃岐典侍日記	40
		01 M	蜻蛉日記	52
かうろ	香炉	15	栄花物語	266•338•345
		08 M	栄花物語	561
かうろう	高楼	13	打聞集	33
			今昔物語集	54
がえい	画影	01	古今著聞集	308
かえん	火焔	15 M	宇治拾遺物語	17
かがみ	鏡	08	今鏡	32
			栄花物語	127
			落窪物語	14
			大鏡	11•56
	鏡［内侍所］		古今著聞集	4
	鏡		更級日記	43

			枕草子	373
		08 M	栄花物語	560
		11 M	今鏡	32
かがみがた	鏡形	08 M	宇津保・楼の上上	21
かがやくひのみや	耀く日の宮	02	栄花物語	604
かかり	かかり	14	源氏・若菜上	39
かがり	篝	08	宇津保・国譲中	33
かがりび	篝火	14	栄花物語	534
			源氏・薄雲	8
		01 M	栄花物語	13
かき	垣	13	宇津保・楼の上上	20
		14	源氏・須磨	5•14
			源氏・蓬生	2
			源氏・少女	17
			枕草子	99
		03 M	蜻蛉日記	22
かぎ	鍵	08	宇津保・国譲上	8
かぎ	賈誼	05 M	古今著聞集	142
かきざま	書きざま	16	源氏・帚木	21
			源氏・明石	5
			源氏・澪標	8
			源氏・朝顔	4
			源氏・初音	5
			源氏・胡蝶	8
			源氏・常夏	7
			源氏・若菜下	23
			源氏・幻	7
			源氏・椎本	6
			源氏・浮舟	15
			今昔物語集	312•403
			狭衣物語	130•144•247
			とりかへばや	24•31
			浜松中納言物語	46•77
			紫式部日記	61
			夜の寝覚	13•18•43•53
かきたるさま	書きたるさま	16	源氏・明石	7
			浜松中納言物語	79
かきつばた	杜若	14	枕草子	115
かきね	垣根	14	源氏・薄雲	7
			源氏・少女	17
			枕草子	265
		08 M	古今著聞集	275
かきほ	垣ほ	14	源氏・夕霧	2
			源氏・手習	7
がく	額	08	今鏡	40•58•71•118
			大鏡	26•27•27
	額［七大寺］	16	宇治拾遺物語	76
かくひち	かくひち	08	篁物語	1•2

かぐやひめ	かぐや姫	02	宇津保・内侍のかみ	29
			源氏・絵合	16•17
			源氏・手習	3
			とりかへばや	2
			浜松中納言物語	76
		01 M	源氏・絵合	16•17
かぐやひめのものがたり	かぐや姫の物語	02	源氏・蓬生	5
		01 M	源氏・蓬生	5
かぐら	神楽	03 M	栄花物語	65
かくれみの	隠れ蓑	02	狭衣物語	7
		11	打聞集	31
			古本説話集	76
かくれみののちゆうなごん	隠れ蓑の中納言	02	狭衣物語	97•268
かげ	影	01	栄花物語	604
かけとぢ	かけとぢ	11	今鏡	48
かけばん	懸盤	01	枕草子	137
		08	栄花物語	100•313
			源氏・若菜上	5•11
			枕草子	137
			紫式部日記	25
かけぶくろ	懸袋	08	堤・虫めづる姫君	1
かけもの	賭物	08	大鏡	76
かげろふのにき	かげろふの日記	02	大鏡	71
			古本説話集	22
かご	籠	08	蜻蛉日記	45
かこしちぶつ	過去七仏	15	古今著聞集	76
かさ	傘	08	栄花物語	473
かさ	笠	10	栄花物語	320
			大鏡	56
			枕草子	163•269
かさきせたるもの	笠着せたる者	08	宇津保・春日詣	8
かざし	挿頭	10	伊勢物語	13
			宇津保・吹上下	4
			宇津保・菊の宴	17
			大鏡	63
			源氏・初音	13
			源氏・藤裏葉	5
			源氏・若菜上	9•24
			源氏・若菜下	1•17•18
			源氏・椎本	2•3•12
			古今著聞集	272
			狭衣物語	184•185
			讃岐典侍日記	63•64
			枕草子	15•79•257•258
（かざし）	（挿頭）	10	大鏡	23
			源氏・葵	7•8
			源氏・須磨	4

			源氏・幻	8
			源氏・竹河	9
			源氏・総角	30
			狭衣物語	291
			堤・ほどほどの懸想	3
			紫式部日記	76
かざしのはな	挿頭の花	08	栄花物語	331•600
かさなり	重り	11	栄花物語	136
かさね	襲	08	源氏・少女	13
		11	宇津保・俊蔭	20
		16	源氏・少女	13
かざみ	汗衫、衫	11	宇治拾遺物語	66
			宇津保・俊蔭	20
			宇津保・祭の使	22
			栄花物語	122•125•429•545
			落窪物語	52
			源氏・葵	2•19
			源氏・絵合	35•37
			源氏・少女	21
			源氏・蛍	6
			源氏・野分	6
			源氏・若菜下	6
			源氏・柏木	6
			古今著聞集	67•226
			狭衣物語	174
			とりかへばや	7
			枕草子	64•69•76•121•150•364
			紫式部日記	71
			夜の寝覚	9
かざり	飾り	18	栄花物語	144•171•176•225•254•270•272•450•590
			源氏・帚木	7
			源氏・夕顔	22
			源氏・賢木	15•16
			源氏・澪標	2
			源氏・蓬生	7
			源氏・絵合	13•38
			源氏・松風	3•5
			源氏・初音	11•13
			源氏・若菜上	2
			源氏・幻	5
			源氏・橋姫	2
			源氏・椎本	11
			源氏・総角	1•29
			源氏・蜻蛉日記	8•9
			狭衣物語	164•168•251•294
			浜松中納言物語	35•50•52
（かざり）	（飾り）	18	栄花物語	236•239•313

			今昔物語集	386
			三宝絵	48
かざりうま	荘馬	12	今昔物語集	388
かざりぐるま	飾り車	12	今鏡	137
かざりたち	飾太刀	10	今鏡	69
			枕草子	112
かざりちまき	かざりちまき	08	伊勢物語	7
			大和物語	13
がしたるところ	賀したるところ	03 M	蜻蛉日記	22
かしはぎ	柏木	14	源氏・胡蝶	11
			源氏・柏木	7
			狭衣物語	132
かしら	頭	01 M	今昔物語集	326
かすがのつかひ	春日の使	03 M	栄花物語	198
かぜ	風	01 M	狭衣物語	306•309
かせふ	迦葉[法成寺]	15	栄花物語	440
かぞへのかみ	主計頭	02	源氏・蛍	9
かた	形、絵、像	01	伊勢物語	5•10
			栄花物語	13•232•259•383•384•385•513•538•539•540•550•604
			源氏・帚木	8
			源氏・紅葉賀	7
			源氏・絵合	10•11
			源氏・浮舟	9
			源氏・蜻蛉日記	22
			古今著聞集	219
			今昔物語集	271•285•288•326•411
			大和物語	2
		08	栄花物語	13•149•313•317•511•550•586
			古今著聞集	67•95•275
			今昔物語集	281•353
		15	宇津保・菊の宴	28
		01 M	大鏡	62
		08 M	大鏡	72
かたかな、かたかんな	片仮名	16	宇津保・蔵開中	15
			宇津保・国譲上	16
			狭衣物語	11•163•220
			堤・虫めづる姫君	2
かたき	形木	08	宇津保・吹上上	21
かたぎのかた	型木のかた	11 M	枕草子	121
かたぎのもん	かたぎの紋	11	紫式部日記	80
かたち	容貌	01 M	源氏・桐壺	5
かたな	刀	08	今昔物語集	352
かたののせうしやう	交野の少将	02	落窪物語	28•29•30•32•36•54
			源氏・帚木	1

か

			源氏・野分	15
			枕草子	255•337
かたばみ	かたばみ[紋]	11	枕草子	80•366
かたびら	帷子、帷	06	源氏・蛍	1
			今昔物語集	454
			狭衣物語	210
			枕草子	85
		08	今昔物語集	382
		11	今鏡	48
			宇津保・祭の使	23
			宇津保・内侍のかみ	22
			古今著聞集	233
			今昔物語集	414•440
			枕草子	43•47•50
		12	枕草子	317
かたまた	片股	11	今昔物語集	414
かたもん	固紋、固文	08	栄花物語	407
		11	栄花物語	129•137•139•376
			狭衣物語	117•270
			枕草子	22•146•148•306•346
			紫式部日記	45•80
かぢ	鍛冶	17	宇津保・菊の宴	4
			宇津保・吹上上	2
			今昔物語集	396
かぢたくみ	鍛冶工匠	17	竹取物語	5
がつき	楽器	08	宇津保・吹上下	8
かづら	鬘	10	栄花物語	118
			源氏・蓬生	8
			枕草子	119•160•219
			紫式部日記	65
（かづら）	（鬘）	10	枕草子	319
かづら	葛	14	源氏・夕顔	1
		11 M	栄花物語	538
かづらのもみぢ	葛の紅葉	11 M	栄花物語	538
かつを	鰹	08	宇津保・蔵開上	47
			宇津保・蔵開下	14
			宇津保・国譲中	6
		08 M	宇津保・蔵開上	21
かど	門	13	狭衣物語	33•125
がといふとり	鵝といふ鳥	15	栄花物語	260
かな、かんな	仮名	16	今鏡	58•110•114
			宇津保・国譲上	16
			栄花物語	220
			源氏・帚木	10
			源氏・絵合	41
			源氏・初音	7
			源氏・梅枝	8•11•22
			今昔物語集	351

			狭衣物語	50•278
			堤・虫めづる姫君	2
			枕草子	142
かなつゑ	かなつゑ	01 M	浜松中納言物語	14
かなぶみ	仮名文	16	源氏・若菜上	33
かなまじり	仮名交り	16	今昔物語集	423
かなまり	金椀、鋺	08	宇津保・国譲下	10
			落窪物語	91
			今昔物語集	367
			讃岐典侍日記	8
			枕草子	69•203
かなまる	金鋺	08	竹取物語	10
かなもの	金物	08	栄花物語	274•281•290
かなをか	金岡	17	今鏡	109
			古今著聞集	151•152•159
かね	金、かね	11	栄花物語	478•535•538•542•557•558
かね	鐘	15	今昔物語集	467
かねのすぢ	金の筋	09	源氏・鈴虫	3
かねゆき	兼行	17	栄花物語	550
かは	川、河	08	宇津保・祭の使	32
		14	栄花物語	519
		03 M	宇津保・菊の宴	13
かは	革、皮	08	今昔物語集	426
			竹取物語	17•22
		11	源氏・末摘花	9
かはぎぬ	皮衣、裘	08	竹取物語	2•18•20•21•22•23
		11	源氏・末摘花	8
			源氏・初音	9•10
			枕草子	208
かはご	革籠、皮籠	08	古本説話集	19•20
			狭衣物語	46
			堤・よしなしごと	5
かばざくら	樺桜	14	宇津保・吹上上	3
			源氏・幻	3
かはなり	川成	17	今昔物語集	284•285•286•287•288
かばねたづぬるみや	かばねたづぬる宮	02	更級日記	35•36
かはぶくろ	皮袋	08	堤・よしなしごと	5
かはほり	蝙蝠	01	源氏・紅葉賀	7
		07	栄花物語	263
			源氏・紅葉賀	7
			源氏・若菜下	22
			枕草子	40•336
		16	源氏・紅葉賀	7
かはほりのみや	かはほりの宮	02	狭衣物語	258
かはまきゑ	革蒔絵	08	宇津保・蔵開下	16
かはみづ	溝水	03 M	古今著聞集	203

かはら	瓦	13	宇津保・楼の上上	32
			栄花物語	213•259
			今昔物語集	28
			枕草子	288
かはらけ	土器	08	宇治拾遺物語	63
			宇津保・菊の宴	36
			宇津保・内侍のかみ	7
			宇津保・蔵開上	35
			宇津保・蔵開中	34
		16	宇津保・菊の宴	36
			宇津保・国譲中	45
かはらけづくり	土器造り	17	栄花物語	578
かはらつくり	瓦作	17	栄花物語	216
かはらぶき	瓦葺	13	栄花物語	281
			枕草子	214•217
かはらや	かはら屋	13	讃岐典侍日記	26
かはらゐん	河原院	13	古本説話集	23
		14	宇治拾遺物語	70
			古本説話集	23
			今昔物語集	321•353
（かはらゐん）	（河原院）	13	古本説話集	24•25
		14	古本説話集	24•25
かひ	匙	08	宇津保・あて宮	2•20
			今昔物語集	401
		08 M	宇津保・蔵開上	55
かひ	貝	08	今昔物語集	352
			堤・貝あはせ	3•7•9
			枕草子	371
かひ	かひ	08	宇治拾遺物語	45
かひあはせ	貝合	08	堤・貝あはせ	4
かひおほひ	貝おほひ	08	とりかへばや	1
がふ	楽府	02	栄花物語	277
			大鏡	65
			紫式部日記	88
		09	紫式部日記	88
		03 M	大鏡	65
		07 M	大鏡	53
かぶと	冑	10	今昔物語集	330
かへ	榧	08 M	宇津保・楼の上上	34
かべ	壁	06	古今著聞集	145•189
		13	宇津保・楼の上上	20
			栄花物語	259
			大鏡	46
			今昔物語集	28•286
			讃岐典侍日記	21
			枕草子	360
かべいた	壁板	13	今昔物語集	451
かべしろ	壁代	06	宇津保・祭の使	6

				宇津保・蔵開上	16
				宇津保・蔵開中	34
				宇津保・蔵開下	49
				宇津保・国譲下	38
				栄花物語	562
				大鏡	83
				源氏・若菜上	6
				源氏・夕霧	20
				源氏・総角	28
				今昔物語集	387
				狭衣物語	56
かへで	楓	14		源氏・柏木	7
かべぬり	壁塗	17		栄花物語	216
かべのゑ	壁の絵	01		今昔物語集	284
		13		今昔物語集	284
かへりごと	返り事	16		源氏・蜻蛉日記	5
かほ	顔	01 M		今昔物語集	285
		08 M		今昔物語集	281
かみ	紙	08		今鏡	78
				宇津保・蔵開中	8
				栄花物語	126・419・427・486・495
				落窪物語	82
				大鏡	1・53
				蜻蛉日記	2・17・19・20・21・40
				源氏・帚木	2
				源氏・若紫	23
				源氏・末摘花	3・15
				源氏・紅葉賀	7・12
				源氏・葵	11・12・16
				源氏・賢木	11・14
				源氏・須磨	8・9
				源氏・明石	3・7
				源氏・澪標	7・8
				源氏・絵合	5・32
				源氏・朝顔	4
				源氏・少女	1・12
				源氏・玉鬘	12
				源氏・胡蝶	7・13
				源氏・野分	15
				源氏・藤袴	4
				源氏・真木柱	4
				源氏・梅枝	5・13・17・20
				源氏・若菜上	13・30
				源氏・若菜下	23・25
				源氏・横笛	1
				源氏・鈴虫	3
				源氏・夕霧	18
				源氏・紅梅	3

か

				281・339・344
			夜の寝覚	4・27・66・75
かみかぶり	紙冠	10	枕草子	160
かみぎぬ	紙衣	11	今昔物語集	176
			狭衣物語	109
かみしも	上下	11	宇治拾遺物語	49
			今昔物語集	331・332・333・357・373・459
かみしやうじ	紙障紙	05	今昔物語集	416
			狭衣物語	112・126
かみづかひ	紙づかひ	16	源氏・浮舟	24
かみまつるところ	神祭る所	03 M	宇津保・菊の宴	13
かみゑ	紙絵	01	源氏・絵合	28・38
かむや	紙屋	17	源氏・梅枝	17
			源氏・鈴虫	3
かむやがみ、かみやがみ、かうやがみ	紙屋紙	08	今鏡	34
			蜻蛉日記	18
			源氏・蓬生	6
			源氏・絵合	20
			源氏・玉鬘	22
			古今著聞集	73・74
			枕草子	187
		16	蜻蛉日記	18
			源氏・蓬生	6
			枕草子	187
かむり	冠	10	今鏡	92・99・120
			今昔物語集	28
かめ	瓶	08	伊勢物語	16
			宇治拾遺物語	64
			宇津保・蔵開上	34・45
			大鏡	72
			源氏・胡蝶	5
			今昔物語集	5・39・399
			枕草子	2・21
		15	本朝神仙伝	19・21
かめ	亀	08 M	宇津保・国譲中	9
かも	鴨	08	栄花物語	317
かものものがたり	かもの物語	02	蜻蛉日記	13
かやうゐんどの	高陽院殿	13	栄花物語	351・543
			大鏡	15
		14	栄花物語	351・543
かやのみこ	賀陽親王、高陽親王	17	栄花物語	318
			今昔物語集	280・281
かやや	茅屋、萱屋	13	宇津保・藤原の君	14
			源氏・須磨	5
			今昔物語集	166
			更級日記	4
かゆづゑ	粥杖	08	狭衣物語	276

からあや	唐綾	08	宇津保・菊の宴	10
			宇津保・あて宮	1
			宇津保・蔵開上	7•34•36
			宇津保・楼の上下	27
			栄花物語	54•407•562
		11	宇治拾遺物語	65
			宇津保・蔵開下	10
			栄花物語	129•326•376•485•510•541
			源氏・若菜下	6
			とりかへばや	25
			枕草子	231•320
			紫式部日記	47•79
からうづ	唐櫃	08	宇津保・楼の上上	6
からかがみ	唐鏡	08	枕草子	38
からかさ	唐傘	08	更級日記	11
			枕草子	274•286
からかみ	唐紙	08	宇津保・楼の上上	21
			大鏡	53
			古今著聞集	89
からぎぬ	唐衣	11	今鏡	31•32
			宇津保・俊蔭	20•25
			宇津保・春日詣	1
			宇津保・吹上上	8•15•25
			宇津保・内侍のかみ	20
			宇津保・沖つ白波	7
			宇津保・蔵開上	57•59
			宇津保・蔵開下	4•10
			宇津保・国譲下	24
			宇津保・楼の上上	27•35•36
			栄花物語	51•58•59•99•105•108•109•119•122•135•146•147•253•304•369•376•391•414•415•426•429•467•468•478•481•482•512•521•524•528•535•536•538•540•542•544•546•548•549•550•551•557•558•581•598•603•605
			落窪物語	87
			大鏡	90•103
			源氏・蛍	6
			源氏・行幸	7
			源氏・宿木	7
			今昔物語集	310
			狭衣物語	158•174•182•210
			讃岐典侍日記	18•59•61

			とりかへばや	7•11
			枕草子	23•64•76•121•151•152•168•197•216•306•315•362
			紫式部日記	14•16•17•22•24•31•39•44•45•45•47•66•71•79•80•95•97•99
			夜の寝覚	5•8•9•10•25•42
からくさ	唐草	08 M	宇津保・内侍のかみ	8
			宇津保・楼の上上	26
			今昔物語集	454
			枕草子	374
		11 M	源氏・玉鬘	18
			紫式部日記	17
からくしげ	唐櫛笥	11 M	栄花物語	540
からくしげのぐ	唐櫛笥の具	08	今昔物語集	454
からくだもの	唐菓物	08	宇津保・吹上上	5
からくにといふものがたり	唐国といふ物語	02	浜松中納言物語	1
からくにの	唐国の	19	源氏・帚木	8
からくにのちゆうじやう	唐国の中将	02	狭衣物語	99
からくみ	唐組	08	宇津保・吹上上	13
			宇津保・蔵開上	2
			宇津保・楼の上下	32
			栄花物語	310
		09	源氏・梅枝	20
からくみのひぼ	唐組のひぼ	08	浜松中納言物語	6
からくら	唐鞍	12	宇治拾遺物語	71
			宇津保・俊蔭	7
			今昔物語集	389
からぐるま	唐車	12	打聞集	16
			今昔物語集	260
			枕草子	315
(からぐるま)	(唐車)	12	大鏡	82
からころも	唐衣	11	宇津保・蔵開上	37
からさうぞく	唐装束	11	大鏡	90
からしきし	唐色紙	08	宇津保・楼の上下	40
からす	烏	08 M	大鏡	72
からとり	唐鳥	08 M	宇津保・楼の上上	26
からなでしこ	唐撫子、唐瞿麥	08	枕草子	239
		14	栄花物語	289•298
		11 M	狭衣物語	16
からにしき	唐錦	08	栄花物語	310
			今昔物語集	306•380
			枕草子	112
		11	栄花物語	149•345
からの	唐の	19	今鏡	78•107

			宇津保・春日詣	3
			宇津保・吹上上	11・16・18・24
			宇津保・菊の宴	10・12
			宇津保・あて宮	2・9
			宇津保・内侍のかみ	12・16
			宇津保・沖つ白波	5
			宇津保・蔵開上	12・34
			宇津保・蔵開中	15・34
			宇津保・楼の上上	36
			宇津保・楼の上下	34
			栄花物語	109・158・225・232・310・407・486・498
			落窪物語	84
			大鏡	82
			源氏・花宴	3
			源氏・葵	16
			源氏・賢木	11・14
			源氏・須磨	8・9
			源氏・絵合	20・32・34
			源氏・玉鬘	1・12
			源氏・初音	4
			源氏・胡蝶	3・7
			源氏・行幸	5
			源氏・梅枝	1・5・17・20・21
			源氏・若菜上	24・28・29
			源氏・若菜下	6
			源氏・横笛	2
			源氏・鈴虫	1・3
			源氏・橋姫	14
			今昔物語集	447
			狭衣物語	62・83・115・160・176
			篁物語	3
			浜松中納言物語	22・37
			枕草子	281・320・320
			紫式部日記	53・64
			夜の寝覚	37・45・51・54・70
からの	唐の［撫子］	14	源氏・常夏	2
からの	唐の［絵］	03 M	栄花物語	498
からのおほんくるま	唐の御車	12	栄花物語	36・55・178・246・251・276・307・324
からのおほんぞ	唐の御衣	11	栄花物語	113・480
からはし	唐橋	13	紫式部日記	2
からびさし	唐廂	13	栄花物語	517
			枕草子	149・313
からびし	唐菱	11 M	栄花物語	485
からびつ	唐櫃	08	今鏡	94
			宇治拾遺物語	39
			宇津保・内侍のかみ	31

			宇津保・蔵開上	2
			宇津保・蔵開中	9
			宇津保・蔵開下	49
			宇津保・国譲中	7
			宇津保・国譲下	12
			宇津保・楼の上下	15
			栄花物語	257
			大鏡	67
			源氏・夕霧	5•22
			浜松中納言物語	42
からふね	唐船	12	今鏡	16
からめいたり	唐めいたり	19	源氏・須磨	14
			紫式部日記	80
からめいたる	唐めいたる	19	源氏・桐壺	5
			源氏・若紫	9
			源氏・玉鬘	18
			源氏・胡蝶	1
からめき	唐めき	19	枕草子	68•152•214
からめきたる	唐めきたる	19	源氏・藤裏葉	4
からも	唐裳	11	宇津保・蔵開上	57
からもの	唐物	08	宇津保・吹上上	5
			宇津保・内侍のかみ	31
			宇津保・沖つ白波	5
			源氏・若菜上	3
		19	宇津保・内侍のかみ	31
			宇津保・沖つ白波	5
			宇津保・蔵開下	49
			宇津保・国譲中	11
			源氏・若菜上	3
からものし	唐物師	17	宇津保・蔵開上	52
からもり	唐守	02	源氏・蓬生	5
		01 M	源氏・蓬生	5
からもんや	唐門屋	13	今昔物語集	453
からわ	からわ	08	宇津保・吹上上	5
からゑ	唐絵	01	今鏡	7
			栄花物語	107•527•530
			古今著聞集	148•168•201
			堤・よしなしごと	4
			浜松中納言物語	6
			枕草子	137•219•289•333•360
			紫式部日記	44
			夜の寝覚	1
		03	堤・よしなしごと	4
かりぎぬ	狩衣	11	伊勢物語	1
			今鏡	30•87•123
			宇治拾遺物語	7•11•31•64•79
			宇津保・俊蔭	14
			栄花物語	446

			大鏡	49
			源氏・須磨	15
			古今著聞集	205•232•245•246•253•258
			今昔物語集	254•342
			狭衣物語	77
			更級日記	57
			堤・貝あはせ	7
			とりかへばや	4
			浜松中納言物語	65
			枕草子	35•45•56•174•263•329
			大和物語	4
かりぎぬさうぞく	狩衣装束	11	栄花物語	471
かりぎぬすがた	狩衣姿	11	源氏・手習	7
かりぎぬばかま	狩衣袴	11	今鏡	32
			栄花物語	471
			古今著聞集	107
			今昔物語集	272•381•399
かりさうぞく	狩装束	11	栄花物語	606
かりのおほんぞ	狩の御衣	11	宇津保・吹上上	21
			源氏・橋姫	12
かりのこ	雁の子	08	宇津保・藤原の君	3
			蜻蛉日記	10
かりのをぐみ	かりのをぐみ	08	栄花物語	364
かりや	仮屋	13	今鏡	16
			更級日記	5
			大和物語	16
かりようびん	伽陵頻	08	栄花物語	317
かりようびんが	迦陵頻伽	08	栄花物語	267
かりん	歌林	02	古今著聞集	170
かをるのだいしやう	薫の大将	02	更級日記	50
（がんぐ）	（玩具）	08	土佐日記	3
（かんけこうしふ）	（菅家後集）	02	大鏡	17
かんざし	釵、簪	10	宇治拾遺物語	73
			源氏・桐壺	4
			源氏・若菜上	4
			源氏・宿木	41
			今昔物語集	41•90•94•101•104
			浜松中納言物語	7•10•17•27•49•61•75•85
			紫式部日記	30
がんじつのせちえ	元日の節会	03 M	古今著聞集	203
がんじやうじゆのかた	願成就のかた	15	栄花物語	259
		01 M	栄花物語	259
かんじよ	漢書	02	古今著聞集	127•128
			今昔物語集	119
			枕草子	342
		03 M	枕草子	342
かんちゆう	管仲	05 M	古今著聞集	142

かんどり	揖取	08 M	宇津保・吹上上	18
かんむ	漢武	02	古今著聞集	137

き

き	綺	08	源氏・絵合	20•34
			源氏・初音	4
			源氏・梅枝	20
		11	源氏・花宴	3
			源氏・行幸	5
			源氏・真木柱	5
			源氏・若菜下	6
き	木	08	竹取物語	2•12
		14	宇津保・俊蔭	4
			宇津保・楼の上上	19
			宇津保・楼の上下	30
			源氏・少女	17
			源氏・野分	5
			狭衣物語	111
			竹取物語	11
			枕草子	196•221•244
			紫式部日記	27
		08 M	宇津保・内侍のかみ	35
			落窪物語	108
きうきやう	九経	02	古今著聞集	129
きぎく	黄菊	08 M	栄花物語	560
きぎのこずゑ	木々の梢	14	狭衣物語	52
			讃岐典侍日記	67
きぎのもみぢ	木々の紅葉	14	栄花物語	327
ききやう	桔梗	14	源氏・手習	7
きく	菊	08	宇津保・嵯峨の院	5
	菊［組紐］		讃岐典侍日記	60
	菊	14	伊勢物語	11
			栄花物語	590
			源氏・少女	17
			源氏・匂兵部卿	1
			源氏・宿木	2
			浜松中納言物語	5
			紫式部日記	40
		01 M	古今著聞集	289
		06 M	狭衣物語	210
		08 M	宇津保・吹上下	4
			栄花物語	550•560
			古今著聞集	270•271
きくさ	木草	14	源氏・若紫	6
			源氏・少女	17
			狭衣物語	273
			夜の寝覚	30
きくのはな	菊の花	08	栄花物語	331

		08 M	栄花物語	560
きくのをりえだ	菊の折枝	11 M	栄花物語	538・557
きくもみぢ	菊紅葉	11 M	栄花物語	558
きし	岸	14	栄花物語	259
きじ	雉	08	宇津保・蔵開上	45・47
		08 M	宇津保・蔵開上	18
			宇津保・蔵開下	14
ぎしやうあじやり	義清阿闍梨	17	今昔物語集	410
きすずし	黄生絹	11	枕草子	55
きたのたい	北の対	13	源氏・松風	1
			浜松中納言物語	38
きちかう	桔梗	08	宇津保・国譲中	34
きちじやうてん	吉祥天［和泉国国分寺］	15	古本説話集	72・73
（きちじやうてん）	（吉祥天）［和泉国国分寺］	15	古本説話集	74
きちじやうてんによ、	吉祥天女	02	宇津保・内侍のかみ	1
きつしやうてんによ		15	宇津保・内侍のかみ	1
	吉祥天女［和泉国国分寺］		古本説話集	72
	吉祥天女		今昔物語集	248・249
きちやう	几帳	06	今鏡	96
			宇津保・俊蔭	20
			宇津保・祭の使	13
			宇津保・内侍のかみ	22
			宇津保・蔵開下	16
			宇津保・国譲中	3
			宇津保・国譲下	39
			宇津保・楼の上上	22・30・35
			宇津保・楼の上下	3・14・21
			栄花物語	51・59・84・160・247・253・310・326・362・365・366・376・407・414・431・433・447・524・538・570
			落窪物語	15
			蜻蛉日記	31
			源氏・賢木	17
			源氏・朝顔	2
			源氏・初音	12
			源氏・蛍	6
			源氏・柏木	6
			源氏・夕霧	17・23
			源氏・椎本	8
			源氏・宿木	24
			今昔物語集	291・306
			狭衣物語	27・35・37・104・160・210・267

			讃岐典侍日記	11•32•60
			とりかへばや	11•33•34•37
			浜松中納言物語	6•18•35•39•74
			枕草子	54•73•85•87•118•225•240•249•274•378
			紫式部日記	39
			夜の寝覚	9
（きちやう）	（几帳）	06	浜松中納言物語	42
きちやうのかたびら	几帳の帷	06	今昔物語集	382•454•457
きちやうのて	几帳の手	06	讃岐典侍日記	32
ぎちよう	魏徴	05 M	古今著聞集	142
きづくり	木作	15	宇治拾遺物語	21
ぎつしや	牛車	12	狭衣物語	168
きぬ	絹	08	宇津保・俊蔭	24
			宇津保・藤原の君	18
			宇津保・吹上上	19
			宇津保・あて宮	4
		11	栄花物語	417
			落窪物語	92
きぬ	衣	08	枕草子	63
		11	今鏡	41•84
			宇治拾遺物語	39•73
			宇津保・祭の使	5•20•23•25
			宇津保・吹上上	13
			宇津保・菊の宴	9
			宇津保・蔵開下	2•47
			宇津保・国譲中	12•15
			宇津保・国譲下	26
			宇津保・楼の上上	6
			栄花物語	95•109•149•154•239•243•255•338•364•377•379•391•422•429•444•468•524•542•549•550•559•573•594•606
			落窪物語	12•12•33
			源氏・若紫	4
			源氏・末摘花	5
			源氏・賢木	7
			源氏・薄雲	1
			源氏・玉鬘	6
			源氏・柏木	4
			源氏・夕霧	17•24
			源氏・浮舟	13
			源氏・蜻蛉日記	4
			源氏・手習	1
			古今著聞集	141•214
			古本説話集	26•28•75•80
			今昔物語集	243•262•274•276•278•

				298・300・323・327・328・329・342・343・344・362・364・370・382・394・422・429・431・455・456・457・462・463・466
			狭衣物語	34・45・102・117・119・174・239・275
			讃岐典侍日記	34
			更級日記	5・12・42・45・48・58
			篁物語	4
			土佐日記	1
			とりかへばや	7・21
			枕草子	31・39・86・103・104・121・146・165・166・173・174・195・196・236・238・240・245・248・287・295・300・315・323・330・346・378
			紫式部日記	6・15・45・48・63
			大和物語	17
			夜の寝覚	33
きぬがさ	衣笠、蓋	08	栄花物語	317
			今昔物語集	27
きぬた	擣衣	03 M	古今著聞集	92
きぬなが	衣なが	11	枕草子	207
きぬのすそ	衣の裾	11	栄花物語	538
きぬのつま	衣の端、衣の褄	11	栄花物語	86・115・120・253・375・422
きぬばかま	絹袴	11	栄花物語	438
きぬや	絹屋	13	今昔物語集	458
		14	今昔物語集	458
きぬゑ	絹絵	01	古今著聞集	192
きのかは	木の皮	11	宇津保・吹上下	9・10
きのつらゆき	紀貫之	17	源氏・絵合	20
きのはう	黄袍	11	今鏡	123
きのみちのたくみ	木の道の匠	17	源氏・帚木	7
きみただ	公忠	17	古今著聞集	159・161
きみもち、きむもち	公茂	17	源氏・絵合	30
			古今著聞集	159・161
きみもち	公望	17	古今著聞集	162・163
きむつね	公経	17	今鏡	135
きやう	経［法華経］	02	今鏡	14
	経		打聞集	50
	経［大般若経］		打聞集	52・53
	経		栄花物語	68・69・380・419・461・464
	経［法隆寺夢殿］		栄花物語	221
	経［法華経］		栄花物語	211・232・363・464
	経		落窪物語	79・82・89

			源氏・夕顔	22
			源氏・賢木	15
			源氏・初音	11
			源氏・鈴虫	2
			源氏・椎本	19
			源氏・総角	1
			狭衣物語	164•261
			讃岐典侍日記	52
			三宝絵	31•32
		09	今鏡	128
			宇治拾遺物語	25
	経［法華経］		栄花物語	232•363•464
	経		源氏・鈴虫	2
きやうかん	経巻[法華経]	02	栄花物語	212•232
	経巻	09	栄花物語	212•232
きやうざう	経蔵	13	栄花物語	256•259
		14	栄花物語	259
きやうじ	経師	17	宇治拾遺物語	56
きやうじのぼさち	脇士の菩薩	15	源氏・鈴虫	2
ぎやうじや	行者	15	栄花物語	281
		01 M	栄花物語	281
きやうだい	京台	08	栄花物語	560
（きやうてん）	（経典）	02	古今著聞集	293
ぎやうでん	宜陽殿	17	源氏・若菜上	12
			枕草子	130
きやうのうちのこころばへ	経の内の心ばへ	01 M	栄花物語	363
きやうのかみ	経の紙	09	狭衣物語	310
きやうのさるべきところ	京のさるべき所	07 M	枕草子	280
きやうばこ	経函、経筥、経箱	15	栄花物語	232
			落窪物語	82
			源氏・夕霧	21
			今昔物語集	161
			狭衣物語	218
きやうもんのさるべきところどころのこころばへ	経文のさるべき所々の心ばへ	15 M	落窪物語	82
きやうろん	経論	02	打聞集	51
ぎよく	玉	08	古今著聞集	226•301
ぎよくばん	玉幡	08	打聞集	33•34
ぎよしふ	御集[頼宗集]	02	今鏡	76
	御集［一条摂政御集］		宇治拾遺物語	23
	御集［延喜御集］		大鏡	6
	御集［花山院御集］		大鏡	58

ぎよたい	魚袋	10	大鏡	45
きよはくぎよく	蘧伯玉	05 M	古今著聞集	142
きらめきえぼし	きらめき烏帽子	10	今鏡	119
きり	霧	03 M	今昔物語集	320
きりかけ	きりかけ	13	源氏・夕顔	1
			更級日記	17
きりはた	きり旗	15	栄花物語	249
きん	琴	08	栄花物語	417
きんうるし	琴漆	08	今昔物語集	437
きんえふしふ	金葉集	02	今鏡	21•27•104•111
（きんえふしふ）	（金葉集）	02	今鏡	115
きんぎよく	金玉	08	栄花物語	259
きんぎよくしふ	金玉集	02	今鏡	61
（きんたうしふ）	（公任集）	02	今鏡	70
きんだちぐるま	君達車	12	枕草子	260
きんのうるし	きんの漆	08	栄花物語	72
きんのふ	琴の譜	02	源氏・宿木	32
		09	源氏・宿木	32

く

ぐ	具	08	栄花物語	20•389•449•540
くうかい	空海	17	古今著聞集	115
くうでん	宮殿	13	今昔物語集	28•52•111
			三宝絵	35
くうでんろうかく	宮殿楼閣	13	今昔物語集	472
くぎぬき	釘貫	13	狭衣物語	125
くくり	くくり	11	今鏡	48
くくりぞめ	括り染	11	源氏・関屋	2
くげのからはな	供花の唐花	08	今昔物語集	147
くけばり	絎針	08	宇津保・俊蔭	8
くさ	草	14	和泉式部日記	1
			宇津保・俊蔭	4•4
			栄花物語	298
			源氏・薄雲	7
			源氏・夕霧	14
			源氏・橋姫	1
			枕草子	222
		08 M	宇津保・内侍のかみ	35
			栄花物語	493
			古今著聞集	275
くさき	草木	14	宇津保・俊蔭	5
			宇津保・嵯峨の院	4
			落窪物語	73
			源氏・夕顔	14
くさぐさのはな	くさぐさの花	01 M	栄花物語	13
くさせんざい	草前栽	14	栄花物語	323•327
くさのか	草の香	14	古今著聞集	274

くさのしる	草の汁	16	堤・虫めづる姫君	5
くさむら	叢	14	宇津保・俊蔭	5
			栄花物語	90
			源氏・野分	5
			更級日記	61
			紫式部日記	1
くし	櫛	08	宇津保・楼の上上	16
		10	宇津保・楼の上上	16
			栄花物語	123・127
			落窪物語	105
			大鏡	74
			源氏・夕顔	23
			源氏・末摘花	5
			紫式部日記	73・75
くじ	孔子	01 M	枕草子	182
くしのてうど	櫛の調度	08	宇津保・内侍のかみ	35
くしのはこ	櫛の箱、櫛の筥	08	栄花物語	130・131・202・491・512
			落窪物語	106
			今昔物語集	244・296
			枕草子	372
くじやく	孔雀	08	栄花物語	259・267・317
		15 M	古今著聞集	70
くじやくきやう	孔雀経	02	古今著聞集	24
			枕草子	341
くじやくみやうわう	孔雀明王	15	今鏡	17
			古今著聞集	15
(くじやくみやうわう)	(孔雀明王)	15	栄花物語	91
			古今著聞集	24
くず	葛	14	狭衣物語	248
くすしぶみ	薬師書	02	宇津保・蔵開上	4
くすだま	薬玉	08	栄花物語	59・86・170・206・346・521
			蜻蛉日記	54
			源氏・蛍	5
			古今著聞集	278・280
			枕草子	34・63・116・119・259・279
(くすだま)	(薬玉)	08	蜻蛉日記	39
くずは	葛葉	14	源氏・夕霧	14
くすりのつぼ	薬の壺	15	栄花物語	338
ぐせいなん	虞世南	05 M	古今著聞集	142
ぐぜいのやうらく	弘誓瓔珞	15	栄花物語	281
		01 M	栄花物語	281
くたい	裙帯	10	栄花物語	485
			浜松中納言物語	6・18
			枕草子	119・152・316
			紫式部日記	44
くたい	九体[法成寺]	15	栄花物語	287・288
くたいのあみだほとけ	九体の阿弥陀仏［法成寺］	15	栄花物語	222・223・458

く

くたいひれ	裙帯領巾	10	浜松中納言物語	6•18
くたに	くたに	14	源氏・少女	17
くだもの	菓物	08	宇津保・吹上上	5
くだらのかはなり	百済川成	17	今昔物語集	284
くだらのくにより	百済の国より	19	今昔物語集	106•110
くだらより	百済より	19	源氏・若紫	9
くだり	行	16	源氏・常夏	7
くちおき	口置き	11	栄花物語	535•540•542
くちきがた	朽木形	06 M	栄花物語	365•422
			今昔物語集	454
			枕草子	118
			紫式部日記	39
くちすくめたるかた	口すくめたるかた	01 M	落窪物語	9
くちなは	くちなは	08 M	堤・虫めづる姫君	1
くつ	沓	11	宇津保・国譲下	27
			大鏡	61
			古今著聞集	47•96
			今昔物語集	278
くどくのこころばへ	功徳の心ばへ	05 M	栄花物語	288
くにぐにのし	国々の詩	03 M	宇津保・楼の上下	27
くはくえふ	虎魄葉	08	栄花物語	259
くひ	杙	08 M	宇津保・蔵開上	55
くびつな	頚綱	08	枕草子	118
くぼて	葉椀	08	宇津保・国譲中	6
くほんれんだい	九品蓮台	15	栄花物語	281
		01 M	栄花物語	281
くまののものがたり	くまのの物語	02	源氏・蛍	15
		01 M	源氏・蛍	15
くみ	組	08	宇津保・吹上上	18
			栄花物語	268•281•287•317
			源氏・総角	8
			古今著聞集	248
			枕草子	64•118
			紫式部日記	24
		09	紫式部日記	64
くみれ	組入	13	大鏡	9
くも	雲	15	栄花物語	259•281
		01 M	栄花物語	259•281
		11 M	栄花物語	278
くもがた	雲形	08 M	宇津保・楼の上上	26
くもで	蜘蛛手	14	狭衣物語	249
			とりかへばや	37
くもとり	雲鳥	11 M	大和物語	12
くものかた	雲の形	08 M	宇津保・楼の上上	21
くら	鞍	12	宇津保・吹上上	19
			栄花物語	75•185
			源氏・澪標	2

			狭衣物語	168
			三宝絵	19
くら	蔵	13	宇津保・国譲中	13
くらうどどころ	蔵人所	17	源氏・若菜上	3
くらうどまち	蔵人町	13	讃岐典侍日記	38
くらづかさ	内蔵寮	17	栄花物語	9•20•24•48•60
			源氏・桐壺	2
くらべうま	競馬	03 M	古今著聞集	201
くらべうまのさうぞく	競馬の装束	11	今昔物語集	408
くらほね	鞍橋	12	宇津保・吹上上	19
くらまち	倉町	13	源氏・明石	1
くらもちのみこ	車持の親王	02	源氏・絵合	19
くり	栗	08	宇津保・蔵開中	30
くるま	車	08	宇津保・蔵開下	42
			今昔物語集	301
		12	和泉式部日記	2
			宇津保・嵯峨の院	22
			宇津保・蔵開下	15•29
			栄花物語	72•73•75
			落窪物語	38
			大鏡	61•70•80
			蜻蛉日記	16
			古今著聞集	219
			今昔物語集	192•196
			狭衣物語	170•176
			竹取物語	34
			とりかへばや	28•52
			枕草子	72•138•175•232•250•261•263•265•266•276•292•314•315•346
			紫式部日記	62
		08 M	宇津保・菊の宴	26
			栄花物語	317
くるまのそでぐち	車の袖口	12	栄花物語	177
くるまのもん	車の紋	12	今鏡	109
くるまやどり	車宿	13	大鏡	59
			堤・よしなしごと	2
			枕草子	221
くるるど	枢戸	13	落窪物語	35
くれたけ	呉竹	08	宇津保・蔵開中	5
		14	源氏・夕顔	12
			源氏・少女	17
			源氏・胡蝶	10
			源氏・真木柱	8
			狭衣物語	52
くれたけのえだ	呉竹の枝	08	狭衣物語	83
くれなゐぎぬ	紅絹	11	落窪物語	63
くれはし	呉橋、呉階	13	宇津保・楼の上上	21

			枕草子	167•383
ぐれんげ	紅蓮華	14	栄花物語	289
くろど	黒戸	13	大鏡	5
くろぬり	黒塗	08	落窪物語	26
くろばかま	黒袴	11	枕草子	202
くろはんぴ	黒半臂	11	枕草子	292
くわいろう	廻廊	13	大鏡	30
くわさ	過差	18	大鏡	19•20•21•46
ぐわつくわう	月光[法成寺]	15	栄花物語	337•347
くわてう	花鳥	08	栄花物語	542
くわぶりよう・はなふれう	花文綾	08	宇津保・俊蔭	25
			宇津保・吹上上	5•24
			宇津保・あて宮	8
			宇津保・内侍のかみ	20•22•32
			宇津保・沖つ白波	5
			宇津保・蔵開上	15
		11 M	源氏・野分	10
くわらいてんじん	火雷天神	15	古今著聞集	25
くわん	窠	11 M	今鏡	31•79
ぐわんえい	桓栄	05 M	古今著聞集	142
くわんおん	観音	15	今鏡	42
	観音[長谷寺]		宇治拾遺物語	45•60•77
			栄花物語	281
	観音[法成寺]		栄花物語	242•284•286•465•553
	観音[長谷寺]		源氏・東屋	16
			源氏・手習	2•12
			源氏・夢浮橋	2
			古今著聞集	37•298
			古本説話集	36•37•39•54•55•56•59•87•91•94
	観音[清水寺]		古本説話集	42•68
	観音[成相寺]		古本説話集	45•46•47•48•53
	観音[長谷寺]		古本説話集	60•62•63•66
	観音［一尺］		古本説話集	88
	観音		今昔物語集	134•198•204•205•206•207•208•211•213•267
	観音［十一面観音・長谷寺］		三宝絵	62
	観音［如意輪観音］		三宝絵	64
	観音[長谷寺]		枕草子	18
		01 M	栄花物語	281
（くわんおん）	（観音）	15	打聞集	27•28
			古本説話集	40•41•42•47•48•49•50•51•52•58•61•64•65•89•90•92•93
くわんおんのざう	観音の像	15	三宝絵	24•25

くわんおんぼんのげの	観音品の偈の	15	栄花物語	347
こころ	心	01 M	栄花物語	347
くわんざう	萱草	14	枕草子	215
くわんじざいぼさつ	観自在菩薩	15	今昔物語集	50•60
くわんぜぼさつ	観世菩薩［観音］	15	打聞集	26
くわんばくとのただみち	関白殿忠通	17	今鏡	40
くゑまん	華鬘	08	栄花物語	317
ぐんだり	軍陀利	15	栄花物語	91
	軍陀利［法成寺］		栄花物語	297

け

けい	磬	15	古今著聞集	70
			讃岐典侍日記	12
げいくわん	倪寛	05 M	古今著聞集	142
けいし	家司	13	源氏・松風	1
けいし	経史	02	古今著聞集	3•52
げきす	鷁首	12	栄花物語	256
けごんきやう	華厳経、花厳経	02	宇治拾遺物語	57
			今昔物語集	148
			三宝絵	36•37
けさ	袈裟	11	宇津保・国譲下	12
			栄花物語	264•361•364
			源氏・鈴虫	6
			源氏・手習	16
			古今著聞集	22•241
			今昔物語集	65•66•114•187
			更級日記	26
			三宝絵	46
			枕草子	176•315•324•378
（けさう）	（化粧）	10	栄花物語	238
けさうぶみ	懸想文	16	狭衣物語	147
けさうぶみあはせ	艶書合	02	今鏡	26
けそく	華足	08	源氏・絵合	34
			源氏・若菜上	24
			源氏・鈴虫	3
			紫式部日記	5
けそくのさら	華足の皿	08	源氏・宿木	6
けつ	闕	13	本朝神仙伝	1
けだもの	獣	01 M	源氏・帚木	8
けづりき	削り木	08	蜻蛉日記	18
けぬき	毛抜	08	枕草子	82
けふそく	脇息、脇足	08	宇津保・菊の宴	10•16
		01 M	栄花物語	604
けぶつ	化仏	15	栄花物語	259•285
けぶり	煙	01 M	大和物語	2

げもん	解文	16	枕草子	183•184
げらふ	下臈	01 M	古今著聞集	198
けんけい	賢慶	17	古今著聞集	199
げんじ	源氏	02	今鏡	2•105
			宇治拾遺物語	82
			栄花物語	532•604
			古本説話集	12
			更級日記	25
			紫式部日記	55
		09	更級日記	25
げんじのきみ	源氏の君	08 M	源氏・紅葉賀	4
げんじのものがたり	源氏の物語	02	今鏡	150
			更級日記	24
			紫式部日記	86•93
げんじのゑ	源氏の絵	01	古今著聞集	196
		02	古今著聞集	196
げんじやう	玄上	08	大鏡	97
げんじやうさんざう	玄奘三蔵	02	三宝絵	23
げんじやうさんざうのてんぢくにわたるときのき	玄奘三蔵の天竺に渡ときの記	02	打聞集	47
けんじやうのさうじ	賢聖の障子	01	古今著聞集	142
		05	古今著聞集	142
げんじゑ	源氏絵	01	古今著聞集	196
		02	古今著聞集	196
けんじん	賢臣	05 M	古今著聞集	144
げんそう	玄宗	02	古今著聞集	137
（けんちく）	（建築）	13	宇津保・吹上上	30
			宇津保・吹上下	2
			宇津保・菊の宴	34
			宇津保・沖つ白波	4
			狭衣物語	3
			とりかへばや	47•51
			枕草子	305
けんのごほふ	剣の護法	15	宇治拾遺物語	51
けんぶつもんぼうのがく	見仏聞法の楽	15	栄花物語	281
		01 M	栄花物語	281

こ

こ	籠	08	宇津保・俊蔭	12
			宇津保・藤原の君	4
			宇津保・菊の宴	17
			源氏・浮舟	2
			今昔物語集	471
こ	卵	08	宇津保・菊の宴	23
		16	宇津保・菊の宴	23
ご	碁	08	源氏・須磨	16
こい	鯉	08	宇津保・祭の使	31

		08 M	宇津保・吹上上	18
ごいしけ	碁石笥	08	宇津保・あて宮	9
こいへ	小家	13	堤・ほどほどの懸想	1
			枕草子	305
こうしやう	功匠	17	栄花物語	215
ごうしやのぼさつのゆ	恒沙の菩薩の	15	栄花物語	232
じゆつ	湧出	01 M	栄花物語	232
こうちき	小袿	11	今鏡	96
			栄花物語	77•113•358•455•479•483•501•541
			宇津保・俊蔭	25
			宇津保・春日詣	3•10
			宇津保・祭の使	12
			宇津保・吹上上	23
			宇津保・国譲中	2•3•43•47
			宇津保・楼の上上	9•12•23•31
			落窪物語	58
			蜻蛉日記	8
			源氏・空蟬	3
			源氏・紅葉賀	2
			源氏・玉鬘	14•17•18
			源氏・胡蝶	9
			源氏・行幸	9
			源氏・若菜下	11•12
			源氏・夕霧	17
			源氏・竹河	4
			源氏・宿木	38
			源氏・手習	16•23
			狭衣物語	103•119•177•227•235
			堤・花桜折る少将	3
			堤・虫めづる姫君	3
			とりかへばや	12•32•34•40
			浜松中納言物語	70•71
			枕草子	148•155•245
			紫式部日記	53•96
			夜の寝覚	11•12•34•45•56•58•63•64•69
こうばい	紅梅	08	枕草子	185
		14	源氏・少女	17
			源氏・御法	4
			源氏・幻	2
			源氏・紅梅	2
			源氏・早蕨	3
			更級日記	33
			枕草子	95
		08 M	宇津保・吹上上	5
こうぼふだいし	弘法大師	15	古今著聞集	118
		17	古今著聞集	114•116•126

こ

			本朝神仙伝	7
		01 M	古今著聞集	118
ごうま	降魔	15	栄花物語	259
		01 M	栄花物語	259
こうみやうぶじどの	光明峰寺殿	01 M	古今著聞集	192
こうろくわんぞうたふし	鴻臚館贈答詩	02	本朝神仙伝	18
ごえふ	五葉	08	宇津保・蔵開上	46
			宇津保・蔵開下	14
		14	源氏・少女	17
			源氏・竹河	8
		08 M	宇津保・吹上上	5
			栄花物語	538
ごえふのえだ	五葉の枝	08	落窪物語	83
			源氏・若紫	9
			源氏・少女	22
			源氏・初音	1
			源氏・宿木	32
			夜の寝覚	71
		08 M	栄花物語	561
			源氏・梅枝	4
こがね	黄金、金	08	宇津保・俊蔭	6
			今昔物語集	336
		09	古今著聞集	20
こがねづくり	黄金作り	08	栄花物語	62
		12	宇津保・あて宮	5
			宇津保・蔵開下	21
			宇津保・楼の上上	29
			宇津保・楼の上下	28
			栄花物語	506
			紫式部日記	62
こがねづくりのくるま	黄金造りの車	08	宇津保・蔵開下	35
こがねのけ	黄金の毛	16	宇津保・蔵開中	23
こがねのざ	黄金の座	08	今昔物語集	264
こがねのすぢ	黄金の筋	08	栄花物語	232
こがねのたま	こがねの玉	08	枕草子	60
こがねのでい	金の泥	16	落窪物語	82
こがねのはく	金の薄	08	今昔物語集	290
こからびつ	小唐櫃	08	宇津保・蔵開中	1
			宇津保・国譲上	4・8
			宇津保・楼の上下	41
			狭衣物語	301
ごかんじよ	後漢書	02	栄花物語	240
		03 M	栄花物語	240
こぎ	小木	14	栄花物語	208・327
ごき	御器	08	宇津保・吹上下	6
			宇津保・菊の宴	10
			宇津保・あて宮	8

			宇津保・国譲上	9
こきでんのかべ	弘徽殿の壁	13	栄花物語	571
		16	栄花物語	571
こきん	古今	02	今鏡	139•142•144•146•147
			栄花物語	1•2•3•117•128•316
			大鏡	4•13•14•38•92•102
			古今著聞集	56•66•80•170•242•243•291
			枕草子	27•28•29•30•81
			紫式部日記	64
		09	紫式部日記	64
		11 M	栄花物語	550
こきんしふ	古今集	02	古今著聞集	79•84
こきんのじよ	古今の序	02	栄花物語	592
こきんわかしふ	古今和歌集	02	源氏・梅枝	20
こきんゑ	古今絵	01	古今著聞集	173
		02	古今著聞集	173
こくうざうぼさつ	虚空蔵菩薩	15	今昔物語集	112
こくえ	黒衣	11	打聞集	48
こくすいのえん	曲水の宴	14	古今著聞集	223
ごくらく	極楽	15	栄花物語	321
			源氏・幻	9
ごくらくかい	極楽界	15	栄花物語	281
		01 M	栄花物語	281
ごくらくじやうど	極楽浄土	15	栄花物語	464
		01 M	栄花物語	461
ごくらくじやうどのさう	極楽浄土の相	15	今昔物語集	201
ごくらくのむかへ	極楽の迎	15	栄花物語	281
		01 M	栄花物語	281
こぐるま	小車	08	宇津保・蔵開下	40
こけ	苔	13	今昔物語集	171
		14	伊勢物語	10
			宇津保・楼の上下	30
			源氏・胡蝶	1
			源氏・竹河	8
			今昔物語集	305
			枕草子	99
		08 M	源氏・少女	22
ごけ	後家	01 M	古今著聞集	200
こけがち	苔がち	14	狭衣物語	111
こけのころも	苔の衣	11	宇津保・吹上下	9
ここくのひと	胡国の人	01 M	今昔物語集	464
ここの	ここの［大和の］	19	栄花物語	498
こころしらひ	心しらひ	01	源氏・帚木	8
こころば	心葉	08	栄花物語	118
			源氏・末摘花	18

			源氏・絵合	1・31
			源氏・梅枝	4
			源氏・総角	8
			紫式部日記	65
こころばへあるうた	心ばへある歌	11 M	栄花物語	535
ござ	御座	08	枕草子	304
こさうし	小冊子	02	宇津保・楼の上下	40
こさむでうのおほとののごんちゆうじやう	故三条の大殿の権中将［藤原公任］	17	栄花物語	38
こし	腰	11	伊勢物語	6
			宇津保・楼の上下	34
			源氏・空蝉	3
			紫式部日記	17
こし	輿	12	栄花物語	443・597
			狭衣物語	18
			讃岐典侍日記	42
			枕草子	317・334
こしう	古集	02	源氏・賢木	18
こしがたな	腰刀	01 M	古今著聞集	183
ごしきのいと	五色の糸	15	今昔物語集	195
こしたかつき	腰高杯	08	宇津保・蔵開下	5
こしば	小柴	14	源氏・若紫	1
こしばがき	小柴垣	14	源氏・賢木	1
			源氏・夕霧	1
			とりかへばや	37・38
ごしふ	後集［菅家後集］	02	大鏡	17
ごしふゐ	後拾遺	02	今鏡	21・46
			宇治拾遺物語	5
（ごしふゐしふ）	（後拾遺集）	02	今鏡	76
こしやうじ	小障子	05	源氏・帚木	20
			源氏・野分	2
			枕草子	159
こじやうず	小上手	17	古今著聞集	163
ごしやく	五尺	04	栄花物語	310
		16	栄花物語	310
ごしよ	御所	13	大鏡	59
こじり	木尻	13	今昔物語集	28
こしんでん	小寝殿	13	栄花物語	543
			狭衣物語	272
こずみ	濃墨	16	源氏・少女	12
こずゑ	梢、木末	14	栄花物語	90・530
			源氏・胡蝶	4
			源氏・夕霧	14
			源氏・幻	2
			源氏・総角	31
			源氏・宿木	26

			今昔物語集	275
			狭衣物語	69•233
			更級日記	37
			浜松中納言物語	4
			紫式部日記	1
こせのあふみ	巨勢相覧	17	源氏・絵合	20
こせのひろたか	巨勢広高	17	今昔物語集	449•449
ごせん	後撰	02	栄花物語	117•128•316
			大鏡	24
			古今著聞集	104•170
		11 M	栄花物語	550
こぜんし	濃染紙	08	紫式部日記	41
		16	紫式部日記	41
ごせんしふ	後撰集	02	栄花物語	2•3•335
			紫式部日記	64
		09	紫式部日記	64
ごだいき	五代記	02	古今著聞集	60
ごだいそん	五大尊	15	栄花物語	445•448
			枕草子	341
ごだいりきぼさつ	五大力菩薩	15	栄花物語	301
こたか	小鷹	08	宇津保・楼の上下	40
こだち	木立	14	宇津保・俊蔭	5
			宇津保・蔵開中	26
			栄花物語	175
			源氏・桐壺	8
			源氏・夕顔	14
			源氏・若紫	1•21
			源氏・明石	2
			源氏・胡蝶	1
			源氏・若菜上	40
			源氏・柏木	7
			源氏・手習	4
			今昔物語集	305
			狭衣物語	1•37•179
			堤・貝あはせ	1
			枕草子	88•219•243•305
			紫式部日記	58
ごちのひかり	五智の光	15	栄花物語	281
		01 M	栄花物語	281
こぢぶきやうのぬしのみしふ	故治部卿のぬしの御集	02	宇津保・蔵開中	24
こてふ	胡蝶	16	宇津保・吹上上	6
		08 M	宇津保・吹上上	6
こと	琴	08	宇津保・俊蔭	2•3•21•23
			宇津保・忠こそ	11•15
			宇津保・沖つ白波	2
			源氏・若菜上	12
			枕草子	130

こ

			夜の寝覚	70
ことて	異手	16	蜻蛉日記	59
ことば	詞	16	栄花物語	152•281
ことり	小鳥	08	宇津保・蔵開上	45
		08 M	宇津保・蔵開上	34
			宇津保・蔵開下	14
			宇津保・国譲中	9
			宇津保・楼の上上	26
このは	木の葉	14	和泉式部日記	12
			宇津保・嵯峨の院	4
			更級日記	38
		08 M	宇津保・内侍のかみ	35
このゑづかさ	近衛司	05 M	古今著聞集	146
こばかま	小袴	11	古本説話集	38
こはく	琥珀	08	古今著聞集	278
			今昔物語集	461
こばこ	小箱、小筥	08	栄花物語	130
			堤・貝あはせ	9•10
こひ	鯉	08	宇津保・蔵開上	45•47
		08 M	宇津保・蔵開上	21•34
			宇津保・蔵開下	14
こひがき	小檜垣	14	枕草子	221
こひするをとこのすまひ	恋する男の住まひ	01 M	源氏・総角	34
ごひつくわしやう	五筆和尚	17	今昔物語集	116
こびやうぶ	古屏風	04	宇津保・菊の宴	4
ごふく	呉服	11	宇津保・沖つ白波	5
ごぶつ	五仏	15	今昔物語集	131
こぶね	小船	12	枕草子	349
こぶみ	古文	16	宇津保・蔵開中	1
こほふし	小法師	01 M	古今著聞集	181
こほり	氷	14	栄花物語	530
こま	高麗	19	源氏・宿木	12
			狭衣物語	169•182
こま	駒	08	宇津保・蔵開下	35
こまいぬ	狛犬	08	宇津保・蔵開上	16
			宇津保・吹上上	16
			栄花物語	56•148•505•580•590
			枕草子	305
こまうどの	高麗人の	19	源氏・梅枝	2
こまくらべのかた	駒競のかた	08	栄花物語	586
こまつ	小松	08	宇津保・蔵開下	38
			源氏・浮舟	1
		14	宇津保・楼の上下	30•39
			今昔物語集	380
		08 M	古今著聞集	279
こまつのそうじやう	小松僧正	01 M	古本説話集	96
こまつばら	小松原	11 M	紫式部日記	31

こまつぶり	こまつぶり	08	大鏡	52
こまにしき	高麗錦	08	宇津保・楼の上上	21
こまの	高麗の	19	宇津保・楼の上下	35
			源氏・明石	3
			源氏・絵合	36
			源氏・梅枝	13•17
			源氏・若菜下	13
こまののものがたり	こまのの物語	02	枕草子	255•336
こまひく	駒牽く	03 M	蜻蛉日記	22
こまぶえ	高麗笛	08	宇津保・楼の上下	40
こまむかへ	駒迎へ	03 M	古今著聞集	93
こまんえふ	古万葉	02	枕草子	81
こまんえふしふ	古万葉集	02	源氏・梅枝	20
			古今著聞集	170
こむげんろく	坤元禄	02	枕草子	342
		03 M	枕草子	342
ごむしよく	厳飾	18	栄花物語	259
こめ	穀	11	宇津保・楼の上下	34
こめのたはら	米の俵	01 M	古今著聞集	180
こも	菰	14	枕草子	382
こもん	小文、小紋	08	栄花物語	232•562
		11	源氏・横笛	2
こやすがひ	子安貝	08	竹取物語	29•30•31•32•33
こやすのかひ	子安の貝	08	竹取物語	2•30
こやま	小山	08 M	枕草子	111
こゆみのゆづか	小弓のゆづか	08	今鏡	106
これたかのみこ	惟喬親王	02	土佐日記	4
これふさ	伊房	17	今鏡	72
			古今著聞集	124
ごろう	呉綾	08	宇津保・内侍のかみ	20
ころも	衣	11	宇治拾遺物語	67
			宇津保・吹上下	13
			宇津保・菊の宴	21
			栄花物語	34•126•264
			源氏・夕顔	11
			源氏・初音	10
			古今著聞集	22•173•221•225
			今昔物語集	36•85•92•94•96•100•115•169•170•179•190
			三宝絵	18•67
			とりかへばや	19•30
			本朝神仙伝	15
			枕草子	324
			紫式部日記	68
ころもで	衣手	11	栄花物語	522
ころもはかま	衣袴	11	古今著聞集	231•251
ころもばこ	衣箱、衣筥	08	宇津保・蔵開上	42
			宇津保・国譲下	40

			宇津保・吹上上	32
			栄花物語	100•103•104•361•429
			落窪物語	106
			源氏・末摘花	11
			紫式部日記	37•38
ころもばこのをたて	衣筥の折立	08	紫式部日記	25
こわりご	小破子	08	堤・貝あはせ	2
こをけ	小桶	08	今昔物語集	335
こんがうかいのだいまんだら	金剛界の大曼陀羅	15	今昔物語集	79
こんがうざわう	金剛蔵王［金峯山寺］	15	本朝神仙伝	5•22
こんがうはんにや	金剛般若	02	源氏・若菜上	23
			枕草子	252
こんがうはんにやきやう	金剛般若経	02	今昔物語集	87
			三宝絵	39
こんがうやしや	金剛夜叉［法成寺五大堂］	15	栄花物語	297
こんぐ	金鼓	15	枕草子	174
こんし	紺紙	09	古今著聞集	20
こんじ	金字	09	古今著聞集	19
こんじきのさんぞん	金色の三尊	15	今昔物語集	149
こんだう	金堂	13	栄花物語	589
こんでい	金泥	09	今昔物語集	228
			狭衣物語	310
こんでいのきやう	紺泥の経	9	栄花物語	232
ごんのだいなごん	権大納言	17	栄花物語	407
こんめいち	昆明池	05 M	古今著聞集	146
			讃岐典侍日記	50
こんるり	紺瑠璃	08	打聞集	12
			栄花物語	259
			源氏・若紫	9
			源氏・梅枝	4
			源氏・宿木	33
			今昔物語集	57

さ

ざ	座	08	今昔物語集	34•36
		15	栄花物語	216•259
さいく	細工	08	栄花物語	318
		17	栄花物語	363
			源氏・宿木	31
			今昔物語集	280
			三宝絵	38
さいぐうき	西宮記	02	古今著聞集	45
（さいぐうのにようごしふ）	（斎宮女御集）	02	大鏡	96
ざいごがものがたり	在五が物語	02	源氏・総角	35

		01 M	源氏・総角	35
ざいごちゆうじやう	在五中将	02	源氏・絵合	26
			更級日記	8
ざいごのちゆうじやうのにき	在五中将の日記	01	狭衣物語	26
		02	狭衣物語	26
さいさうこう	最勝講	02	讃岐典侍日記	43
さいし	釵子	10	栄花物語	112
			狭衣物語	177
			讃岐典侍日記	48
			枕草子	125•321
			紫式部日記	16•52
さいしやうのないしのすけ	宰相の内侍のすけ	17	栄花物語	495
さいそうわうきやう	最勝王経	02	源氏・若菜上	23
ざいちゆうじやう	在中将	02	大鏡	3
			更級日記	25
さいで	裂帛	08	栄花物語	66
			枕草子	40•125
さいてう	最澄	17	古今著聞集	21
さいのつの	犀の角	08	今昔物語集	335
さいひつ	彩筆	01	古今著聞集	2
さう	箏	08	古今著聞集	105
さう	草	16	宇津保・蔵開中	1•15
			宇津保・蔵開下	55
			宇津保・国譲上	16
			栄花物語	310
			大鏡	53
			源氏・葵	22
			源氏・賢木	12
			源氏・梅枝	14•17
			源氏・若菜上	29
			古今著聞集	123
			枕草子	281
ざう	象	15	栄花物語	294
ざう	像	15	今昔物語集	15
	像［元興寺］		三宝絵	34
	像［釈迦・大安寺］		三宝絵	59
	像［維摩詰］		三宝絵	68
さうあん	草菴	15	栄花物語	281
		01 M	栄花物語	281
さうかい	草鞋	10	宇津保・あて宮	16
さうがち	草がち	16	源氏・少女	12
			源氏・初音	5
			源氏・常夏	7
			狭衣物語	123
さうかな	草仮名	16	宇津保・菊の宴	3
			栄花物語	310

			枕草子	233
ざうがん	象眼、象嵌	08	栄花物語	492・495・550・557・558
			古今著聞集	173・278
			狭衣物語	16・174
			とりかへばや	15
			浜松中納言物語	18・42
			枕草子	320
さうし	草子、冊子、	01	古今著聞集	174
	双紙	02	源氏・初音	7
			源氏・梅枝	7
	草子[枕草子]		枕草子	384・385
	草子、冊子、	09	今鏡	64
	双紙		宇津保・蔵開中	15
			栄花物語	53・117・456・538・550
			源氏・玉鬘	22
			源氏・梅枝	11
			源氏・若菜上	44
			古今著聞集	173
			更級日記	19
			枕草子	25・27・30・40・70・83・116・191・233・275・303・352・384
			紫式部日記	56・64
		16	源氏・梅枝	19・23
		11 M	栄花物語	550
さうしのはこ	草子の箱	08	源氏・梅枝	7
さうしばこ	冊子筥	08	紫式部日記	75
ざうしまち	曹司町	13	源氏・少女	18
さうしよ	草書	16	本朝神仙伝	7
さうすいき	壮衰記	02	古今著聞集	90
さうぞく、しやうぞく	装束	08	栄花物語	410
		11	宇治拾遺物語	80
			宇津保・春日詣	18
			宇津保・嵯峨の院	35
			宇津保・祭の使	33
			宇津保・あて宮	19
			宇津保・内侍のかみ	28
			宇津保・国譲下	12・34
			宇津保・楼の上下	41
			栄花物語	52・96・103・235・389・391・398・410・429
			落窪物語	46・47・48・50・63・103・106
			源氏・若菜上	31
			源氏・宿木	8・40
			源氏・東屋	28
			古今著聞集	41・42
			今昔物語集	390・391・392・400・406・447・455

			狭衣物語	17•47•138•146•297
			讃岐典侍日記	48
			とりかへばや	28
			浜松中納言物語	40
			夜の寝覚	39
		18	今昔物語集	461
			枕草子	44•174•274
さうでん	聖天	15	宇津保・菊の宴	33
さうのつりどの	左右の釣殿	13	栄花物語	543
		14	栄花物語	543
さうのて	草の手	16	源氏・絵合	41
さうのて	左右の手	08 M	今昔物語集	281
さうのもじ	草の文字	16	源氏・常夏	8
さうび	薔薇	14	栄花物語	289
			源氏・少女	17
さうぶ、しやうぶ	菖蒲	08	栄花物語	86
		14	源氏・少女	17
			枕草子	382
		16	宇津保・忠こそ	6
		01 M	枕草子	164
さうぶかつら	菖蒲鬘	10	枕草子	259
さうぶのおほんこし	菖蒲の御輿	12	栄花物語	59
さうぶのね	菖蒲の根	08	枕草子	64•65
さうぶふくいへ	菖蒲葺く家	03 M	落窪物語	93
さうぼく	草木	14	栄花物語	357
さかき	榊、賢木	08	源氏・賢木	11
			古今著聞集	300
			狭衣物語	98
		14	狭衣物語	222
さかきのえだ	榊の枝	08	狭衣物語	222
さかづき	盃、坏	08	源氏・宿木	33
			古今著聞集	87•226
さがてんわう	嵯峨天皇	17	古今著聞集	19•20•114•116
さがの	嵯峨野	03 M	落窪物語	93
さがのみかど	嵯峨帝	17	源氏・梅枝	20
さくぢやう	錫杖	15	枕草子	327
さくら	桜	08	源氏・若紫	9
			源氏・浮舟	21
			平中物語	1•2
			枕草子	2•21•305•310
		14	伊勢物語	13
			大鏡	60
			源氏・須磨	13
			源氏・少女	17
			源氏・胡蝶	4
			源氏・若菜上	41
			源氏・御法	4
			今昔物語集	305

			狭衣物語	222•223
			更級日記	30•45
			堤・花桜折る少将	7
			とりかへばや	29
		01 M	栄花物語	540
			浜松中納言物語	14
			枕草子	164
		03 M	落窪物語	93
		08 M	宇津保・吹上上	5•9
			宇津保・内侍のかみ	35
さくらのえだ	桜の枝	08	栄花物語	561
			狭衣物語	223
さくらのは	桜の葉	14	枕草子	243
さくらのはな	桜の花	08	宇津保・国譲上	5
		14	更級日記	21
		03 M	栄花物語	198
			今昔物語集	303
			枕草子	205
		11 M	今鏡	32
さくらばな	桜花	10	宇津保・国譲下	43
さくらびと	桜人	08 M	栄花物語	550
さけ	鮭	08	宇津保・国譲中	6
さごろも	狭衣	02	宇治拾遺物語	82
さごろものゑ	小衣の絵	01	古今著聞集	196
		02	古今著聞集	196
さこんのぢん	左近の陣	13	讃岐典侍日記	38
ささげもの	ささげ物	08	伊勢物語	8
さじき	桟敷	13	栄花物語	187•606
			落窪物語	57
			枕草子	259
さじきのや	桟敷の屋	13	栄花物語	71
さしぐし	挿櫛、刺櫛	10	宇津保・あて宮	2
			栄花物語	409•550
			源氏・絵合	1
			枕草子	1•134•300
さしぬき	指貫	11	今鏡	13•54•79•85•117•119
			宇治拾遺物語	7•11•12•13•14•64
			宇津保・俊蔭	14
			宇津保・吹上上	21•24
			宇津保・蔵開上	13•23•24•25•26•36
			宇津保・蔵開中	3
			宇津保・国譲下	8•12•13
			宇津保・楼の上上	11
			宇津保・楼の上下	25
			栄花物語	43•45•139•218•243•439•492•493
			大鏡	48•49•79
			源氏・夕顔	9

			源氏・葵	13
			源氏・須磨	6•15
			源氏・行幸	5
			源氏・真木柱	5
			源氏・若菜上	42
			源氏・橋姫	13
			源氏・宿木	36
			古今著聞集	205•232
			今昔物語集	218•261•342•384•399•456•457
			狭衣物語	16•70•77•188
			更級日記	57
			堤・貝あはせ	7
			とりかへばや	4•8•11•15
			浜松中納言物語	65
			枕草子	22•43•45•47•48•56•86•94•148•165•173•230•249•263•286•306•316•324•328•346
			夜の寝覚	40•68
さだのぶ	定信	17	今鏡	72
さつきのせち	五月節	03 M	栄花物語	198
ざつはう	雑宝	08	栄花物語	259
ざつゑ	雑絵	01	古今著聞集	196
さでん	左伝	02	古今著聞集	61•63
さびえぼし	さび烏帽子	10	今鏡	119
さへのかみ	道祖の神	15	今昔物語集	181
さもんのふしやうかもりのありかみ	左門の府生掃守の在上	17	今昔物語集	326
さら	皿	08	宇治拾遺物語	64
			宇津保・あて宮	8
			宇津保・蔵開下	6
			栄花物語	100•313
			古今著聞集	226•282
			今昔物語集	399
			紫式部日記	25•52
さりのだいにのむすめ	佐理の大貳の女	17	栄花物語	484
さりのひやうぶきやうのむすめのきみ	佐理の兵部卿のむすめの君	17	栄花物語	152
さる	猿	05 M	古今著聞集	149
さるべきこころばへあることども	さるべき心ばへある事ども	02	栄花物語	407
		03 M	栄花物語	407
さるべきもののしふ	さるべきものの集	02	栄花物語	232
さを	棹	08	宇津保・祭の使	22
		12	今昔物語集	457
さをしか	小牡鹿	07 M	狭衣物語	190

		08 M	古今著聞集	275
さん	衫	11	今昔物語集	95
さんきやう	産経	02	宇津保・蔵開上	6
さんじふにさう	三十二相	15	栄花物語	281
		01 M	栄花物語	281
さんじふろくにんのみやうじ	三十六人の名字	15	古今著聞集	76
（さんじやく）	（三尺）	15	古本説話集	1•100
			本朝神仙伝	3
さんだいしふ	三代集	02	今鏡	112
さんでうのみや	三条の宮	02	栄花物語	532
さんぼうゑ	三宝絵	02	大鏡	47
（さんぼくきかしふ）	（散木奇歌集）	02	今鏡	28

し

し	詩	07 M	大鏡	53
しか	鹿	08 M	宇津保・吹上上	18
（しかしふ）	（詞華集）	02	今鏡	89
しき	史記	02	宇津保・沖つ白波	9
			栄花物語	98
			源氏・少女	4
			枕草子	254•384
			紫式部日記	19•20
しき	四季	01 M	源氏・絵合	38
		03 M	源氏・若菜上	25
			古今著聞集	201•202•248
しきし	色紙	08	今鏡	128
			宇津保・藤原の君	22
			宇津保・あて宮	8
			宇津保・蔵開上	19•34•38•39
			宇津保・蔵開中	4•5•15•30
			宇津保・蔵開下	38•57
			宇津保・国譲上	5•16•17
			宇津保・国譲中	5•26•33•34
			宇津保・楼の上上	4•36
			栄花物語	41•117•313•363
			落窪物語	9•71•82•108
			大鏡	70
			蜻蛉日記	5
			源氏・賢木	9
			源氏・絵合	22
			源氏・玉鬘	1
			源氏・常夏	7
			源氏・行幸	4
			源氏・梅枝	17
			源氏・橋姫	11
			源氏・宿木	10
			源氏・浮舟	15•22

			古今著聞集	196
			今昔物語集	234•436
			狭衣物語	61•141
			浜松中納言物語	37
			枕草子	24•183•188•301•340•367
			紫式部日記	64
			夜の寝覚	54
		09	栄花物語	461
			源氏・絵合	22
		16	落窪物語	9•71•108
			源氏・賢木	9
			源氏・絵合	22
			源氏・玉鬘	1
			源氏・常夏	7
			源氏・行幸	4
			源氏・梅枝	17
			源氏・橋姫	11
			源氏・宿木	10
			源氏・浮舟	15•22
			枕草子	188•340
しきしがた	色紙形	08	今鏡	58•71•118•124
			栄花物語	133•310
			大鏡	28
			古今著聞集	168•278
		16	栄花物語	133•281
しきぶきやうのみや	式部卿宮	17	栄花物語	380
しきぶのたいふのしふ	式部大輔の集	02	宇津保・蔵開中	1
しきみ	樒	08	源氏・若菜下	25
しきもの	敷物	08	源氏・梅枝	2
			大和物語	1
しくわん	止観	02	今鏡	57
しくわんきやう	四巻経	02	栄花物語	322
しげめゆひ	滋目結ひ	11	今鏡	80
しこむごん	紫金銀	08	栄花物語	259
しこむだい	紫金台	15	栄花物語	281
		01 M	栄花物語	281
しこんのだい	紫金台	08	今昔物語集	263
しざま	しざま	18	栄花物語	149
しざや	尻鞘	10	宇津保・吹上上	21
しさん	子産	05 M	古今著聞集	142
しし	獅子	08	栄花物語	148•505•580•590
			枕草子	305
		08 M	古今著聞集	95
ししがた	獅子形	01 M	古今著聞集	165
ししき	四色	11	今昔物語集	446
ししのおほんざ	師子の御座	15	栄花物語	337
じしぼさつ	慈氏菩薩	15	今昔物語集	60
しじやうくわう	熾盛光	02	枕草子	341

し

ししやく	四尺	04	栄花物語	310
じじゆうのだいなごん	侍従の大納言	17	栄花物語	310・329・364
じじゆうのだいなごんのむすめ	侍従の大納言のむすめ	17	更級日記	22・31
じじゆうのちゆうなごん	侍従中納言	17	栄花物語	117・134
			紫式部日記	64
したうづ	下沓、襪	11	宇津保・祭の使	25
			今昔物語集	452
したがさね	下襲	11	今鏡	35
			宇津保・藤原の君	13
			宇津保・春日詣	4
			宇津保・祭の使	20
			宇津保・吹上上	13・22・24
			宇津保・国譲下	26・27
			宇津保・楼の上上	27
			栄花物語	356
			大鏡	100
			源氏・花宴	3
			源氏・葵	1・23・25
			源氏・行幸	1・5
			源氏・真木柱	5
			源氏・若菜下	28
			源氏・鈴虫	9
			源氏・宿木	29
			とりかへばや	28
			枕草子	158・331
したがさねのしり	下襲のしり	11	栄花物語	234・376
			讃岐典侍日記	40
			枕草子	74・179
したかた	下形	08	源氏・梅枝	6
したぎ	下着、下著	11	栄花物語	108・550
したくら	下鞍	12	宇津保・吹上上	19
したすだれ	下簾	12	宇津保・楼の上上	26
			落窪物語	38
			枕草子	77・315
したづくゑ	下机	08	源氏・絵合	36
			紫式部日記	25
したゑ	下絵	01	栄花物語	232・310・363・407・538・558
			大鏡	53
			源氏・若菜上	28
			古今著聞集	289
			狭衣物語	219
		07	大鏡	53
したん	紫檀	08	宇津保・楼の上上	16・20
			大鏡	49
			古今著聞集	209
しぢ	榻	08	今昔物語集	216

じち	実	16	源氏・帚木	9
しちぶつやくし	七仏薬師［法成寺］	15	栄花物語	222•337•347•553
	七仏薬師		今昔物語集	160
しちほう	七宝	08	打聞集	33
			宇津保・国譲上	14
			栄花物語	210•232•236•259•262•317
			今昔物語集	20
じつさいのほとけ	十斎の仏	15	狭衣物語	262
しつたたいし	悉達太子	02	栄花物語	259
		15	栄花物語	259
		01 M	栄花物語	259
しつらひ	しつらひ	08	栄花物語	56•92•310•447•540
			大鏡	68
			源氏・薄雲	3
			狭衣物語	252•261•300
			竹取物語	25
			とりかへばや	11
			浜松中納言物語	73
			枕草子	305
		01 M	狭衣物語	116
してんわう	四天王［法成寺］	15	栄花物語	261•286
	四天王		古今著聞集	14
			今昔物語集	108•127
			三宝絵	30
してんわうのざう	四天王の像	15	三宝絵	29
しとね	褥、茵	08	源氏・初音	4
			源氏・梅枝	2
			源氏・若菜下	13
			今昔物語集	306
しとみ	蔀	06	宇津保・藤原の君	14
しなつくのこひまろ	しなつくの恋麿	02	堤・よしなしごと	1
しのじつたい	詩の十体	02	古今著聞集	220
しのすすき	篠薄	14	狭衣物語	94
しのぶ	しのぶ	14	源氏・橋姫	1
しばがき	柴垣	14	源氏・帚木	12
			とりかへばや	25
じひつ	自筆	16	大鏡	69
しびと	死人	05 M	今昔物語集	288
しびら	褶	11	栄花物語	140
			源氏・末摘花	5
しふ	集［散木奇歌集］	02	今鏡	28
	集［法性寺関白御集］		今鏡	62

し

	集［公任集］		今鏡	70
	集［金葉集］		今鏡	115
	集		宇津保・蔵開上	61
			栄花物語	592
	集［延喜御集］		大鏡	6
	集［花山院御集］		大鏡	58
	集［貫之集］		大鏡	93
	集［斎宮女御集］		大鏡	96
	集［歌集］		枕草子	83
じふいちめんくわんおん	十一面観音	15	今昔物語集	141•215•221
			三宝絵	62
			本朝神仙伝	4
じふいちめんしせんしゆのくわんおん	十一面四千手の観音	15	今昔物語集	142
じふごや	十五夜	03 M	宇津保・菊の宴	13
しふこんがうじん	執金剛神	15	今昔物語集	250
じふさいのほとけ	十斎の仏［法成寺］	15	栄花物語	222•435
じふでし	十弟子［法成寺］	15	栄花物語	440
じふにじんしやう	十二神将［法成寺］	15	栄花物語	347
じふにだいぐわんのこころ	十二大願の心	15	栄花物語	347
		01 M	栄花物語	347
しふゐ	拾遺	02	栄花物語	117•128
しふゐせう	拾遺抄	02	今鏡	64
			紫式部日記	64
		09	紫式部日記	64
しほがま	塩竈	14	伊勢物語	12
			古本説話集	24
しほがまのかた	塩竈の形	14	古本説話集	23
しほがまのさま	塩竈の様	14	今昔物語集	321
しま	島	14	伊勢物語	10
			宇津保・祭の使	9
		08 M	宇津保・吹上上	18
			宇津保・内侍のかみ	35
			落窪物語	108
しまごむのやはらかなるはだへ	紫磨金の柔かなる膚	15	栄花物語	281
		01 M	栄花物語	281
しもがれ	霜枯れ	14	栄花物語	323
しもと	しもと	08	枕草子	213
しものや	下の屋	13	源氏・蓬生	3
しやう	笙	08	栄花物語	345
			古今著聞集	68•207
しやうえ	青衣	11	今昔物語集	81•86•99
			本朝神仙伝	13

じやうえ	浄衣	11	打聞集	18
			栄花物語	300
しやうがん	しやうがん	08	栄花物語	557
しやうぐわつついたち	正月朔日	03 M	栄花物語	484
しやうくわんおん	正観音	15	打聞集	30
			今昔物語集	209•212
しやうこ	鉦鼓	08	今昔物語集	458
じやうごてん	浄居天	02	栄花物語	259
		15	栄花物語	259
		01 M	栄花物語	259
しやうごん、さうごん	荘厳	18	栄花物語	231•259•349
			狭衣物語	216
	荘厳［平等院鳳凰堂］		古今著聞集	109
しやうさむみ	正三位	02	源氏・絵合	23
		01 M	源氏・絵合	23
しやうじ、さうじ	障子	01	古今著聞集	122•144•149•150•151•166
			今昔物語集	288
			讃岐典侍日記	29•50•53
			枕草子	20•136•357
		05	今鏡	99•137
			宇治拾遺物語	30•32•33•34
			宇津保・国譲下	38
			宇津保・楼の上上	9•10
			栄花物語	40•180•242•283•288
			落窪物語	21•22
			大鏡	28•34•64
			蜻蛉日記	30
			源氏・帚木	13•14•17•18
			源氏・末摘花	2
			源氏・紅葉賀	8
			源氏・葵	20
			源氏・絵合	39
			源氏・少女	7
			源氏・常夏	6
			源氏・野分	4
			源氏・若菜上	18•37
			源氏・若菜下	7
			源氏・鈴虫	4
			源氏・夕霧	3•4•7•8
			源氏・御法	3
			源氏・橋姫	7
			源氏・椎本	13•14
			源氏・総角	6•16•17•19•20•27
			源氏・早蕨	1
			源氏・宿木	35•39
			源氏・東屋	7•9•11•12•15•18

			源氏・浮舟	20
			源氏・蜻蛉日記	9•10•13•14•24•25
			源氏・手習	21
			古今著聞集	122•144•149•150•151•166•201•215•261•264
			古本説話集	4
			今昔物語集	253•258•288•368•369•417•418•422•432•433•434•435•441
			狭衣物語	56•78•81•127•151•152•154•155•157•180•201•202•205•207•253•254•255•256
			讃岐典侍日記	2•5•6•7•10•15•16•17•18•29•32•33•36•47•50•53
			堤・このついで	6
			浜松中納言物語	29
			枕草子	10•11•12•20•37•136•147•247•357
			紫式部日記	12•13•51•100
			夜の寝覚	14
		16	栄花物語	180
しやうじぐち、さうじぐち	障子口	05	大鏡	39
			源氏・帚木	15•16•19
			源氏・空蟬	4
			源氏・椎本	20
			源氏・総角	7
			源氏・宿木	24•42
			源氏・手習	8
			狭衣物語	55•203•255•312
しやうじのくち	障子の口	05	源氏・早蕨	2
しやうじのゑ	障紙の絵	01	栄花物語	33
			今昔物語集	451
		05	栄花物語	33
			今昔物語集	451
（しやうじゑ）	（障子絵）	01	古本説話集	4
		05	古本説話集	4
しやうじゆ	聖衆	15	栄花物語	281
		01 M	栄花物語	281
しやうじゆらいがうらく	聖衆来迎楽	15	栄花物語	281
		01 M	栄花物語	281
しやうしよ	尚書	02	古今著聞集	63
じやうず	上手［藤原忠通］	17	今鏡	58•101
	上手		宇津保・楼の上上	20
			大鏡	25
			源氏・帚木	7•8

し

			源氏・須磨	9
			源氏・絵合	5・30・38・40・45
			源氏・行幸	6
			源氏・梅枝	6・10
			源氏・若菜上	20
			古今著聞集	184・187
			今昔物語集	412
			狭衣物語	240
			浜松中納言物語	6
じやうだう	成道	15	栄花物語	259
		01 M	栄花物語	259
じやうど	浄土	15	栄花物語	280
しやうとくたいしのおほんにき	正徳太子の御日記	02	栄花物語	217
しやうにん	聖人［性空］	15	今昔物語集	168
しやうのいはやのひじり	しやうの岩やの聖	02	浜松中納言物語	81
しやうのふえ	笙の笛	08	今鏡	107
じやうぼんわうぐう	浄飯王宮	15	栄花物語	259
		01 M	栄花物語	259
じやうやうきうにながめたるをんな	上陽宮にながめたる女	02	浜松中納言物語	54
しやうらうびやうし	生老病死	15	栄花物語	259
		01 M	栄花物語	259
しやうりうのくるま	青竜の車	12	今昔物語集	109
しやうりやうしふ	性霊集	02	本朝神仙伝	8
しやか	釈迦	15	栄花物語	363・462
	釈迦［法成寺］		栄花物語	222・436・553
	釈迦		今昔物語集	64・67・110・125・128・152・153
	釈迦［丈六・大安寺］		三宝絵	59・60
（しやか）	（釈迦）	15	打聞集	6・20・21・22・23・24・25
	（釈迦）［丈六］		打聞集	9
	（釈迦）		古本説話集	31・32・33
しやかざう	釈迦像	15	古今著聞集	12
しやかによらい	釈迦如来、尺迦如来	15	打聞集	4・7・11
			今昔物語集	55・63
しやかぶつ	釈迦仏、尺迦仏	15	宇治拾遺物語	85
			今昔物語集	252
しやかぼさつならびにけふじにぼさつ	釈迦菩薩并に脇士二菩薩	15	今昔物語集	157
しやかほとけ	釈迦仏、尺迦仏	02	栄花物語	259
	尺迦仏［丈六］	15	打聞集	8
	釈迦仏、尺迦仏		打聞集	10
			栄花物語	259

	釈迦仏［丈六・興福寺］		古本説話集	30
	釈迦仏、尺迦仏		枕草子	251•253
		01 M	栄花物語	259
しやかほとけのざう	釈迦仏の像［山階寺］	15	三宝絵	34
しやかむにぶつ	尺迦牟尼仏	15	打聞集	5
しやかむにぶつのざう	釈迦牟尼仏の像	15	三宝絵	26
しやく、さく	笏	10	宇津保・吹上下	13
			宇津保・菊の宴	21
			宇津保・あて宮	16
			古今著聞集	250
			枕草子	77•186
しやくせんだん	赤栴檀	08	今昔物語集	59
しやくそん	釈尊［清涼寺］	15	古今著聞集	135
（しやくたい）	（石帯）	10	大鏡	69
しやこ	車渠	08	宇津保・吹上上	1•30
しやのく	車匿	15	栄花物語	259
		01 M	栄花物語	259
しやらさうじゆ	沙羅双樹	01 M	栄花物語	259
しやりほつ	舎利弗［法成寺］	15	栄花物語	440
しやりんとう	車輪灯	08	栄花物語	317
		14	栄花物語	317
しゆぎよく	珠玉	08	栄花物語	239
じゆみやうきやう	寿命経	02	今鏡	35
			枕草子	302
		09	今鏡	35
じゆりやうぼん	寿量品	02	栄花物語	232
しゆろう	鐘楼	13	栄花物語	256•259
		14	栄花物語	259
しゆんそんとう	叔孫通	05 M	古今著聞集	142
じゆんばう	巡方	10	今昔物語集	270
しよ	疏	02	今昔物語集	186
（しよ）	（書）	16	落窪物語	18•44
			源氏・夕顔	5•20
			源氏・若紫	24
			源氏・末摘花	13
			源氏・葵	5•21•24
			源氏・賢木	8
			源氏・絵合	30
			源氏・玉鬘	22
			源氏・梅枝	12•16•23
			源氏・夕霧	13
			源氏・紅梅	3
			源氏・宿木	9
			源氏・椎本	3

			源氏・総角	25
			源氏・浮舟	12•14
			古今著聞集	102
			古本説話集	13
			狭衣物語	137•285
			讃岐典侍日記	52
			更級日記	13
			とりかへばや	6
			本朝神仙伝	7•8
			枕草子	26•183•184•187
			紫式部日記	88
じようきふのひと	乗急の人	01 M	栄花物語	281
じようざいりやうじゆせん	常在霊鷲山	01 M	栄花物語	232
じようしやう	縄床	08	今昔物語集	165
しよかつりやう	諸葛亮	05 M	古今著聞集	142
しよてん	諸天	15	栄花物語	259
		01 M	栄花物語	259
じよほん	序品	02	栄花物語	227
しらあを	白襖	11	古今著聞集	198
しらがさね	白襲	11	枕草子	4•263
しらかはどの	白河殿	13	栄花物語	589
		14	栄花物語	589
しらぎく	白菊	03 M	落窪物語	93
しらきぬ	白絹	08	宇津保・嵯峨の院	20•30
しらぎの	新羅の	19	源氏・蜻蛉日記	8
			堤・よしなしごと	4
しらさうぞく、しろしやうぞく	白装束	11	栄花物語	94•99
			古今著聞集	257
			今昔物語集	390•391•392
しらたび	白足袋	11	古本説話集	97
しらたま	白玉、白珠	08	伊勢物語	2
			打聞集	14
			古今著聞集	11
しらばかま、しろばかま	白袴	11	宇津保・国譲下	26
			枕草子	353
しらはし	白箸	08	本朝神仙伝	14
しらはり	白張	11	落窪物語	64
しらはりばかま	白張袴	11	宇津保・吹上上	25•33
			宇津保・あて宮	8•11
しらやまのくわんおん	白山の観音	15	枕草子	106
しらら	しらら	02	更級日記	25
しり	裾	11	夜の寝覚	40
しりがい	鞦	12	宇津保・藤原の君	13
			宇津保・吹上上	21
			宇津保・楼の上上	26
しりきれ	尻切れ	10	宇津保・祭の使	23
しるしのおほんはこ	しるしの御筥	08	紫式部日記	44

しるしのはこ	しるしのはこ	08	讃岐典侍日記	3
しろいもの	白い物	10	栄花物語	244
しろかね	白銀	08	宇津保・俊蔭	6
しろがねのかぢ	銀鍛冶	17	今昔物語集	395
しろきき	しろき木	08	枕草子	188
しろぎく	白菊	08	栄花物語	560
しろきころも	白き衣	11	今昔物語集	193
しろきとり	白き鳥	14	栄花物語	534
しろぎぬ	白衣	11	宇津保・蔵開下	16
			栄花物語	129
			枕草子	383
しろきはな	白き花[夕顔]	14	源氏・夕顔	1
(しろるり)	(白瑠璃)	08	源氏・梅枝	4
しをに	紫苑	14	古今著聞集	274
しん	真	16	今鏡	71
			宇津保・国譲上	16
			大鏡	53
			古今著聞集	123
しんぎやう	心経	02	古今著聞集	19
しんぎやう	真経	02	古今著聞集	39
しんこきん	新古今	02	古今著聞集	239
しんこむえふ	真金葉	08	栄花物語	259
しんじ	神璽	08	今鏡	38
			大鏡	8
			讃岐典侍日記	22
しんじゆ	真珠	08	栄花物語	237
しんでん	寝殿	13	宇津保・蔵開中	26
			栄花物語	351•543
			落窪物語	1
			大鏡	30•46•59
			源氏・松風	1•2
			源氏・若菜上	39
			源氏・夕霧	1
			源氏・紅梅	1
			今昔物語集	305•454
			堤・よしなしごと	2
			とりかへばや	17
			浜松中納言物語	38
			夜の寝覚	28•62
しんぴつ	宸筆	16	古今著聞集	5•8

す

す	簾	06	宇治拾遺物語	77
			宇津保・楼の上下	2
			枕草子	118•136
す	州	08	古今著聞集	278
すいがい	透垣	14	源氏・野分	5
			源氏・橋姫	8

			枕草子	181
			夜の寝覚	2
すいかん	水干、水旱	11	今鏡	80•84•85
			宇津保・俊蔭	15
			古今著聞集	78•141•208•249
			今昔物語集	256•414•422•428
			枕草子	165
すいかんばかま	水干袴、水旱袴	11	古今著聞集	214
			今昔物語集	184•365•378•421•465
ずいぐきやう	随求経	02	枕草子	252
すいしやう、すいさう	水精、水晶	08	今鏡	35
			打聞集	19•52•53
			栄花物語	259
			落窪物語	82
			大鏡	49•64
			更級日記	54
			枕草子	69•271•315•345
すいびやう	水瓶	08	今昔物語集	165
すきかさ	透笠	10	今鏡	56
すぎからびつ	杉唐櫃	08	落窪物語	37
すきぐるま	透車	12	狭衣物語	171•173
すきながびつ	透長櫃	08	古今著聞集	282
すきばこ	透箱、透筥	08	宇津保・忠こそ	13
			宇津保・吹上上	25
			宇津保・吹上下	7
			宇津保・菊の宴	10
			宇津保・あて宮	9•20
			宇津保・内侍のかみ	8•35
			宇津保・蔵開上	15
			宇津保・楼の上上	16
			栄花物語	512•538
			落窪物語	107
			古今著聞集	173
すけまさ	佐理	17	今鏡	71
			栄花物語	23
			大鏡	25
			古今著聞集	125
すごろくのばん	双六の盤	08	源氏・須磨	16
すざき	州崎	08 M	落窪物語	108
すざくもんのがく	朱雀門の額	13	本朝神仙伝	7
		16	本朝神仙伝	7
すず	鈴	08	宇津保・吹上上	19
		15	栄花物語	262
ずず	数珠	15	宇津保・国譲中	22
			宇津保・国譲下	12
			栄花物語	79•410
			大鏡	49•57
			源氏・若紫	9

			源氏・須磨	12
			枕草子	44•69•315
（ずず）	（数珠）	15	落窪物語	86
すすき	薄	14	宇津保・楼の上下	39
			古今著聞集	274
			讃岐典侍日記	46
			とりかへばや	53
			枕草子	133
		08 M	宇津保・楼の上上	26
すずし	涼	02	枕草子	97
すずし	生絹	08	枕草子	63
		11	落窪物語	65
			源氏・夕顔	2
			源氏・蜻蛉日記	12
			とりかへばや	23•37
			枕草子	56•240
ずずのを	数珠の緒	15	落窪物語	84
ずずばこ	数珠箱	15	落窪物語	86
すずむし	鈴虫	14	源氏・鈴虫	8
			古今著聞集	274
すずめ	雀	11 M	古今著聞集	131
すずり	硯	08	今鏡	18
			栄花物語	538
			今昔物語集	255
すずりがめ	硯瓶	08	宇津保・あて宮	9
すずりのかめ	硯の瓶	08	栄花物語	538
すずりのはこ	硯の箱	01	枕草子	368
		08	大鏡	60
			枕草子	368
すずりのはこのふた	硯の筥の蓋	08	今昔物語集	309
すずりのふた	硯の蓋	08	古今著聞集	289
			枕草子	279
すそ	裾	11	栄花物語	76•538•582
			夜の寝覚	56
すそうす	末薄	16	枕草子	340
すそつき	裾つき	11	栄花物語	37
すそのつま	裾の褄	11	夜の寝覚	12
すだれ	簾	06	宇津保・蔵開上	59
			大鏡	70
			源氏・夕顔	1
			今昔物語集	31•382
			三宝絵	2
		08	今昔物語集	217
すだれあみのおきな	すだれ編みの翁	02	堤・よしなしごと	1
すぢ	筋	11	栄花物語	304•535
		16	源氏・帚木	9
			源氏・常夏	7

			源氏・梅枝	10・18・20
すぢおき	筋置き	11	栄花物語	557
すな	砂	14	栄花物語	259
すながし	洲流	08 M	栄花物語	361
すなご	砂子	08	栄花物語	492
		14	宇津保・俊蔭	19
			宇津保・国譲下	19
			栄花物語	323・374
			落窪物語	57・66・80
			源氏・若紫	19
			源氏・柏木	6
			枕草子	222
			夜の寝覚	2
すにはこ	すにはこ	08	栄花物語	492
すはう	蘇枋	08	宇津保・楼の上上	20
すはうもんせん	蘇枋文籤	08	宇津保・国譲中	33
すはま	洲浜、州浜	08	宇津保・藤原の君	6
			宇津保・祭の使	17・18
			宇津保・吹上上	22
			宇津保・蔵開上	55
			宇津保・蔵開中	23
			宇津保・蔵開下	14・39
			宇津保・国譲中	8
			栄花物語	111・492・493・538・539・591
			落窪物語	108
			古今著聞集	67・173・270・275・278・279・280・281・283
			堤・貝あはせ	9・11
			紫式部日記	5・31・52
		14	宇津保・楼の上上	32
		01 M	栄花物語	13
		08 M	栄花物語	13・313・538・539
		11 M	今鏡	31
			栄花物語	550
			紫式部日記	31
すはまもの	洲浜物	08	宇津保・蔵開上	38
すふたつ	すふたつ	08	宇津保・蔵開下	5
すまのにき	須磨の日記	01	源氏・梅枝	24
		02	源氏・梅枝	24
すまひ	住まひ	13	蜻蛉日記	44
		14	蜻蛉日記	44
すみ	炭	08	宇津保・蔵開下	25・28
すみ	墨	16	枕草子	370
すみがき	墨書き	01	源氏・絵合	45
		17	源氏・帚木	8
すみがれ	墨がれ	16	栄花物語	550
すみぐろ	墨黒	16	古今著聞集	136

			堤・虫めづる姫君	4
すみぞめ	墨染	11	源氏・柏木	3
すみつき	墨つき	16	源氏・帚木	5
			源氏・若紫	23
			源氏・葵	18
			源氏・須磨	8
			源氏・明石	7
			源氏・澪標	8
			源氏・朝顔	4
			源氏・藤袴	4
			源氏・若菜上	28
			源氏・鈴虫	3
			源氏・幻	14
			源氏・橋姫	11
			狭衣物語	123・229・243・278
			浜松中納言物語	67
			夜の寝覚	72
すみつぎ	墨つぎ	16	源氏・椎本	5
すみとり	炭取り	08	宇津保・あて宮	2
すみひろ	すみひろ	08 M	宇津保・吹上上	5
ずみやうきやう	寿命経	02	源氏・若菜上	23
すみよし	住吉	02	枕草子	255
すみよしのひめぎみ	住吉の姫君	02	源氏・蛍	9
すみよしのひめぎみのものがたり	住吉の姫君の物語	02	古本説話集	4
			今昔物語集	258
		05 M	古本説話集	4
すみゑ	墨絵	01	栄花物語	99
			紫式部日記	21
すり	簏	08	宇津保・吹上上	18
すりからぎぬ	摺唐衣	11	栄花物語	528
すりかりぎぬ	すり狩衣	11	伊勢物語	17
すりぎぬ	摺衣	11	枕草子	341
すりごろも	摺衣	11	源氏・行幸	2
すりしき	修理職	17	宇津保・藤原の君	1
			源氏・桐壺	8
すりづかさ	修理職	17	宇津保・楼の上上	20
すりのかみ	修理の大夫	17	栄花物語	163
すりのさいしやう	修理宰相	17	源氏・絵合	2
すりも	摺裳	11	宇津保・春日詣	3
			宇津保・嵯峨の院	43
			宇津保・蔵開上	37・57
			宇津保・蔵開下	10
			栄花物語	15・51・108・135・308・414
			紫式部日記	45・47・95
すろのき	棕櫚の木	14	枕草子	68
すゑ	仮髻	10	宇津保・菊の宴	18
			宇津保・あて宮	2
			宇津保・内侍のかみ	35

せ

せいさむ	青衫	11	本朝神仙伝	20
せいし	勢至[法成寺]	15	栄花物語	242•281•286
	勢至		今昔物語集	198
		01 M	栄花物語	281
せいりやうでん	清涼殿	13	宇津保・国譲上	15
			栄花物語	543
			大鏡	68
			讃岐典侍日記	38
			枕草子	285
せいわうぼ	西王母	02	浜松中納言物語	16
せうあみだきやう	小阿弥陀経	02	今昔物語集	200
せうか	蕭何	05 M	古今著聞集	142
せうそこ	消息	16	栄花物語	410
せうのふえ	簫の笛	08	栄花物語	345
せきふじん	戚夫人	02	源氏・賢木	6
ぜじやう	軟障	06	蜻蛉日記	29
			源氏・須磨	17
			源氏・玉鬘	3•4
			源氏・藤裏葉	9
(ぜじやう)	(軟障)	06	源氏・玉鬘	5
せちゑ	節会	01 M	源氏・絵合	30
せついん	切韻	02	古今著聞集	58
ぜに	銭	08	宇津保・あて宮	9
			宇津保・蔵開上	39
			宇津保・蔵開下	3•4
			宇津保・国譲中	8
せりかは	せり河	02	更級日記	25
せりかはのだいしやう	芹川の大将の	02	源氏・蜻蛉日記	22
のとほぎみ	とほ君	01 M	源氏・蜻蛉日記	22
せりつみしよのひと	芹摘みし世の人	02	狭衣物語	131•282
せんざい	前栽	14	宇津保・俊蔭	19
			宇津保・国譲下	5
			宇津保・楼の上下	9
			栄花物語	11•16•293•298•327
			源氏・帚木	12
			源氏・夕顔	7•19
			源氏・若紫	21
			源氏・葵	14
			源氏・須磨	10
			源氏・明石	2
			源氏・朝顔	1•8
			源氏・少女	17
			源氏・常夏	2
			源氏・藤裏葉	7
			源氏・若菜下	21

			源氏・柏木	6
			源氏・横笛	3
			源氏・夕霧	2
			源氏・匂兵部卿	1
			源氏・総角	15
			源氏・宿木	27
			源氏・手習	4
			古本説話集	3•8•14
			今昔物語集	291•305
			狭衣物語	250
			枕草子	181•215•244
		08 M	古今著聞集	283
（せんざい）	（前栽）	14	狭衣物語	38
せんざいしふ	千載集	02	古今著聞集	81
ぜんざいどうじ	善財童子	15	三宝絵	56•57
せんざいほり	前栽掘り	03 M	落窪物語	93
せんじふ	撰集［詞華和歌集］	02	今鏡	37
	選集［後拾遺集］		今鏡	76
	選集［詞華集］		今鏡	89
せんじもん	千字文	02	栄花物語	302
		16	宇津保・楼の上上	17
せんじゆ	千手［観音］	15	枕草子	253
せんじゆきやう	千手経	02	讃岐典侍日記	9
			枕草子	252
せんじゆくわんおん	千手観音［蓮華王院］	15	今鏡	42
	千手観音		打聞集	30
	千手観音［法成寺］		栄花物語	222
	千手観音		古今著聞集	21
			今昔物語集	210
	千手観音［三尺］		本朝神仙伝	3
ぜんしよ	前書［前漢書］	02	今鏡	66
せんずい	山水	03 M	源氏・若菜上	25
ぜんちしき	善知識	15	栄花物語	281
			三宝絵	56•57
		01 M	栄花物語	281
せんぷくりん	千輻輪	15	栄花物語	26•259
		01 M	栄花物語	26
せんぶつ	千仏	15	今昔物語集	78

そ

そうばう	僧坊	13	狭衣物語	249
			讃岐典侍日記	38
ぞくほんてうしうく	続本朝秀句	02	今鏡	23

そで	袖	11	今鏡	7
			宇津保・嵯峨の院	11
			栄花物語	421•524•528
			源氏・蛍	20
			源氏・若菜下	2
			源氏・夕霧	11
			源氏・椎本	9
			源氏・総角	5•24
			源氏・東屋	27
			古今著聞集	131
			更級日記	55
			枕草子	188
		12	栄花物語	149
		16	宇津保・嵯峨の院	11
そでがち	袖がち	11	枕草子	207
そでぐち	袖口	11	今鏡	65
			栄花物語	37•70•86•99•115•136•188•253•326•353•422•447•524•538•582
			源氏・葵	2
			源氏・賢木	2•17
			源氏・関屋	1
			源氏・玉鬘	19
			源氏・初音	15
			源氏・真木柱	7
			源氏・東屋	8
			源氏・浮舟	11
			源氏・手習	10
			狭衣物語	82•160•210•232
			讃岐典侍日記	60•61
			とりかへばや	45
			枕草子	179
			紫式部日記	24•98
			夜の寝覚	12•56
		12	栄花物語	325
そでぬらすさいしやう	袖ぬらす宰相	02	狭衣物語	295
そでぬらすといふものがたり	袖濡らすといふ物語	02	狭衣物語	208
そとば	率都波	13	打聞集	52
その	園	01 M	栄花物語	259
そぶ	蘇武	05 M	古今著聞集	142
そふく	素服	11	讃岐典侍日記	25
そめくさ	染め草	08	宇津保・楼の上上	25
そめどの	染殿	17	栄花物語	478
そら	空	01 M	狭衣物語	116•306
そらものがたり	そら物がたり	02	堤・はなだの女御	4
そりはし	反橋	13	宇津保・楼の上下	30
			栄花物語	517

			源氏・少女	21
			源氏・藤裏葉	9
		14	宇津保・祭の使	22
			宇津保・楼の上上	20•32
			栄花物語	492
			源氏・藤裏葉	9

た

た	田	03 M	宇津保・菊の宴	13
たい	対	13	大鏡	30•59
			源氏・御法	4
			源氏・幻	6
たい	たい	11	古本説話集	83
だい	台	08	宇津保・蔵開上	41
			宇津保・国譲中	40
			源氏・若菜上	9•24
			今昔物語集	198•199
			讃岐典侍日記	31
			紫式部日記	15•52
だいかうじ	大柑子	08	宇津保・蔵開中	31
だいきやう	大饗	03 M	栄花物語	198
だいくよしただ	大工吉忠	17	古本説話集	34
たいこ	大鼓	08	今昔物語集	458
		08 M	古今著聞集	280
たいこうぼう	太公望	02	古今著聞集	57
		05 M	古今著聞集	142
だいごくでん	大極殿	13	三宝絵	44
だいごくでんのぎしき	大極殿の儀式	01 M	源氏・絵合	30
たいこだい	大鼓台	08 M	古今著聞集	280
だいごりん	第五倫	05 M	古今著聞集	142
たいざうかいのごぶつ	胎蔵界の五仏［五大明王］	15	古今著聞集	6
たいざうかいのまんだら	胎蔵界の曼陀羅	15	今昔物語集	61•203
だいざうのつめいし	大象のつめいし	13	栄花物語	259
たいし	太子	17	今昔物語集	110•186
だいし	大師［弘法大師］	17	本朝神仙伝	7•8•10
だいしやう	大将	02	栄花物語	532
	大将［狭衣大将］	01 M	狭衣物語	58
たいしやく	帝釈	15	栄花物語	260
だいじようきやう	大乗経	02	古今著聞集	210
だいじんよりつね	大進よりつね	17	栄花物語	363
だいたふ	大塔	13	今昔物語集	131
だいどうじ	大童子	01 M	古今著聞集	180
だいに	大弐［佐理］	17	大鏡	27•28•29

だいにちによらい	大日如来	15	栄花物語	259
			今昔物語集	159
だいにちによらいのほうくわん	大日如来の宝冠	15	今昔物語集	136
だいにのおほむむすめ	大弐の御女	17	大鏡	29
だいばぼん	提婆品	02	栄花物語	232
だいばん	台盤	08	宇津保・吹上上	5
だいばんどころ	台盤所	13	落窪物語	75
だいはんにや	大般若	02	古今著聞集	21•38
			讃岐典侍日記	14
だいはんにやきやう	大般若経	02	今昔物語集	228
だいひ	大悲	15	栄花物語	338
だいひざ	大悲者	15	源氏・玉鬘	10
だいぶつ	大仏[東大寺]	15	宇治拾遺物語	52•69
			古今著聞集	292
			古本説話集	81
	大仏［毘盧遮那仏・東大寺］		三宝絵	63
(だいぶつ)	(大仏)	15	古本説話集	78•82
だいぶつしかうじやう	大仏師康成	17	今昔物語集	229
だいぶつしぢやうてう	大仏師定朝	17	今昔物語集	234
だいほうれんげのざ	太宝蓮華の座	15	栄花物語	259
たいぼく	大木	01 M	古今著聞集	187
だいぼさつ	大菩薩	15	今昔物語集	443
だいほふまに	大法摩尼	15 M	栄花物語	259
だいぼんしんをん	大梵深遠	15	栄花物語	338
たいまつ	松明	08	宇津保・吹上下	8
だいり	内裏	13	更級日記	7
だいゐとく	大威徳	15	栄花物語	91
	大威徳［法成寺］		栄花物語	222•297
だう	堂	13	宇津保・菊の宴	28
			宇津保・国譲下	10
			宇津保・楼の上下	30
			蜻蛉日記	27
			源氏・明石	1
			源氏・松風	2•5
			源氏・蜻蛉日記	9
			今昔物語集	25•286•287•451
			狭衣物語	93•249•251
			讃岐典侍日記	38
たうじき	当色	11	紫式部日記	15
だうしやうごん	堂荘厳	18	栄花物語	230•440•452
たうじよ	唐書	02	古今著聞集	60
だうしんすすむる	道心すすむる	02	枕草子	255
たうはう	鐺飯	08	宇津保・吹上上	5
たうふう	道風	17	古今著聞集	116•119•143
			本朝神仙伝	7

た

たうりてん	忉利天	15	栄花物語	259
		01 M	栄花物語	259
たうわん	陶鋺	08	宇津保・蔵開下	16
たか	鷹	08	宇津保・吹上上	31
		05 M	古今著聞集	146
たかあふぎ	高扇	07	今昔物語集	459
たかうな	笋	08 M	宇津保・国譲上	13
たかつき	高杯	08	宇津保・内侍のかみ	35
			宇津保・蔵開上	18•22
			宇津保・楼の上上	31
			源氏・宿木	33
			枕草子	14
		15	栄花物語	262
たかはら	竹原	08	宇津保・国譲上	13
たかみち	孝道	17	古今著聞集	101
たから	宝	08	宇治拾遺物語	42
			宇津保・沖つ白波	4•5
			宇津保・国譲上	1
			宇津保・国譲中	10
			栄花物語	209
			狭衣物語	128
			三宝絵	12•20•58
			竹取物語	21
たからのはな	宝の花	15	栄花物語	338
たからもの	宝物	08	宇津保・菊の宴	17
			宇津保・蔵開上	3
			宇津保・蔵開中	29
			宇津保・国譲上	9
			宇津保・国譲下	42
			栄花物語	173
			源氏・梅枝	24•24
			源氏・若菜上	1
			源氏・鈴虫	7
			源氏・竹河	1
			源氏・橋姫	6
たき	滝	14	伊勢物語	9
			宇津保・祭の使	13
			宇津保・国譲上	15
			宇津保・国譲中	29
			宇津保・国譲下	10
			宇津保・楼の上下	9•39
			栄花物語	543
			源氏・少女	17
			堤・このつゐで	5
			浜松中納言物語	5
たきぎ	薪	15	落窪物語	88
たきどの	滝殿	13	源氏・松風	2
	滝殿[嵯峨院]		今昔物語集	284

	滝殿	14	今昔物語集	284
たぎのぐ	弾棊の具	08	源氏・須磨	16
たきのみづ	滝の水	14	栄花物語	519
たくみ	工匠	17	宇津保・楼の上上	20•21
			栄花物語	299•303
			大鏡	18•31
			源氏・宿木	20•23•25
			今昔物語集	286
			三宝絵	60
			竹取物語	5•13•14•16
たくみづかさ	内匠寮	17	源氏・桐壺	8
			竹取物語	12
たけ	竹	14	源氏・須磨	14
			源氏・朝顔	7
			源氏・橋姫	8
			狭衣物語	32
			讃岐典侍日記	58
			更級日記	39
		07 M	とりかへばや	22
		08 M	栄花物語	13
			古今著聞集	281
たけとりのおきな	竹取の翁	02	源氏・絵合	15
			源氏・手習	3
			狭衣物語	191•192•193
		09	源氏・絵合	15
		01 M	源氏・絵合	15
たけのは	竹の葉	16	宇津保・祭の使	28
たけのはやし	竹の林	14	狭衣物語	249
たけのひ	竹の樋	14	狭衣物語	249
たけのふし	竹の節	11 M	源氏・若菜下	1
だしゆ	打珠	01 M	古今著聞集	177
ただの	ただの	16	源氏・梅枝	14
たたうがみ、たたむがみ	畳紙	08	枕草子	57
		16	源氏・空蝉	8
			源氏・夕顔	5
			源氏・賢木	20•21
			源氏・若菜下	3
			狭衣物語	11
			堤・虫めづる姫君	5
			枕草子	218
ただきぬ	平絹	11	栄花物語	182
たたみ	畳	08	落窪物語	69•75
			今昔物語集	242•273•306•470
			讃岐典侍日記	20
			堤・よしなしごと	3
			枕草子	54•204•205•219•240•304•376
たたみわた	畳綿	08	宇津保・藤原の君	18

			宇津保・内侍のかみ	32
たち	太刀	08	宇津保・藤原の君	13
		10	宇治拾遺物語	66
			宇津保・吹上上	13
			源氏・蜻蛉日記	6
			今昔物語集	254・256・278
			枕草子	257
たちのをかは	たちのをかは	10	伊勢物語	18
たちばな	橘	08	宇津保・蔵開中	30
			宇津保・国譲中	5
			古今著聞集	226
		14	源氏・花散里	1
			枕草子	60
		03 M	宇津保・菊の宴	13
		08 M	落窪物語	83
たちばなのみ	橘の実	16	宇津保・祭の使	8
たちばなはやなり	橘逸勢	17	古今著聞集	116
たていし	立石	14	今鏡	7
			宇津保・楼の上上	32
			源氏・明石	2
たてざま	立様	13	今昔物語集	384
たてじとみ	立蔀	13	源氏・野分	5
			枕草子	226
たてぶみ	立文	16	宇津保・楼の上上	36
			蜻蛉日記	18・19
			源氏・少女	1
			源氏・浮舟	1・15
			古今著聞集	33・73・74
			今昔物語集	351
			枕草子	32・171・183・188・256・275
			紫式部日記	73
			夜の寝覚	31
たな	棚	08	栄花物語	472
			古今著聞集	237
たなづし	棚厨子	08	宇津保・祭の使	22
			宇津保・吹上下	6
			源氏・東屋	14
			枕草子	274
たなばた	七夕	03 M	宇津保・菊の宴	13
たなばたまつり	七夕祭り	08 M	古今著聞集	67
たなばたまつれるいへ	七夕祭れる家	03 M	落窪物語	93
たに	谷	14	狭衣物語	107・111
たはら	俵	08	宇津保・蔵開下	25
たひ	鯛	08 M	宇津保・蔵開上	21
			宇津保・蔵開下	14
たびびと	旅人	03 M	今昔物語集	320
たびゆくひと	旅ゆく人	03 M	蜻蛉日記	22
たふ	塔	13	今昔物語集	16・21・75・172

		15	栄花物語	363
			三宝絵	50•51•53•58
たふ	たふ	15	浜松中納言物語	50
たふさぎ	犢鼻褌	11	古本説話集	71
たほう	多宝	15	栄花物語	363
たほうたふ	多宝塔	13	古今著聞集	6
たほうのたふ	多宝の塔	13	今昔物語集	173
		15	栄花物語	284•420
たほうのみたふ	多宝の御塔	15	栄花物語	360
たほうぶつ	多宝仏	15	今昔物語集	74
たほうぶつたふ	多宝仏塔	13	今昔物語集	74
たま	玉	08	今鏡	16•31•32
			打聞集	32•33•35•36•37•38•39•40•46•50
			宇津保・吹上下	4
			宇津保・菊の宴	13
			宇津保・楼の上上	21
			宇津保・楼の上下	27
			栄花物語	232•265•281•286•304•310•450•451•524•527•538•550•552•560
			大鏡	103
			源氏・若紫	9
			源氏・賢木	15
			源氏・絵合	19•22
			源氏・梅枝	20
			源氏・夕霧	21
			古今著聞集	173
			今昔物語集	19•23•32•49•53•102•105•337•338•339•340•341
			讃岐典侍日記	29
			更級日記	15
			三宝絵	2•11•12•13•14•22•31•42
			竹取物語	2•4•5•6•7•8•9•11•12•14•15•24•26•27•28
			堤・よしなしごと	4
			浜松中納言物語	10•85
			枕草子	283•284
		10	今昔物語集	104
		15	本朝神仙伝	9
たまつくり	たまつくり	08	枕草子	19
たまどのにおきたりけんひと	魂殿に置きたりけん人	02	源氏・夢浮橋	1
たまのうてな	玉の台	13	栄花物語	357
たまのえだ	玉の枝	08 M	宇津保・国譲中	9
たまのむらぎく	玉の村菊	03 M	栄花物語	179
たまのをのひめぎみ	玉の緒の姫君	02	狭衣物語	257

ためうぢ	為氏	17	栄花物語	133•327
ためなり	為成	17	古今著聞集	164•168
たもと	袂	11	源氏・若菜下	2
			讃岐典侍日記	24
だらに	陀羅尼	02	大和物語	14
たらひ	盥	08	宇津保・菊の宴	10
			栄花物語	560
			枕草子	170
たるきのはし	榱の端	13	栄花物語	281
たん	潭	03 M	源氏・若菜上	25
だん	緂	08	源氏・梅枝	20
たんざく	短冊	08	枕草子	356
		16	枕草子	356
だんし	檀紙	08	古今著聞集	71•289•306
だんのくみ	緂の組	08	宇津保・吹上下	4

ち

ちえだ	千枝	17	源氏・須磨	9
ちかずみ	近澄	17	紫式部日記	64
ちからぐるま	力車	12	狭衣物語	283
ぢきやう	持経	02	源氏・鈴虫	2
ぢく	軸	09	打聞集	52•53
			栄花物語	232
			落窪物語	82
			源氏・賢木	15
			源氏・絵合	13•20•22
			源氏・梅枝	20
			源氏・鈴虫	3
			古今著聞集	278
			狭衣物語	218
			三宝絵	31
ちくだい	竹台	08 M	古今著聞集	281
ちご	児	01 M	大鏡	62
			古今著聞集	219
ぢごくへんのびやうぶ	地獄変の屏風	03	古今著聞集	157
		15	古今著聞集	157
ぢごくゑ	地獄絵	15	栄花物語	31
	地獄絵［長楽寺］		今昔物語集	451
	地獄絵		枕草子	90
		03 M	栄花物語	31
			枕草子	90
ちごのかほ	ちごの顔	01 M	枕草子	206
ぢざう	地蔵	15	宇治拾遺物語	20
	地蔵［国隆寺］		宇治拾遺物語	21
	地蔵［比叡山横川］		宇治拾遺物語	36•37
	地蔵		今昔物語集	229•238

			枕草子	253
ぢざうぼさつ	地蔵菩薩	15	宇治拾遺物語	20•22•27
			今昔物語集	223•224•225•226•227•230•231•232•233•234•236•237•239•240•241
			枕草子	324
ぢざうぼさつのざう	地蔵菩薩の像	15	古今著聞集	222
ぢしき	地敷、地鋪	08	源氏・若菜上	7
			古今著聞集	304
ぢす	帙簀	09	宇津保・蔵開上	2
			源氏・賢木	15
			源氏・若菜上	23
ぢずり	地摺	08	宇津保・吹上上	21
			栄花物語	108•113
ちちのわう	父の王	15	栄花物語	259
		01 M	栄花物語	259
ちていのき	池亭の記	02	今鏡	134
ちどり	千鳥	03 M	蜻蛉日記	22
		08 M	宇津保・藤原の君	6
			宇津保・菊の宴	10
ちはや	ちはや	11	讃岐典侍日記	27
ちひさきじやうどのさう	小浄土の相	15	今昔物語集	191
ちひさきつる	小さき鶴	03 M	栄花物語	50
ぢぶきやうのしふ	治部卿の集	02	宇津保・楼の上下	27
ぢぶつ	持仏	15	源氏・橋姫	2
ぢぶつだう	持仏堂	13	宇治拾遺物語	75
ちやう	帳	06	宇津保・蔵開上	16
			今昔物語集	18•28•35
			狭衣物語	172
			三宝絵	2
			浜松中納言物語	10
			夜の寝覚	9
ぢやう	杖	08	今昔物語集	82
ちやうか	張華	05 M	古今著聞集	142
ちやうごんか	長恨歌	02	源氏・桐壺	3
			源氏・絵合	8
			更級日記	32
		01 M	源氏・桐壺	3
			源氏・絵合	8
ちやうごんかのきさき	長恨歌の后	02	夜の寝覚	46
ちやうごんかのものがたり	長恨歌の物語	02	栄花物語	46
ちやうごんかのゑ	長恨歌の絵	01	夜の寝覚	44
		02	夜の寝覚	44
ちやうだい	帳台	08	源氏・鈴虫	3
		11 M	栄花物語	540
ぢやうてう	定朝	17	古本説話集	33

ち

			今昔物語集	234
ちやうらくじ	長楽寺	13	今昔物語集	451
ちやうりやう	張良	05 M	古今著聞集	142
ぢやうろく	丈六	15	今鏡	108
			打聞集	8•9•15
	丈六［釈迦・法成寺］		栄花物語	438
	丈六		古本説話集	29•30
			今昔物語集	158
ぢやうろくのほとけ	丈六の仏	15	更級日記	17•47
ぢやうろくのみやうわう	丈六の明王	15	今鏡	74
ちやわんのまくら	茶碗の枕	08	古今著聞集	95
ちゆういうき	中右記	02	古今著聞集	285
ちゆうざんぽ	仲山甫	05 M	古今著聞集	142
ちゆうじやうのしふ	中将の集	02	更級日記	8
ちゆうぞん	中尊［釈迦・法成寺］	15	栄花物語	437•440
	中尊［阿弥陀如来•法成寺］		大鏡	91
ちゆうだい	中台	15	栄花物語	287•296
ちゆうだいのそん	中台尊	15	栄花物語	259
ちゆうなごん	中納言［藤原行成］	17	栄花物語	205
ちゆうもん	中門	13	源氏・藤裏葉	9
			狭衣物語	73
			とりかへばや	53
		14	源氏・藤裏葉	9
ぢゆうろう	重楼	13	今昔物語集	98
ちらしろかね	ちらしろかね	08	宇津保・菊の宴	10
ちりやうぼう	智了房	17	古今著聞集	242
ちゑのつるぎ	智恵の剣	15	栄花物語	297
ぢん	沈	08	宇津保・忠こそ	12
			宇津保・国譲下	40
			宇津保・楼の上上	16•20•32
			宇津保・楼の上下	18
			古今著聞集	67•226
			今昔物語集	461
			浜松中納言物語	21•37
ぢんかう	沈香	08	古今著聞集	278
ちんしよく	陳寔	05 M	古今著聞集	142
ぢんのいは	沈の岩	11 M	狭衣物語	174

つ

づ	図	01	落窪物語	98
			今昔物語集	61
ついがさね	衝重	08	宇津保・吹上下	3•6
			宇津保・あて宮	20•23

			宇津保・蔵開上	15•22•30•33•34
			宇津保・蔵開下	37
			宇津保・国譲上	24
ついたちしやうじ、ついたちさうじ	衝立障子	01	古今著聞集	146•162
		05	古今著聞集	146•162
			枕草子	274
ついぢ、ついひぢ	築土、築地	14	和泉式部日記	1
			栄花物語	242•491
			源氏・蓬生	9
			狭衣物語	236
			堤・貝あはせ	1
			堤・花桜折る少将	2
			枕草子	110•222
つき	抔	08	今鏡	52
			宇治拾遺物語	39
			宇津保・藤原の君	17
			宇津保・吹上上	8•11•14
			宇津保・あて宮	20•23
			宇津保・蔵開上	30•33•34
			宇津保・蔵開下	19•36•40•51
			源氏・梅枝	4
つき	月	08	栄花物語	471
		01 M	狭衣物語	306
			浜松中納言物語	14
		03 M	宇津保・菊の宴	13
		07 M	今鏡	91
			源氏・花宴	2
		08 M	栄花物語	473
		11 M	栄花物語	538
つぎがみ	継紙	08	源氏・梅枝	20
		16	源氏・梅枝	20
つきげのおほんうま	月毛の御馬	12	栄花物語	75
つきなみ	月次	01 M	源氏・絵合	7
		03 M	古今著聞集	92
			枕草子	342
つきのえん	月の宴	03 M	古今著聞集	203
つきのかげ	月の影	03 M	蜻蛉日記	22
つきひのやまひき	月日の山引き	08	栄花物語	507
つきまつをんな	月まつ女	02	枕草子	255
つくえ	机	08	宇治拾遺物語	28
			宇津保・俊蔭	22
			宇津保・吹上上	11•27
			宇津保・あて宮	8
			宇津保・蔵開上	33
			宇津保・蔵開中	34
			栄花物語	100•492
			源氏・鈴虫	3
			今昔物語集	350

つくもどころ	作物所、造物所	17	宇津保・吹上上	2
			宇津保・内侍のかみ	31
			宇津保・楼の上上	21
			栄花物語	4•13•22•132•166•169•478•512
			源氏・若菜下	27
			源氏・宿木	28
			古今著聞集	273
			枕草子	143
つくもどころのべつたう	造物所の別当	17	栄花物語	12
つくりえだ	造り枝、作り枝	08	伊勢物語	15
			宇津保・蔵開上	18
			栄花物語	410•417
		08 M	宇津保・蔵開上	34
つくりざま	造りざま	13	源氏・手習	4
			今昔物語集	384
つくりはな	造花、作り花	08	古今著聞集	282
		15	三宝絵	48
		08 M	栄花物語	13
つくりぼとけ	作り仏	15	枕草子	112
つくりもの	造り物［五節］	08	古今著聞集	300
つくりゑ	作り絵	01	栄花物語	478
			源氏・須磨	9
			源氏・若菜上	28
			枕草子	375
づし	厨子	08	宇津保・蔵開中	19•22
			宇津保・蔵開下	49
			宇津保・国譲上	9
			栄花物語	104•407
			源氏・紅葉賀	3
			源氏・若菜上	8
			源氏・夕霧	22
			紫式部日記	29•38•84
		15	栄花物語	407
づしぼとけ	厨子仏	15	宇治拾遺物語	50
	厨子仏［信貴山寺］		古本説話集	79
つた	蔦	08	栄花物語	538
		14	栄花物語	66•172
			源氏・総角	31
			源氏・宿木	26
			紫式部日記	8
つたのもみぢ	蔦の紅葉	14	栄花物語	155•327
つち	土	08 M	宇津保・吹上下	4
つちみかど	土御門	13	枕草子	139
つちみかどどの	土御門殿	13	栄花物語	323
		14	栄花物語	323

			紫式部日記	1
つつじ	躑躅	14	宇津保・吹上上	3
		01 M	蜻蛉日記	60
		08 M	宇津保・吹上上	5
つつみ	包	08	栄花物語	100•103•361
			落窪物語	107
			紫式部日記	25•37
つつみぶみ	包文	16	源氏・浮舟	1
			枕草子	120
つな	綱	08	栄花物語	327
		14	栄花物語	327
つねたふのちゆうなごんごんだいぶのははきたのかた	経任の中納言権大夫の母北の方	17	栄花物語	550
つねのり	常則	17	栄花物語	133
			源氏・須磨	9
			源氏・絵合	22
			古今著聞集	162•163•165
つねより	つねより	17	栄花物語	327
つぼ	壺	08	打聞集	12•13•14
			宇津保・祭の使	1
			宇津保・吹上上	18
			宇津保・菊の宴	17•18•32
			宇津保・あて宮	21•22
			宇津保・蔵開上	21•42•46
			宇津保・国譲下	40
			宇津保・楼の上下	33
			栄花物語	284•416•560
			落窪物語	83
			源氏・若紫	9
			源氏・梅枝	3
			源氏・蜻蛉日記	7
			古今著聞集	67
			今昔物語集	1•107
			堤・このつゐで	1
			堤・貝あはせ	3
			枕草子	207
		15	三宝絵	28
つぼ	つぼ［庭］	14	讃岐典侍日記	46
つぼせんざい	壺前栽	14	源氏・東屋	10
つまど	妻戸	13	栄花物語	517
			大鏡	59
		03 M	栄花物語	65
つゆ	露	14	栄花物語	293
		15	落窪物語	85
		08 M	宇津保・吹上下	4
			宇津保・国譲上	13
つらゆき	貫之	17	栄花物語	3•316

(つらゆきしふ)	(貫之集)	02	大鏡	93
つりどの	釣殿	13	宇津保・祭の使	9
			宇津保・楼の上上	20
			宇津保・楼の上下	30
			栄花物語	351
			源氏・胡蝶	2
			源氏・若菜下	28
			狭衣物語	198
		14	宇津保・祭の使	9
			源氏・胡蝶	2
			源氏・若菜下	28
			狭衣物語	198
		01 M	蜻蛉日記	52
つりぶね	釣舟	03 M	蜻蛉日記	22
			今昔物語集	320
つる	鶴	08	栄花物語	550
		03 M	宇津保・菊の宴	13
			蜻蛉日記	22
		08 M	宇津保・菊の宴	15•17•32
			宇津保・あて宮	9
			宇津保・蔵開上	55
			宇津保・蔵開中	23
			宇津保・蔵開下	14•39
			宇津保・国譲中	8•9•11
			古今著聞集	67•173•270•271
		11 M	紫式部日記	31
つるかめ	鶴亀	08 M	古今著聞集	278
		11 M	今鏡	31
			栄花物語	557
つゑ	杖	08	古今著聞集	217
			今昔物語集	425

て

て	手	16	今鏡	47•55•58•60•63•68•72•81•95•98•118•121•127•135
			宇治拾遺物語	55•76
			宇津保・藤原の君	23
			宇津保・内侍のかみ	5•8•9
			宇津保・蔵開上	43•55•60
			宇津保・蔵開中	1•6•11•15
			宇津保・蔵開下	11•14•25•39•55
			宇津保・国譲上	6•7•8•20
			宇津保・国譲中	6•8•11•34
			宇津保・国譲下	29
			宇津保・楼の上上	4•7
			宇津保・楼の上下	4•5
			栄花物語	18•205•226•241•310•

			枕草子	25•29•188•189•210•233•233•280•293
			大和物語	18
			夜の寝覚	47•61•67
		01 M	枕草子	277
でい	泥	08	宇津保・国譲下	13
			宇津保・楼の上下	32
			栄花物語	232
ていげん	鄭玄	05 M	古今著聞集	142
ていじのゐん	亭子院	17	源氏・桐壺	3
ていとのなんめんのみつつのもん	帝都の南面の三つの門	13	本朝神仙伝	7
てうし	銚子	08	今鏡	48•52
			宇津保・蔵開中	10
てうど	調度	08	宇津保・祭の使	22
			宇津保・吹上下	13
			宇津保・菊の宴	13
			宇津保・蔵開上	8•48
			宇津保・蔵開下	49
			宇津保・国譲上	9
			栄花物語	61•153•310•420
			落窪物語	14•55
			大鏡	60
			源氏・帚木	7
			源氏・須磨	16
			源氏・蓬生	1
			源氏・薄雲	2
			源氏・若菜上	1
			源氏・橋姫	6
			浜松中納言物語	5•35
（てうど）	（調度）	08	落窪物語	59
			紫式部日記	21
てうふく	朝服	11	宇津保・忠こそ	9
			宇津保・沖つ白波	5
てうぶくまろ	調伏丸	02	宇津保・蔵開下	9
てかき	手書き	16	今鏡	114•124
			宇津保・あて宮	1
			宇津保・蔵開中	16
			栄花物語	508
			大鏡	51
	手書き［藤原師通］	17	今鏡	55•71•135
	手書き		栄花物語	23
			今昔物語集	303
てかきのだいなごん	手かきの大納言［藤原行成］	17	栄花物語	508
てぐるま	輦車	12	栄花物語	25•29•47•430
てすさみ	手すさみ	16	狭衣物語	163

てつき	手つき	16	落窪物語	42
			源氏・明石	4
てながあしなが	手長足長	05 M	古今著聞集	147
			枕草子	20
		08 M	大鏡	60
てならひ	手習	16	和泉式部日記	8
			宇津保・国譲中	41
			栄花物語	406
			源氏・空蟬	8•9
			源氏・賢木	20
			源氏・須磨	9
			源氏・初音	5
			源氏・胡蝶	12
			源氏・藤裏葉	8
			源氏・若菜上	19•20
			源氏・夕霧	12•18
			源氏・竹河	10
			源氏・橋姫	4
			源氏・浮舟	8•16•23
			源氏・蜻蛉日記	23
			源氏・手習	6•13•15•22
			狭衣物語	2•86•116•122•134•140•188•189•241•277•280•298
			堤・虫めづる姫君	4
			堤・思はぬ方に	3•4
			堤・はなだの女御	4
			とりかへばや	9•22
てのさま	手のさま	16	源氏・明石	7
てのすぢ	手の筋	16	蜻蛉日記	57
てばこ	手筥	08	古今著聞集	204
てふ	蝶	16	宇津保・吹上上	9
		08 M	宇津保・吹上上	9
			宇津保・内侍のかみ	35
			宇津保・楼の上上	26
			栄花物語	493•495•561
		11 M	源氏・玉鬘	18
			紫式部日記	17
てふ	てふ	09	栄花物語	313
てふまひのわらは	蝶舞の童	08 M	古今著聞集	280
てほん	手本	16	宇津保・国譲上	16
			栄花物語	152•165
			源氏・若紫	15•25
			源氏・紅葉賀	1
			源氏・梅枝	8
			狭衣物語	244
			更級日記	22
てら	寺	13	狭衣物語	248

てんえ	天衣	11	今昔物語集	177•188•197
てんが	殿下［藤原基通］	17	古今著聞集	10
てんがい	天蓋	08	今昔物語集	44
でんがく	田楽［太鼓］	08	今昔物語集	392
てんくわん	天冠	10	今昔物語集	182
てんじやう	天井	13	宇津保・楼の上上	21
			今昔物語集	273
てんじやうわらは	殿上わらは［人形］	08 M	枕草子	224
てんなが	点長	16	源氏・帚木	9
てんにん	天人	15	今昔物語集	24•60
		01 M	今昔物語集	182
てんぽふりん	転法輪	15	栄花物語	259
		01 M	栄花物語	259
てんりうはちぶしゆう	天龍八部衆	15	今鏡	42
てんりんしやうわう	転輪聖王	15	讃岐典侍日記	65

と

と	戸	13	今昔物語集	287
			狭衣物語	60•186•206•293
とうう	鄧禹	05 M	古今著聞集	142
とうかい	燈械	08	宇津保・吹上下	8
とうさんでうどの	東三条殿	13	大鏡	68•83
どうじ	童子	01 M	古今著聞集	178•179
とうじん	等身	15	栄花物語	399
			今昔物語集	234•235
			更級日記	2
とうだい	灯台	08	枕草子	273
とうちゆうじよ	董仲舒	05 M	古今著聞集	142
とうのちゆうじやうただすえあそん	頭の中将忠季朝臣	17	古今著聞集	49
とうのべん	頭弁［行成］	17	枕草子	183
とうばうさく	東方朔	02	浜松中納言物語	16
とうろ	灯籠、燈炉	08	宇津保・吹上下	8
			紫式部日記	36
		14	源氏・若紫	6
ときはぎ	常磐木	14	源氏・総角	31
とぐち	戸口	13	和泉式部日記	3•4
とぐわ	図画	01	古今著聞集	1
とこなつ	常夏	08	宇津保・祭の使	16
			宇津保・国譲中	26
とこなつのえだ	常夏の枝	08 M	栄花物語	495
とこなつのくさむら	常夏の叢	08 M	栄花物語	493
とこなつのはな	常夏の花	08	栄花物語	492
ところ	所	01	栄花物語	50•65•179•198•484
			今昔物語集	303•317•318•319•320
ところのさま	所のさま	01 M	源氏・絵合	41

ところのす	所の衆	03 M	落窪物語	93
とさのおとど	土佐のおとど	02	三宝絵	3
としかげ	俊蔭	02	源氏・絵合	21
としかげのぬしのしふ	俊蔭のぬしの集	02	宇津保・蔵開中	1
（としもんじふ）	（都氏文集）	02	本朝神仙伝	16
としゆき	敏行	17	宇治拾遺物語	55
とじよくわい	杜如晦	05 M	古今著聞集	142
としより	俊頼	17	古今著聞集	86
としよりのせんじふ	俊頼の選集	02	今鏡	126
とつこ	独鈷	15	古今著聞集	27
			枕草子	379
となせのたき	戸無瀬の滝	11 M	栄花物語	538
となせのたきのみなかみ	戸無瀬の滝の水上	11 M	栄花物語	550
となりのくにぐにのわうのむすめ	隣の国々の王の女	15	栄花物語	259
		01 M	栄花物語	259
とねりのねやのほふし	舎人の閨の法師	02	宇津保・蔵開下	9
との	殿	13	宇津保・藤原の君	15
			宇津保・国譲上	1
			栄花物語	208
とのづくり	殿造り	13	源氏・早蕨	4
			狭衣物語	272
			枕草子	66
とのゐぎぬ	宿直衣	11	枕草子	107
とのゐさうぞく	宿直装束	11	栄花物語	228
とのゐすがた	宿直姿	11	源氏・朝顔	9
			堤・花桜折る少将	3
			枕草子	115•286
とのゐもの	宿直物	11	枕草子	240•246
とのゐもののきぬ	宿直物の衣	11	今昔物語集	349
とばそうじやう	鳥羽僧正	17	古今著聞集	180
とばり	帳	06	本朝神仙伝	1
とばゐん	鳥羽院	13	栄花物語	601
		14	栄花物語	601
とびら	扉	13	栄花物語	259•281
	扉［平等院鳳凰堂］		古今著聞集	164
とほぎみ	とほぎみ	02	更級日記	25
とほやま	遠山	11 M	宇津保・国譲下	13
とまや	苫屋	13	源氏・明石	1
とよ	杜預	05 M	古今著聞集	142
とら	虎	05 M	古今著聞集	149
とらのかしら	虎の頭	08	栄花物語	97
			紫式部日記	17
とらのかは	虎の皮	03 M	古今著聞集	201
とり	鳥、鶏	08	栄花物語	539

			源氏・若菜上	24
		16	宇津保・吹上上	6
		01 M	古今著聞集	194
		08 M	宇津保・吹上上	6•18
			宇津保・内侍のかみ	8•35
			宇津保・楼の上上	26
		11 M	源氏・玉鬘	18
			紫式部日記	17
とりあはせ	鶏合	08	栄花物語	539
とりのあと	鳥の跡	16	源氏・柏木	2
			源氏・夕霧	9•10
			源氏・橋姫	15
			狭衣物語	63
			枕草子	210
とりゐ	鳥居	13	源氏・賢木	1
		14	源氏・賢木	1
どろたふ	泥塔	15	三宝絵	52

な

なあるところどころ	名ある所々	05 M	栄花物語	33
ないしのかみ	内侍の督	02	浜松中納言物語	20
ながあふぎ	長扇	07	落窪物語	61
なかさだのすぢ	中さだの筋	16	源氏・末摘花	3
なかじま	中島	14	宇津保・楼の上上	20
			宇津保・楼の上下	30
			栄花物語	66•155•159•172•293•327•351
			源氏・胡蝶	1•4
			狭衣物語	1
			浜松中納言物語	23•24
		01 M	蜻蛉日記	52
なかしやうじ、なかさうじ	中障子	05	源氏・少女	7
			浜松中納言物語	30
			夜の寝覚	19
なかのしやうじ、なかのさうじ	中の障子	05	浜松中納言物語	31
			夜の寝覚	20
ながすびつ	長炭櫃	08	枕草子	228
なかずみのじじゆう	仲澄の侍従［宇津保物語］	02	狭衣物語	30
なかただ	仲忠	02	枕草子	97•101•269
ながだたみ	長畳	08	栄花物語	242
なかついぢ	中築地	14	とりかへばや	51
ながつきここのか	九月九日	03 M	栄花物語	198
なかどり	中取り	08	宇津保・俊蔭	24
			宇津保・あて宮	8
なかのす	中の洲	14	栄花物語	259
なかのらう	中の廊	13	源氏・藤裏葉	9
		14	源氏・藤裏葉	9

ながはし	長橋	13	讃岐典侍日記	56
ながびつ	長櫃	08	宇治拾遺物語	40
			宇津保・あて宮	23
			宇津保・蔵開上	2
			古本説話集	86
なかべ	中陪	11	栄花物語	538
ながゐのじじゆう	ながゐの侍従	02	三宝絵	3
なぎさのゐん	渚の院	14	土佐日記	4
なきたまへるところ	泣きたまへる所	01 M	狭衣物語	116・307
なぎのはな	水葱の花	12	枕草子	317・334
なげし	長押	13	栄花物語	242
なしつぼのきたのや	梨子壺の北の屋	13	栄花物語	517
なしのはな	梨の花	08	枕草子	61
なしゑ	梨絵	08	枕草子	227
なつのかげ	夏の陰	14	宇津保・吹上上	1
なつのきちやう	夏の几帳	06	今昔物語集	291
なつめ	棗	08 M	宇津保・楼の上上	34
なでしこ	撫子	08	栄花物語	417
		14	栄花物語	563
			大鏡	60
			源氏・少女	17
			源氏・常夏	2
			源氏・野分	6
			源氏・夕霧	2
			源氏・幻	10
			源氏・手習	7
			古今著聞集	269
			古本説話集	14
			とりかへばや	33
		16	宇津保・国譲中	33
		01 M	枕草子	164
なでん	南殿	13	栄花物語	543
なにがしのだいしやう	なにがしの大将[狭衣大将]	02	とりかへばや	55
なは	縄	08	宇津保・菊の宴	25
なはえい	縄纓	10	今鏡	99
なはしろ	苗代	07 M	狭衣物語	122
なふ	衲	11	宇津保・国譲中	22
なふのけさ	衲の袈裟	11	栄花物語	265・417
なほし	直衣、襴	11	和泉式部日記	6・11
			宇津保・吹上上	22・24
			宇津保・内侍のかみ	30
			宇津保・蔵開上	10・23・24・25・26・27
			宇津保・蔵開中	3
			宇津保・蔵開下	41
			宇津保・国譲下	31

			宇津保・楼の上上	2•11
			栄花物語	28•43•45•190•423•439•471•492•493•575
			落窪物語	65
			大鏡	33•48•50•79
			蜻蛉日記	34•48
			源氏・末摘花	12
			源氏・紅葉賀	11
			源氏・花宴	3
			源氏・葵	13•15
			源氏・賢木	19
			源氏・須磨	1•6•11
			源氏・薄雲	4
			源氏・少女	11
			源氏・蛍	2
			源氏・常夏	1
			源氏・野分	10
			源氏・行幸	5
			源氏・藤袴	2
			源氏・藤裏葉	2•4
			源氏・若菜上	42
			源氏・横笛	4
			源氏・鈴虫	9
			源氏・夕霧	15
			源氏・幻	4
			源氏・橋姫	3•13
			源氏・宿木	29•36
			源氏・東屋	27
			源氏・蜻蛉日記	19
			今昔物語集	456
			狭衣物語	16•159
			とりかへばや	8
			枕草子	3•22•45•47•48•50•75•85•86•94•148•156•230•234•249•306•325•338•355
なほしすがた	直衣姿	11	源氏・薄雲	6
			源氏・藤袴	1
			源氏・柏木	8
		01 M	栄花物語	604
なほしのころも	欄衫	11	今昔物語集	137
なみ	波	14	栄花物語	159
		01 M	狭衣物語	309
		06 M	栄花物語	84
		11 M	栄花物語	513•550
			狭衣物語	174
ならかしは	楢柏	14	狭衣物語	132
なり	なり	11	栄花物語	233•326•378

なりひさご	生瓢	08	宇津保・蔵開中	11
なりひら	業平	02	源氏・絵合	24
		01 M	源氏・絵合	24
なりひらのちゆうじやう	業平の中将	02	今鏡	102
			大鏡	2
			枕草子	351
なりみつ	成光	17	古今著聞集	166
なんだ	難陀	02	栄花物語	259
		15	栄花物語	259
		01 M	栄花物語	259

に

にかい	二階	08	源氏・夕霧	23
にき	日記	01	源氏・明石	10
			源氏・絵合	9・41
			狭衣物語	305
	日記［権記］	02	今鏡	70
	日記［土御門記］		今鏡	100
	日記		栄花物語	217
			源氏・明石	10
			源氏・絵合	9・41
	日記［和泉式部日記］		古本説話集	10
	日記		狭衣物語	24・305
（にき）	（日記）	01	源氏・絵合	12・27・40・46
			狭衣物語	306・307・308・309・310
		02	源氏・絵合	12・27・40・46
			狭衣物語	306・307・308・309・310
にしき	錦	08	宇津保・あて宮	9
			栄花物語	232・407
			源氏・絵合	34・36
			源氏・梅枝	2
			源氏・若菜下	13
			源氏・鈴虫	1
			源氏・宿木	12
			古今著聞集	110・283・302・303・304
			更級日記	10・28・54
			三宝絵	2
			竹取物語	3
			浜松中納言物語	5・10・15
			枕草子	318
		11	宇治拾遺物語	65
			栄花物語	326・485・550
			今昔物語集	30
			狭衣物語	169・182
にしきのはた	錦の旗	15	栄花物語	249
にしきばし	錦端	08	堤・よしなしごと	3

にしのたい	西の対	13	宇津保・蔵開下	53
			栄花物語	543
			大鏡	68
			源氏・松風	1
にせゑ	似絵	01	古今著聞集	198
につくわう	日光[法成寺]	15	栄花物語	337•347
には	庭	14	栄花物語	259•327•345
			落窪物語	56
			今昔物語集	17•305
			狭衣物語	73•94•215•264•273
			更級日記	33•61
			とりかへばや	13•33
			浜松中納言物語	4
			枕草子	105•168•221•222•243•381•382
			紫式部日記	34
（には）	（庭）	14	宇津保・菊の宴	34
			今昔物語集	2
		18	今昔物語集	2
にはとり	鶏	05 M	古今著聞集	166
にはび	庭火	14	狭衣物語	209•211
			枕草子	195
にびいろがみ	鈍色紙	08	宇津保・国譲上	11
にひたのいけ	新田の池	03 M	栄花物語	179
にほひ	にほひ	18	源氏・桐壺	5
			源氏・梅枝	10
にほんぎ	日本紀	02	今鏡	97
			大鏡	12
			源氏・蛍	11
			紫式部日記	86
にほんほつけげんき	日本法花験記	02	宇治拾遺物語	38
にょいす	如意珠	08	三宝絵	9
にょいほうじゅ	如意宝珠、女意宝珠	15	栄花物語	560
			今昔物語集	21
			狭衣物語	197
			本朝神仙伝	9
にょいりん	如意輪［法成寺］	15	栄花物語	348
	如意輪		今昔物語集	123
			枕草子	253
にょいりんくわんおん	如意輪観音	15	今昔物語集	145
			三宝絵	64
にわう	二王	15	栄花物語	440
にわうだう	仁王堂	13	落窪物語	49
にんさうするふみ	人相する書	02	宇津保・蔵開上	4
にんにくのころも	忍辱の衣	15	栄花物語	281
		01 M	栄花物語	281
にんわうきやう	仁王経	02	枕草子	252

ぬ

ぬきす	貫簀	08	宇津保・菊の宴	10
ぬさ	幣	08	大和物語	4
		08 M	宇津保・吹上上	25
ぬさぶくろ	幣袋	08	源氏・若菜上	43
ぬの	布	06	今昔物語集	457
		08	今鏡	54
			宇津保・俊蔭	24
			宇津保・嵯峨の院	18
			古本説話集	67
		11	今昔物語集	351
ぬのしやうじ、ぬのさうじ	布障子	01	古今著聞集	147
		05	古今著聞集	147•158
			枕草子	221
ぬのびやうぶ	布屏風	03	枕草子	205
		04	堤・よしなしごと	4
ぬばかま	奴袴	11	栄花物語	364
ぬひどの	縫殿	17	枕草子	63
ぬひぼとけ	繡仏	15	栄花物語	464
ぬひめ	縫目	11	枕草子	208
ぬひもの	縫物	08	宇津保・菊の宴	25
			宇津保・楼の上下	32
			栄花物語	326•512•557
		11	宇治拾遺物語	65
			宇津保・蔵開上	12
			栄花物語	99•467•478•535•538•540•602
			大鏡	90
			源氏・関屋	2
			狭衣物語	174
			枕草子	208
			紫式部日記	14•24•31
ぬりぼね	塗骨	07	栄花物語	364
			とりかへばや	22
			枕草子	49
ぬりもの	塗物	08	宇津保・内侍のかみ	35

ね

ね	根［菖蒲］	08	枕草子	64•65
ねのひ	子の日	03 M	今鏡	8
			宇津保・菊の宴	13
			栄花物語	484
		08 M	今昔物語集	319
ねはん	涅槃	15	栄花物語	259
		01 M	栄花物語	259
ねはんきやう	涅槃経	02	狭衣物語	310
		09	狭衣物語	310

ねりぎぬ	練衣	11	今昔物語集	292
ねんじゆ	念珠	15	宇治拾遺物語	4•68•84
			打聞集	19
			今昔物語集	116•132•167•220•257•461
ねんずだう	念誦堂	13	宇津保・楼の上上	20•32
			狭衣物語	265
ねんぢゆうぎやうじ	年中行事	01 M	古今著聞集	185
		05 M	今鏡	99
			栄花物語	180
			大鏡	34
			古今著聞集	122

の

の	野	14	大鏡	30
			源氏・少女	17
			源氏・鈴虫	8
		05 M	古今著聞集	146
		08 M	宇津保・内侍のかみ	35
のうしよ	能書	17	古今著聞集	196•242
のき	軒	13	源氏・蓬生	2
		14	源氏・蓬生	2
のきのあやめ	軒の菖蒲	08	栄花物語	59•500
			狭衣物語	10
のすぢ	野筋	03 M	古今著聞集	161
のぶざね	信実	17	古今著聞集	192•198
のぶまさ	延正	17	今昔物語集	395
のべ	野辺	14	源氏・野分	1
のやま	野山	08 M	宇津保・内侍のかみ	35
のりなが	教長	17	今鏡	72

は

は	葉	08	栄花物語	259
		15	栄花物語	259
		16	宇津保・嵯峨の院	1•8
はう	袍	11	古今著聞集	51
			三宝絵	33
ばう	房	13	大鏡	35
ばうげんれい	房玄齢	05 M	古今著聞集	142
はうべんぼん	方便品	02	栄花物語	227
			讃岐典侍日記	13
はかし	佩刀	10	宇津保・吹上上	21
はかま	袴	11	宇治拾遺物語	72
			宇津保・俊蔭	17•25
			宇津保・藤原の君	13
			宇津保・春日詣	1•10•13
			宇津保・祭の使	4•7•14•22•27
			宇津保・吹上上	8

			宇津保・菊の宴	20•27
			宇津保・蔵開上	11•22•28•37•56
			宇津保・蔵開中	14
			宇津保・蔵開下	8•10•41•44
			宇津保・国譲中	27
			宇津保・国譲下	23•26•31•44
			宇津保・楼の上上	6•11•31
			宇津保・楼の上下	1•14•24•34
			栄花物語	89•129•137•253•397•429•446•478•535•540•545•550•558•602
			落窪物語	64•65•87•109
			大鏡	70•78
			源氏・葵	19
			源氏・行幸	9
			源氏・幻	8
			源氏・椎本	15
			源氏・総角	23
			源氏・宿木	7
			源氏・蜻蛉日記	15•17
			源氏・手習	1•9
			古今著聞集	91•131
			古本説話集	57
			今昔物語集	274•292•310•347•362•424•428•436•460
			狭衣物語	13•42•64
			堤・虫めづる姫君	3
			堤・ほどほどの懸想	1
			とりかへばや	23•37
			浜松中納言物語	42
			枕草子	47•48•73•165•174•216•240•250•257•379
はかまうはぎ	袴表着	11	栄花物語	558
はかり	秤	08	宇津保・国譲上	9
はぎ	萩	08	宇津保・嵯峨の院	1
			枕草子	59
		14	源氏・匂兵部卿	1
			古今著聞集	274
			狭衣物語	52
			讃岐典侍日記	51
			枕草子	133•181•244
		11 M	古今著聞集	94
はく	箔	08	更級日記	47
			紫式部日記	24•31
はくうち	薄打	17	宇治拾遺物語	9
はくおし	薄押し	11	大鏡	90
はくかん	はくかん	02	浜松中納言物語	3
はくさいこくの	百済国の	19	三宝絵	34

は

はくしもんじふ	白氏文集	02	今鏡	62•151
			古今著聞集	247
はくたくわう	白沢王	06 M	古今著聞集	145
はくらくてん	白楽天	02	古今著聞集	53
		01 M	古今著聞集	308
はこ	箱、筥、函	08	打聞集	50•53
			宇津保・藤原の君	5
			宇津保・忠こそ	12
			宇津保・祭の使	19
			宇津保・菊の宴	10•18•29•30•31
			宇津保・あて宮	2•3•9
			宇津保・蔵開中	21•31
			宇津保・蔵開下	16
			宇津保・国譲中	38
			宇津保・楼の上下	40
			栄花物語	121•164•232•313•316•410•512
			落窪物語	24•26•70•82•105•106
			大鏡	11
			源氏・若紫	9
			源氏・絵合	1•31•34•36
			源氏・梅枝	3•4•21
			源氏・若菜上	29
			源氏・鈴虫	3
			源氏・夕霧	21
			古今著聞集	218
			古本説話集	27
			今昔物語集	7•8•12•29•164•437
			三宝絵	54
			竹取物語	21
			堤・貝あはせ	7
			紫式部日記	75
			夜の寝覚	26•42
はこのふた	箱の蓋	08	源氏・少女	20•22
			源氏・東屋	31
はこやのとじ	藐姑射の刀自	02	源氏・蓬生	5
		01 M	源氏・蓬生	5
はし	端	06	宇津保・蔵開上	59
はし	箸	08	宇津保・あて宮	2•20
			宇津保・蔵開上	35
		08 M	宇津保・蔵開上	55
はし	縁	08	枕草子	376
はし	階	13	栄花物語	344
			源氏・須磨	14
			源氏・椎本	1
			今昔物語集	13•59
			枕草子	216
			紫式部日記	92

		14	栄花物語	290
			源氏・須磨	14
はし	橋	13	更級日記	14•16
			竹取物語	11
		14	栄花物語	259
はし	嘴	08 M	宇津保・菊の宴	15
ばしう	馬周	05 M	古今著聞集	142
はしがくしのま	階隠の間	13	狭衣物語	238
はじとみ	半蔀	13	狭衣物語	33
			堤・ほどほどの懸想	1
はじとみぐるま	半蔀車	12	栄花物語	471
はしのだい	箸の台	08	栄花物語	111
			紫式部日記	52
はしぶね	はし舟	12	枕草子	350
はしら	柱	01	栄花物語	259•347•442
		13	宇津保・楼の上上	37
			栄花物語	259•274•347•442
			源氏・須磨	14
			今昔物語集	28
		14	源氏・須磨	14
はしらゑ	柱絵	01	栄花物語	491
		13	栄花物語	491
はしりくるま	走り車	01 M	大鏡	62
はず	筈	08	今鏡	35
			大鏡	64
はすのは	蓮の葉	08	宇津保・国譲中	28
はすのみ	蓮の実	08	栄花物語	416
はた	幡	15	源氏・鈴虫	1
			今昔物語集	54•84
はたご	旅籠	08	宇津保・吹上上	18•31
はたごうま	旅籠馬	08	宇津保・吹上上	29•31
はたほこ	宝幢	08	栄花物語	317
はたをりめ	はたをりめ	11 M	堤・虫めづる姫君	3
はち	鉢	08	宇津保・蔵開中	34
			宇津保・蔵開下	4
			宇津保・国譲下	12
			栄花物語	64
			古今著聞集	266•267•268
			今昔物語集	4•34
			三宝絵	20
			竹取物語	2•3
		15	本朝神仙伝	2
はちえふのはちす	八葉の蓮	15 M	古今著聞集	70
はちくどく	八功徳	15	栄花物語	281
		01 M	栄花物語	281
はちす	蓮	08	宇津保・祭の使	30
			栄花物語	317
		14	源氏・幻	10

			堤・はなだの女御	1
		15	落窪物語	88
			源氏・鈴虫	2
		16	宇津保・祭の使	30
		03 M	宇津保・菊の宴	13
はちすのいと	蓮の糸	15	栄花物語	287
はちすのずず	蓮の数珠	15	蜻蛉日記	64
はちすのはな	蓮の花	14	栄花物語	259
			源氏・若菜下	21
			浜松中納言物語	51
		15	落窪物語	85
			狭衣物語	195
			枕草子	326
はちすのはなびら	蓮のはなびら	08	枕草子	46•281
		16	枕草子	46•281
はちでうのさだいじん	八条の左大臣	01 M	古今著聞集	192
ばちめん	撥面	08	古今著聞集	176•177•178•193
はつかり	初雁	03 M	宇津保・菊の宴	13
はつきじふごや	八月十五夜	03 M	栄花物語	65
はつさうじやうだう	八相成道	15	栄花物語	222•259
		01 M	栄花物語	259
ばつなんだ	跋難陀	02	栄花物語	259
		15	栄花物語	259
		01 M	栄花物語	259
はつゆきのものがたりのにようごどの	初雪の物語の女御殿	02	栄花物語	49
はつり	はつり	08	宇津保・俊蔭	10
はと	鳩	08 M	宇津保・蔵開下	14
			古今著聞集	217
はな	花	08	伊勢物語	15•16
			宇津保・祭の使	33
			栄花物語	266
		10	栄花物語	244
		14	宇津保・嵯峨の院	4
			宇津保・楼の上上	19
			大鏡	30
			源氏・胡蝶	4
			源氏・藤裏葉	3
			狭衣物語	142•250•313
			讃岐典侍日記	37•51
			更級日記	33
			堤・花桜折る少将	6
			とりかへばや	13
			枕草子	115
		15	栄花物語	262•281•345
		01 M	栄花物語	281
			今昔物語集	193
			浜松中納言物語	14

		08 M	宇津保・吹上上	5•18•22
			宇津保・内侍のかみ	35
			栄花物語	493•560
		11 M	今鏡	32
			栄花物語	550
			狭衣物語	70
はな	鼻	01 M	源氏・末摘花	22
はながめ	花瓶	08	源氏・胡蝶	5
		15	源氏・鈴虫	1
はなこ	花籠	08	栄花物語	560
はなざくら	花桜	14	源氏・幻	3
			狭衣物語	118
			堤・花桜折る少将	1
はなすすき	花薄	08	宇津保・嵯峨の院	8
はなぞの	花園	03 M	宇津保・菊の宴	13
はなたちばな	花橘	14	栄花物語	563
			源氏・少女	17
			狭衣物語	23
			更級日記	27
			堤・逢坂越えぬ	1
はなちいで	放出	13	落窪物語	1
			源氏・夕霧	1
			今昔物語集	291
はなちがき	放ち書き	16	源氏・若紫	14
はなづくえ	花机	15	栄花物語	262•284•285
			源氏・賢木	16
			源氏・鈴虫	1
はなのいらか	花の甍	13	栄花物語	357
はなのうつは	花の器	15	三宝絵	45
はなのうつはもの	華器	08	今昔物語集	117
はなのえだ	花の枝	08	宇津保・春日詣	16
			宇津保・国譲上	16
			源氏・椎本	2
はなのかた	花の形	08	栄花物語	281
はなのき	花の木	14	源氏・薄雲	7
			源氏・少女	17
			源氏・若菜上	40
			源氏・幻	2
			堤・花桜折る少将	1
はなのこずゑ	花の木末	14	狭衣物語	236•237
はなばこ	花筐	08	栄花物語	268
はなびら	花びら	16	宇津保・春日詣	12•14
はなふれう・くわぶりよう	花文綾	08	宇津保・俊蔭	25
			宇津保・吹上上	5•24
			宇津保・あて宮	8
			宇津保・内侍のかみ	20•22•32
			宇津保・沖つ白波	5
			宇津保・蔵開上	15

		11 M	源氏・野分	10
はねうま	跳ね馬	05 M	古今著聞集	149
ははそはら	柞原	14	源氏・少女	17
はま	浜	14	三宝絵	10
はまぐり	はまぐり	08 M	堤・貝あはせ	9
はまづら	浜づら	03 M	蜻蛉日記	22
はまべ	浜辺	03 M	蜻蛉日記	22
はまゆか	浜床	13	宇津保・楼の上上	21
			宇津保・楼の上下	22•27
はやし	林	01 M	栄花物語	259
はやの	はや野	03 M	栄花物語	179
はらへ	祓	03 M	宇津保・菊の宴	13
			落窪物語	93
はらへのもの	祓への物	08	宇津保・菊の宴	26
はり	針	08	宇津保・俊蔭	10
はりあはせ	張り袷	11	宇津保・楼の上上	35
はりしゆ	頗梨珠	08	栄花物語	259
はりにしき	張綿	11	宇津保・楼の上上	9
はりばこ	張筥	08	今昔物語集	322
はりひとへ	張単	11	今昔物語集	292
はりわた	張綿	11	落窪物語	6•12•16
はるのやま	春の山	14	宇津保・吹上上	1
ばん	盤	08	栄花物語	102
			今昔物語集	40
			讃岐典侍日記	4
			紫式部日記	5•28
ばんがい	幡蓋	15	栄花物語	262
はんがく	はんがく	02	浜松中納言物語	55
はんこ	班固	05 M	古今著聞集	142
はんさい	斑犀	08	源氏・蜻蛉日記	6
はんざう	半挿	08	宇津保・菊の宴	10
はんにやしんぎやう	般若心経	02	古今著聞集	20
はんぴ	半臂	11	今鏡	49
			大鏡	100
はんぴのを	半臂の緒	11	枕草子	157•196•257
ばんゑ	蛮絵	01	今昔物語集	309•457
			枕草子	372
		11 M	今昔物語集	457

ひ

ひ	日	07 M	枕草子	280
		11 M	今鏡	32
ひあふぎ	檜扇、桧扇	01	枕草子	333
		07	今鏡	43
			栄花物語	550
			今昔物語集	397
			枕草子	333
ひあむしろ	檜籧篨	13	今昔物語集	273

ひあむしろびやうぶ	檜籧篨屏風	04	今昔物語集	273
ひいな、ひひな	雛	08	宇津保・蔵開下	35•42
			宇津保・楼の上下	12
			栄花物語	77•311•424
			源氏・若紫	26
			源氏・紅葉賀	3•4
			源氏・藤裏葉	6
			源氏・若菜上	21
			源氏・夕霧	12
			源氏・総角	40
			狭衣物語	153•284
			枕草子	295
			夜の寝覚	21•36•59•60
（ひいな）	（雛）	08	とりかへばや	32
ひいなあそび、ひひなあそび	雛遊び	08	源氏・若紫	11•16
			源氏・薄雲	3
			源氏・蛍	19
			とりかへばや	1
ひいなあそびのてうど	雛あそびの調度	08	枕草子	40
ひいなのてうど	雛の調度	08	枕草子	207
ひひなあそびのぐ	雛遊びの具	08	紫式部日記	52
ひひなぎぬ	雛衣	11	蜻蛉日記	53
ひひななどのやづくり	雛などの屋づくり	08	紫式部日記	90
ひひなのとの	雛の殿	08	源氏・蛍	19
			源氏・野分	11
ひがき	檜垣、桧垣	13	宇津保・藤原の君	14
		14	源氏・夕顔	1
ひかげ	日蔭、日影	10	栄花物語	123•124
			讃岐典侍日記	55•66
			枕草子	108•123•126
			紫式部日記	73•75
ひかげぐさ	日かげ草	10	栄花物語	127
ひかげのいと	ひかげの糸	10	讃岐典侍日記	63
ひかげのかづら	ひかげのかづら	10	栄花物語	143
ひかり	光	15	栄花物語	259•281•285
		01 M	栄花物語	281
ひかるげんじ	光源氏	02	今鏡	116
			栄花物語	45
			狭衣物語	90•304
			更級日記	1•40•50
ひかるのげんじ	光の源氏	02	更級日記	26
ひきなほし	引直衣	11	讃岐典侍日記	41•49
ひけ	飯笥	08	宇津保・あて宮	23
ひげこ	鬚籠	08	宇津保・楼の上上	34
			源氏・初音	1

			源氏・浮舟	1
			大和物語	1
ひごんき	緋金錦	08	源氏・梅枝	2
ひさくがた	杓形	08	今昔物語集	112
ひさげ	提	08	宇治拾遺物語	44
			宇津保・蔵開中	11
			今昔物語集	346•359•366•367•401
ひさごばな	瓢花	10	宇津保・内侍のかみ	15
ひさし	廂	13	栄花物語	242
			落窪物語	35
ひさしのおほんくるま	廂の御車	12	源氏・宿木	34
ひしのもん	ひしの紋	11	紫式部日記	80
びしやもん、びさもん	毘沙門［信貴山］	15	宇治拾遺物語	50•53•54
			古本説話集	84•85
	毘沙門［鞍馬山］		古本説話集	95
	毘沙門		今昔物語集	134
			讃岐典侍日記	30
びしやもんてん	毘沙門天	15	今昔物語集	144•226•247
びしゆかつま	毘首羯磨	02	栄花物語	262
びしゆかつまてん	毘首羯摩天	17	今昔物語集	59
ひすい	翡翠	08	源氏・椎本	18
ひそく	秘色	08	源氏・末摘花	4
ひた	引板	14	源氏・夕霧	14
			源氏・手習	4
ひたきや	火焼屋	13	源氏・賢木	1
		14	源氏・賢木	1
			讃岐典侍日記	58
			枕草子	226
ひたたれ	直垂	11	宇津保・蔵開中	3
			古今著聞集	94•216•238•244•252
			今昔物語集	218•344•398
ひたたればかま	直垂袴	11	古今著聞集	211•212
ひだのたくみ	飛騨の工匠	02	源氏・東屋	24
		17	栄花物語	269
			源氏・東屋	24
			今昔物語集	284•286•287•288
ひたひ	蔽髪	10	宇津保・菊の宴	18
			宇津保・あて宮	2
			宇津保・内侍のかみ	35
ひだまひのふだ	日給の簡	16	宇津保・内侍のかみ	25
ひちりき	篳篥	08	栄花物語	345
ひつ	櫃	08	宇津保・あて宮	8•20
			宇津保・蔵開上	22
			宇津保・蔵開下	4
			落窪物語	19
		09	更級日記	25
ひつぎ	棺	08	栄花物語	460

			今昔物語集	11•37•38
びづら	びづら	10	栄花物語	599
ひと	人	08	宇津保・蔵開下	35
		15	古今著聞集	157
		01 M	古今著聞集	183•187
		03 M	宇津保・菊の宴	13
			落窪物語	93
			古今著聞集	157
			今昔物語集	317
		08 M	宇津保・菊の宴	26
			宇津保・内侍のかみ	35
			栄花物語	586
ひとかげのいと	日蔭の糸	08	蜻蛉日記	63
ひとがた	人形	08	源氏・宿木	18•21•22
			源氏・東屋	5•6•25
			今昔物語集	280
ひとつがき	一つ書き	16	狭衣物語	246
ひとのいへ	人の家	03 M	栄花物語	50
ひとはなごろも	ひとはな衣	11	源氏・末摘花	14
ひとふで	一筆	16	今昔物語集	411
ひとへ	単衣、単	11	宇津保・俊蔭	13
			宇津保・楼の上上	22
			宇津保・楼の上下	1
			栄花物語	361•376•376•478•485•492•493•550
			落窪物語	34•65
			蜻蛉日記	23
			源氏・空蟬	6
			源氏・賢木	19
			源氏・常夏	3
			源氏・幻	8
			源氏・椎本	15
			源氏・蜻蛉日記	12•15•16•19
			源氏・手習	9
			古今著聞集	139
			今昔物語集	356•362•462•463
			狭衣物語	13•16•25•42•64•65•67
			堤・はなだの女御	2
			とりかへばや	23•37•54
			枕草子	45•48•55•109•161•236•238•240•242•246•276•303•330•379
			紫式部日記	45
			夜の寝覚	76
ひとへ	一重	08	宇津保・国譲上	10
ひとへがさね	単襲	11	宇治拾遺物語	19
			宇津保・蔵開上	29
			宇津保・国譲中	15•30•35•43

			宇津保・国譲下	31
			宇津保・楼の上下	20•24
			栄花物語	479•501•533•535
			落窪物語	64•74•76•87
			大鏡	90
			源氏・空蟬	2•3
			源氏・蛍	6
			古本説話集	17
			とりかへばや	18•40
			枕草子	52•216
			夜の寝覚	5•63•64
（ひとへがさね）	（単襲）	11	古本説話集	18
ひとへかりぎぬ	ひとへ狩衣	11	古今著聞集	112•287
ひとへぎぬ	単衣	11	大鏡	78•88
			今昔物語集	355
ひとへのおほんぞ	一重の御衣	11	栄花物語	45
ひとへばかま	単袴	11	源氏・夕顔	2
			狭衣物語	53
			とりかへばや	37
			枕草子	55
ひとまる	人丸	01 M	古今著聞集	85•97•308
ひとまるがしふ	人丸が集	02	今鏡	141
ひとむらすすき	一叢薄	14	源氏・藤裏葉	7
			源氏・柏木	6
ひともとぎく	ひと本菊	14	栄花物語	327
ひとり	薫炉、火取	08	宇津保・藤原の君	4
			宇津保・あて宮	2
			源氏・梅枝	3
ひのおましのかた	昼の御座のかた	11 M	栄花物語	540
ひのこし	火の輿	12	栄花物語	6
ひのさうぞく	日の装束	11	宇治拾遺物語	15
			宇津保・楼の上上	29
ひのもと	日本	01 M	源氏・絵合	22
ひのよそひ	日の装ひ	11	宇津保・内侍のかみ	14
びは	琵琶	08	今鏡	55
			栄花物語	345
			古今著聞集	111•209
			枕草子	128•131
ひばし	火箸	08	宇津保・菊の宴	15
ひはだ	檜皮	12	栄花物語	149
		13	宇津保・藤原の君	2
			落窪物語	57
ひはだぶき	檜皮葺	13	栄花物語	71•242•436
			大鏡	59
			枕草子	288•360
		17	栄花物語	216
ひはだぶきのや	檜皮葺の屋	13	枕草子	117

ひはだや	檜皮屋	13	堤・よしなしごと	2
ひへぎ	引倍木	11	栄花物語	253•356
ひぼし	日乾し	08	宇津保・蔵開上	45
ひむがしのたい	東の対	13	栄花物語	351•519
			源氏・松風	1
ひめぎみ	姫君	02	源氏・蜻蛉日記	1
ひも	紐	08	栄花物語	247•253•310•350•362•376•512
			枕草子	346
		09	宇津保・蔵開上	2
			栄花物語	550
			源氏・絵合	13
			源氏・梅枝	11•20
			古今著聞集	278
			紫式部日記	64
		11	大鏡	32
びやう	屏	04	本朝神仙伝	1
びやうぶ	屏風	03	今鏡	8
			宇津保・菊の宴	13
			宇津保・楼の上下	27
			栄花物語	31•49•133•134•179•197•240•327•407
			大鏡	65
			蜻蛉日記	22
			源氏・若紫	22
			源氏・須磨	9
			源氏・若菜上	25•28
			古今著聞集	92•93•157•161•167•168•201•202•248
			古本説話集	6
			今昔物語集	302•303•307•314•315•317
			更級日記	9
			堤・よしなしごと	4
			枕草子	90•219•342•357•360
			紫式部日記	88
		04	今鏡	65•132
			宇治拾遺物語	6•58
			宇津保・俊蔭	20
			宇津保・嵯峨の院	26•38
			宇津保・祭の使	6
			宇津保・菊の宴	6•10
			宇津保・内侍のかみ	23
			宇津保・蔵開中	20•22
			宇津保・蔵開下	16•23•46•48
			宇津保・国譲上	19•21
			宇津保・国譲中	7•13•19•29•37
			宇津保・楼の上上	5•8•21

ひ

			宇津保・楼の上下	13•31
			栄花物語	35•51•93•101•207•271•310•312•314•366•390•393•394•396•401•423•457•458•503
			落窪物語	12•13•25•40•69•104
			大鏡	55•66•75
			蜻蛉日記	9
			源氏・空蟬	1•5
			源氏・夕顔	15•16
			源氏・若紫	8•18
			源氏・紅葉賀	9•10
			源氏・賢木	5
			源氏・少女	8•10
			源氏・玉鬘	7
			源氏・野分	3•8
			源氏・若菜上	6
			源氏・若菜下	16•27
			源氏・夕霧	20•23
			源氏・椎本	13•16
			源氏・総角	3•4•13•39
			源氏・宿木	39
			源氏・東屋	3•7•8•11•12•13•14
			古今著聞集	43•62•120
			古本説話集	5•16
			今昔物語集	242•277•294•297•299•300•306•383•385•387•430•455
			狭衣物語	183•266
			堤・このつゐで	3•4
			堤・貝あはせ	5
			堤・よしなしごと	4
			枕草子	84•144•145•147•153•173•311•354•355
			紫式部日記	10•26•29•32
			大和物語	3•15
			夜の寝覚	48•64
		05	堤・このつゐで	5
		16	栄花物語	240
			源氏・若菜上	28
			枕草子	342
			紫式部日記	88
(びやうぶうた)	(屏風歌)	03	古本説話集	7
びやうぶのうた	屏風の歌	03	栄花物語	30•65•150•329
			古本説話集	5
びやうぶのゑ	屏風の絵	03	栄花物語	10•498
			落窪物語	93
			今昔物語集	318•451

			枕草子	163・294
びやうぶゑ	屏風絵	03	今昔物語集	320
(びやうぶゑ)	(屏風絵)	03	古本説話集	5
ひやうもん	平文	08	今昔物語集	408
ひやうゑのおほいぎみ	兵衛の大君［正三位］	02	源氏・絵合	25
びやくがう	百毫	15	栄花物語	285
ひやくくわん	百官	15	栄花物語	259
		01 M	栄花物語	259
びやくるり	白瑠璃	08	栄花物語	259
ひよどり	鵯	08 M	古今著聞集	301・303
ひよどりかご	鵯籠	08	古今著聞集	301
ひら	枚	08	源氏・梅枝	14
		16	源氏・梅枝	19
びらう	檳榔	12	今鏡	86
			蜻蛉日記	37
びらうげ	檳榔毛	12	今鏡	83
			宇津保・藤原の君	9
			宇津保・春日詣	2・3
			宇津保・嵯峨の院	42
			宇津保・菊の宴	11
			宇津保・内侍のかみ	19
			宇津保・蔵開下	20
			宇津保・国譲中	18
			宇津保・国譲下	26・28
			宇津保・楼の上上	29
			宇津保・楼の上下	28・29
			落窪物語	60
			蜻蛉日記	58
			源氏・宿木	34
			枕草子	42・377
びらうげのくるま	檳榔毛の車	12	古今著聞集	78
			枕草子	8・77
びらうのくるま	檳榔の車	12	宇治拾遺物語	15
ひらからぎぬ	平唐衣	11	栄花物語	81
ひらばり	平張	06	今昔物語集	380・405・406・457
			浜松中納言物語	15
ひらを	平緒	10	今鏡	93
			枕草子	124
ひる	蒜	08	宇津保・蔵開上	46
びるしやな	毘盧舎那	15	今昔物語集	77
ひれ	領巾、領布	10	栄花物語	485
			浜松中納言物語	6・18
			枕草子	119・152・316
			紫式部日記	44
びれい	美麗	18	大鏡	20
			古今著聞集	282
ひろたか	広高、弘高	17	今鏡	109

			栄花物語	53•134•327
			大鏡	65
			古今著聞集	157•158•159•160•161•164
			今昔物語集	451
ひろびさし	広庇	13	今昔物語集	291
ひわりご	檜破子	08	宇津保・吹上上	18•21
			宇津保・あて宮	8•10
			宇津保・蔵開下	36•37
			宇津保・国譲下	11
ひをけ	火桶	01	枕草子	227•248•375
		08	宇津保・菊の宴	15
			宇津保・蔵開中	34
			宇津保・蔵開下	18
			源氏・椎本	10
			枕草子	227•248•272•375
ひをどし	緋緘	11	今鏡	131
びんづる	賓頭盧	15	竹取物語	3

ふ

ふうりう、ふりう	風流	18	今鏡	19•56
			大鏡	52
			古今著聞集	2•67•98•196•237•270•271•282•290
			今昔物語集	282•407
ふうりうざ	風流者	18	大鏡	59
ふえ	笛	08	今鏡	90
			宇津保・楼の上下	6
			枕草子	129•130
ふえつ	傅説	05 M	古今著聞集	142
ふえふきてゆくひと	笛吹きてゆく人	03 M	蜻蛉日記	22
ふえふきたまひつる	笛吹きたまひつる	01 M	狭衣物語	116
ふかえ	深江	17	古今著聞集	159
ぶく	服	11	今昔物語集	363
ふくうけんじやくくわんおん	不空羂索観音［興福寺・南円堂］	15	大鏡	89
ふくさ	ふくさ	11	枕草子	329
ふくろ	袋	08	宇津保・俊蔭	3
			宇津保・蔵開上	16
			宇津保・楼の上下	35•40
			落窪物語	83•90
			源氏・若菜下	8
			源氏・橋姫	14
			古今著聞集	110
			今昔物語集	266

			竹取物語	3
ぶくわうてい	武皇帝	02	栄花物語	402
ふげん	普賢［法成寺三昧堂］	15	栄花物語	294
	普賢		今昔物語集	121•166•175
	普賢［粉河寺］		狭衣物語	108•148
	普賢		枕草子	253
（ふげん）	（普賢）	15	狭衣物語	113•165
ふげんじふがん	普賢十願	02	枕草子	252
ふげんぼさつ	普賢菩薩	15	源氏・末摘花	6
			今昔物語集	89
ふさ	総	08	宇津保・吹上上	19
ふじのやま	富士の山	08	狭衣物語	80
		14	狭衣物語	80
ふせぐみ	伏組	08	栄花物語	99
ふせごのせうしやう	伏籠の少将	02	狭衣物語	76•204
ふせんりよう	浮線綾	08	栄花物語	492
			源氏・橋姫	14
		11	栄花物語	535•550
			狭衣物語	16•160•174
			とりかへばや	15
			紫式部日記	44
ふた	蓋	08	栄花物語	417
ふだ	札	08	宇津保・俊蔭	1
			枕草子	118
		15	三宝絵	43
ふたあゐ	二藍	11	宇津保・楼の上上	27
			宇津保・楼の上下	34
ぶたい	舞台	08	栄花物語	538
		13	宇津保・吹上下	8
			今昔物語集	458
		14	今昔物語集	458
ふたごころあるひとにかかづらひたるをんな	二心ある人にかかづらひたる女	02	源氏・若菜下	15
ふたつぎぬ	二衣	11	古今著聞集	205
ふたへおりもの	二重織物	08	栄花物語	512
			狭衣物語	210
		11	栄花物語	331•432•467•540•546
			狭衣物語	70•103•210•227•286
ふたへもん	二重文	11	栄花物語	485•535•540•548•550•558•545
ふぢ	藤	08	宇津保・春日詣	14
			源氏・若紫	9
			枕草子	120
		14	宇津保・吹上上	3
			源氏・蓬生	9
			源氏・少女	17

ふ

			源氏・胡蝶	4
			源氏・藤裏葉	1
			源氏・幻	3
			源氏・竹河	8
			狭衣物語	1
		03 M	栄花物語	50
		08 M	宇津保・吹上上	5
		11 M	栄花物語	429
ふぢごろも	藤衣	11	狭衣物語	271
ふぢつぼ	藤壺	14	栄花物語	487
ふぢのはな	藤の花	08	伊勢物語	16
			宇治拾遺物語	48
		14	栄花物語	487
		03 M	古本説話集	5•7
			今昔物語集	314
ふぢのをりえだ	藤の折枝	11 M	枕草子	94
ふぢばかま	藤袴	11	古本説話集	69•70
		14	源氏・匂兵部卿	1
ふぢはらのきみのむすめ	藤原の君のむすめ	02	源氏・蛍	17
（ぶつが）	（仏画）	15	源氏・夕顔	18
ぶつき	仏器	15	栄花物語	262•284
ふづきなぬか	七月七日	03 M	栄花物語	484
ふづきなぬかのたなばたまつり	七月七日の七夕祭	08 M	栄花物語	550
ぶつぐ	仏供	15	栄花物語	262
ぶつざう	仏像	15	今昔物語集	65•75•97•185
	仏像［唐］		本朝神仙伝	11
（ぶつざう）	（仏像）［関寺］	15	更級日記	52
ぶつし	仏師	17	宇治拾遺物語	21•61•62
			栄花物語	215•269•299•303•399
			落窪物語	79
			古今著聞集	206•240
			古本説話集	35•77
			更級日記	47
ぶつしかうじやう	仏師かう上	17	古本説話集	103
ぶつしぢやうてう	仏師定朝	17	古本説話集	33
ぶつしやり	仏舎利	15	栄花物語	284
			今昔物語集	76
ぶつぼさつ	仏菩薩	15	今昔物語集	129•265
ぶつみやう	仏名	15	宇津保・菊の宴	13
		03 M	宇津保・菊の宴	13
ふで	筆	01	源氏・桐壺	5
			源氏・絵合	43
			古今著聞集	182
		08	源氏・澪標	5
			源氏・絵合	38
			源氏・橋姫	11

			古今著聞集	120
			枕草子	41•301•369
		16	栄花物語	510
			大鏡	53
			源氏・帚木	9
			源氏・絵合	45
			源氏・梅枝	15
			今昔物語集	403•411
			狭衣物語	137•145
			讃岐典侍日記	14
			枕草子	237
			夜の寝覚	3•73
ふでかれ	筆涸れ	16	狭衣物語	85
ふでづかひ	筆づかひ	16	源氏・夕顔	6
			源氏・須磨	7
			源氏・若菜下	25
			源氏・椎本	7
			狭衣物語	43
			夜の寝覚	38
ふでつき	筆付	16	今昔物語集	411
ふでとるみち	筆とる道	01	源氏・絵合	44
		16	源氏・絵合	44
ふでのおきて	筆のおきて	16	源氏・梅枝	18
ふでのかたち	筆の形	15	落窪物語	88
ふでのさきら	筆の先ら	16	とりかへばや	16
			浜松中納言物語	22
ふでのすさび	筆のすさび	16	狭衣物語	217•299
ふでのたち	筆のたち	16	浜松中納言物語	79
ふでのたちど	筆の立ちど	16	狭衣物語	305
			讃岐典侍日記	1
			とりかへばや	24
ふでのながれ	筆の流れ	01	狭衣物語	309
		16	狭衣物語	85•229•240
			浜松中納言物語	67
			夜の寝覚	72
ふでゆひ	筆結	08	宇津保・菊の宴	5
ふどう	不動［法成寺］	15	栄花物語	222
	不動		古今著聞集	189
ふどうそん	不動尊	15	今鏡	129
			宇治拾遺物語	17•74•83
			打聞集	41
	不動尊［法成寺］		栄花物語	297
	不動尊		栄花物語	448
			源氏・若菜下	19
			古今著聞集	35•160
			今昔物語集	134
			狭衣物語	199•200

			枕草子	253
			紫式部日記	11
ふどうそんのししや	不動尊の仕者	15	古今著聞集	30
ふどうみやうわう	不動明王	15	今昔物語集	120
ふどうみやうわうぞう	不動明王像［無動寺］	15	打聞集	54
ふどの	文殿	17	源氏・賢木	18
ふな	鮒	08 M	宇津保・吹上上	18
ふながく、ふねのがく	船楽	12	栄花物語	156•355•590
		14	栄花物語	156•355•590
ふなこ	船子	08 M	宇津保・吹上上	18
ぶにん	夫人	15	栄花物語	259
		01 M	栄花物語	259
ふね	船、舟	08	宇津保・吹上上	29•32
			今昔物語集	301
		12	今鏡	16
			宇津保・菊の宴	25
			栄花物語	66•106•156•259•472•492•573
			源氏・胡蝶	1•2
			源氏・総角	29
			今昔物語集	458
			狭衣物語	95
			枕草子	162•220•290•349
			紫式部日記	42
		14	栄花物語	66•492
		01 M	蜻蛉日記	66
		03 M	宇津保・菊の宴	13
		08 M	宇津保・吹上上	18
			宇津保・内侍のかみ	35
			落窪物語	108
（ふね）	（船）	12	枕草子	348
ふばこ、ふみばこ	文箱	08	宇津保・蔵開中	1
			源氏・若菜上	35
			浜松中納言物語	21•37
ふみ	書［讃岐典侍日記］	02	今鏡	29
	書［江談抄］		今鏡	138
	書		源氏・賢木	13
			源氏・若菜上	34
			狭衣物語	25•26
			更級日記	32
			枕草子	384
			紫式部日記	88
		09	源氏・賢木	13
ふみ	文	01	枕草子	277
		16	伊勢物語	5
			和泉式部日記	8

			平中物語	3
			枕草子	100•211•237•278
			紫式部日記	61
ふみがき	文書き	16	栄花物語	38
			落窪物語	42
			源氏・浮舟	3
ふむやのはしら	大学の柱	13	本朝神仙伝	17
ぶらくゐん	武楽院	13	今昔物語集	286
ぶらくゐんのぎ	豊楽院の儀	03 M	古今著聞集	203
ふりつづみ	振鼓	08	栄花物語	17•32
ふりはた	振幡	08	枕草子	89
ふるかはほり	古蝙蝠	07	枕草子	255
ふるきがのうた	古き賀の歌	03 M	栄花物語	329
ふるきしふ	古き集	02	源氏・梅枝	14
ふるぎぬ	古衣	11	落窪物語	5
ふるきのかはぎぬ	黒貂の裘	11	宇津保・蔵開中	3
ふるきものがたり	古き物語［大鏡］	02	今鏡	4
	古き物語［栄華物語］		今鏡	5
ふるごと	古事	02	源氏・蛍	13
ふるな	富楼那［法成寺］	15	栄花物語	440
ふるものがたり	古物語	01	蜻蛉日記	1
ぶんだい	文台	08	古今著聞集	277•280
ぶんわう	文翁	05 M	古今著聞集	142

へ

へい	屛	04	宇津保・国譲上	3
へい	塀	13	源氏・少女	19
			源氏・鈴虫	8
			とりかへばや	53
		14	栄花物語	487
			源氏・鈴虫	8
へいじ	瓶子	08	源氏・宿木	33
へいちゆう	平中	02	源氏・末摘花	23
へいまん	屛幔	06	栄花物語	327
		14	栄花物語	327
へいれう	平綾	08	宇津保・沖つ白波	5
へうし	表紙	09	栄花物語	363•538•550
			源氏・賢木	15
			源氏・絵合	13•20•22
			源氏・梅枝	11•20
			源氏・鈴虫	3
			古今著聞集	173•278
			紫式部日記	64
へうのかは	豹の皮	08	宇津保・吹上上	19•21
べちなふ	別納	13	源氏・夕顔	14

		14	源氏・夕顔	14
べに	紅	10	栄花物語	244•320
へり	縁	08	栄花物語	373•407

ほ

ほい	布衣	11	今昔物語集	426
ほう	鳳	08	大鏡	94
ほうがい	宝蓋	15	栄花物語	258
ほうくわん	宝冠	10	今昔物語集	197
ほうけん	宝剣	08	今鏡	38
			大鏡	8
			讃岐典侍日記	22
ほうこ	布袴	11	大鏡	33
ほうざ	宝座	15	栄花物語	259
ぼうし	帽子	10	今昔物語集	137•254•398
ほうじゆ	宝樹	08	栄花物語	317
ほうたく	宝鐸	15	栄花物語	259
ほうたふ	宝塔	15	今昔物語集	139
			三宝絵	1
ぼうたん	牡丹	14	栄花物語	289
			枕草子	198
ぼうたんぐさ	牡丹草	14	蜻蛉日記	26
ほうでん	宝殿	13	今昔物語集	443•444•445
ほうとう	宝幢	15	栄花物語	262
ほうなるいは	方なる石	15	今昔物語集	91
ほうもち、ほうもつ	捧物	08	栄花物語	83•85•87•210•416•417•560
			三宝絵	55
		15	落窪物語	83
ほうらい	蓬萊	07 M	栄花物語	123
			紫式部日記	73
		08 M	栄花物語	104
			紫式部日記	38
ほうらいさん	蓬萊山	01 M	今昔物語集	143
		08 M	大鏡	60
ほうらいのやま	蓬萊の山	01 M	源氏・帚木	8
		08 M	宇津保・国譲中	9•11
ほうれい	宝鈴	15	栄花物語	259
ほうれんげ	宝蓮華	15	栄花物語	286
ほくざんせう	北山抄	02	古今著聞集	45
ほくめん	北面	01 M	古今著聞集	198
ほけ	法華	15 M	源氏・鈴虫	1
ほけきやう	法華経	02	栄花物語	219•227•236•321•322•417•419•463
			源氏・若菜下	20
			源氏・御法	1
			古今著聞集	6•21•36•39•40•222•229•296

ほ

			今昔物語集	162・163・165・185・189・200
			狭衣物語	218
			讃岐典侍日記	35・39
			三宝絵	36・40・41・49
			浜松中納言物語	78
			枕草子	252
		09	宇治拾遺物語	55
			今昔物語集	234
(ほけきやう)	(法華経)	02	栄花物語	237
ほけきやうのこころ	法華経の心	15	栄花物語	442
		01 M	栄花物語	442
ほけきやうのしよ	法華経の疏	02	今昔物語集	110
ほけでん	法花伝	02	古今著聞集	297
ほけのまんだら	法華の曼荼羅、法華の曼陀羅	15	源氏・鈴虫	1
			狭衣物語	194
ほこ	桙	03 M	古今著聞集	157
ぼさつ	菩薩［観音］	15	打聞集	27・28
	菩薩		打聞集	30
			栄花物語	259
			今昔物語集	178・182・198・253・269
		01 M	栄花物語	259
ほしやう	歩障	06	宇津保・楼の上下	22
ほそぐみ	細組	08	宇津保・吹上上	16
ほそだち	細太刀	10	今鏡	93
			枕草子	124
ほそてづくり	細畳	11	今昔物語集	279
ほそどの	細殿	13	栄花物語	517
ほそなが	細長	11	宇治拾遺物語	47
			宇津保・春日詣	6・11・13
			宇津保・吹上上	15・24
			宇津保・菊の宴	27
			宇津保・あて宮	18
			宇津保・蔵開上	57
			宇津保・蔵開中	22
			宇津保・蔵開下	8・10・11・17・44・50
			宇津保・国譲中	27
			宇津保・国譲下	23・44
			宇津保・楼の上上	6・11・23・35・36
			宇津保・楼の上下	1・12・17・34
			栄花物語	103・551
			落窪物語	81
			源氏・末摘花	20
			源氏・玉鬘	14・17
			源氏・胡蝶	6・9
			源氏・行幸	9
			源氏・梅枝	5

			源氏・若菜上	27•44
			源氏・若菜下	9•11•12•14
			源氏・竹河	4•5
			源氏・総角	23
			源氏・宿木	7•13•15•38
			源氏・東屋	26
			今昔物語集	283
			狭衣物語	103•146•151•235
			篁物語	3
			枕草子	307
			紫式部日記	37
			夜の寝覚	41
ほそぬの	細布	11	今昔物語集	351
（ほつしやうじくわんぱくぎよしふ）	（法性寺関白御集）	02	今鏡	62
ほとき	瓫	08	宇津保・菊の宴	15
			宇津保・あて宮	23
			宇津保・国譲中	46
ほとけ	仏［阿弥陀・東北院］	15	今鏡	12
	仏［法勝寺］		今鏡	19
	仏［西院］		今鏡	24•103
	仏［東寺］		宇治拾遺物語	10•16
	仏［比叡山護仏院］		宇治拾遺物語	24
	仏［三尺］		宇治拾遺物語	61•62
	仏		打聞集	1•2•3
	仏［釈迦］		打聞集	6•20•21•22•23•24•25
	仏［釈迦・清涼寺］		打聞集	25
	仏［一丈］		打聞集	41•45
	仏［薬師］		打聞集	45
	仏		宇津保・忠こそ	16
			宇津保・菊の宴	13•14
			栄花物語	215•259•272•295•303•317•337•338•400•405•413•450•564
	仏［阿弥陀、四天王・無量寿院］		栄花物語	214
	仏［大日如来・法成寺］		栄花物語	262•269•273
	仏［阿弥陀・法成寺］		栄花物語	285•292
	仏［阿弥陀、観音菩薩、勢至菩薩・法成寺］		栄花物語	298

仏［諸仏・法成寺］	栄花物語	319
仏［七仏薬師、日光、月光、十二神将、六観音・法成寺］	栄花物語	336
仏［七仏薬師・法成寺］	栄花物語	341•344
仏［胎蔵界曼荼羅］	栄花物語	380
仏［等身］	栄花物語	399
仏［法成寺］	栄花物語	553
仏［丈六］	栄花物語	595
	落窪物語	79•82•89
	大鏡	30
仏［法成寺・阿弥陀堂］	大鏡	40
仏	蜻蛉日記	6
	源氏・夕顔	18•22
	源氏・松風	3
仏［観音・長谷寺］	源氏・玉鬘	2•8•9
仏	源氏・初音	11
仏［観音・石山寺］	源氏・真木柱	1
仏	源氏・幻	5
	源氏・椎本	11
仏［釈迦・興福寺］	古本説話集	31•32•33
仏［観音］	古本説話集	40•41•58•89•90•92•93
仏［観音・清水寺］	古本説話集	42
仏［観音・成相寺］	古本説話集	47•48•49•50•51•52
仏［観音・長谷寺］	古本説話集	61•64•65
仏［大仏・東大寺］	古本説話集	78•82
仏［弥勒・関寺］	古本説話集	98•99•101•102•104•105
仏	今昔物語集	9•14•46•47•48•59•151•183•354
仏［普賢・粉河寺］	狭衣物語	113•164•165•261
仏［丈六・関寺］	更級日記	17
仏［丈六・清水寺］	更級日記	47

	仏［釈迦・大安寺］		三宝絵	60
	仏［丈六・大安寺］		三宝絵	60
	仏［大安寺］		三宝絵	61
	仏［毘盧遮那仏・東大寺］		三宝絵	63•65
	仏［延暦寺］		三宝絵	67
	仏		浜松中納言物語	12
			枕草子	102
	仏［清水寺］		枕草子	169
	仏		夜の寝覚	7•15
		01 M	栄花物語	281
		03 M	宇津保・菊の宴	13
（ほとけ）	（仏）	15	今昔物語集	27•42
ほととぎす	時鳥	01 M	伊勢物語	5
			蜻蛉日記	66
		03 M	宇津保・菊の宴	13
			落窪物語	93
			大鏡	66
ほととぎすのかた	ほととぎすの形	08	蜻蛉日記	62
ほね	骨	07	栄花物語	495
			枕草子	49•141•332
ほふざう	法蔵	02	三宝絵	1
	法蔵［宇治］	13	今鏡	130
ほふし	法師	01 M	蜻蛉日記	66
			古今著聞集	180
ほふぶく	法服	11	源氏・御法	2
			源氏・柏木	3
			源氏・手習	17
			とりかへばや	19
ほふもん	法文	02	栄花物語	364•407
		07 M	栄花物語	364
		15 M	栄花物語	407
ぼむわう	梵王	15	栄花物語	260
ほやきのあはび	火焼きの鮑	08 M	宇津保・蔵開下	14
ほりかはゐん	堀河院	13	大鏡	15
ほりもの	彫物	08	栄花物語	492•495
ほん	本	01	古今著聞集	167•194
		16	宇津保・国譲上	17
			栄花物語	164
			源氏・梅枝	7•20•21•24
			源氏・若菜上	29
ぼんじ	梵字	16	今鏡	73•127
			源氏・若菜上	38
ほんぞん	本尊［阿弥陀］	15	古今著聞集	224
ほんてうしうく	本朝秀句	02	今鏡	23

（ほんてうもんずい）	（本朝文粋）	02	大鏡	77
ほんもん	本文	02	栄花物語	99•310•429
		03 M	栄花物語	310
		08 M	栄花物語	429

ま

まうさうくん	孟嘗君	02	枕草子	187
まうしぶみ	申文	16	栄花物語	419
まがき	籬	14	源氏・少女	17
			源氏・常夏	2
			源氏・夕霧	14
			今昔物語集	291
			狭衣物語	260
			枕草子	193
		01 M	源氏・帚木	8
まがきのきく	籬の菊	11 M	狭衣物語	160
まかびるしやな	摩訶毘盧遮那	15	栄花物語	296
まがり	鋺	08	宇津保・国譲下	10
まきもの	巻物	09	栄花物語	550
			源氏・梅枝	23
まきゑ	蒔絵	08	伊勢物語	10
			今鏡	18
			宇津保・祭の使	22
			宇津保・吹上上	19
			宇津保・菊の宴	10•29
			宇津保・あて宮	2
			宇津保・内侍のかみ	31•33
			宇津保・蔵開上	22•41•42
			宇津保・国譲上	9
			宇津保・藤原の君	5
			宇津保・楼の上下	27•41
			栄花物語	51•131•149•207•284•304•310•313•407•473•491
			落窪物語	24•82•105•106
			大鏡	53•60
			源氏・東屋	2
			古今著聞集	204
			今昔物語集	244•296•454
			狭衣物語	182
			竹取物語	25
			枕草子	368•374
（まきゑ）	（蒔絵）	08	古本説話集	27
			今昔物語集	309
まきゑし	蒔絵師	17	古今著聞集	234•235
まく	幕、縵	06	今昔物語集	380•405
（まく）	（幕）	06	打聞集	49•50
まくら	枕	08	今昔物語集	289•290

まくらびやうぶ	枕屛風	04	古今著聞集	132
まげさ	麻袈裟	11	狭衣物語	109
まさご	真砂	14	狭衣物語	273
ます	升	08	今昔物語集	10
ませ	籬	08	宇津保・吹上下	4
		14	栄花物語	298
			蜻蛉日記	26
			源氏・野分	1•7
			源氏・真木柱	8
			枕草子	215•285
		01 M	栄花物語	13
		08 M	栄花物語	417•493•560
			古今著聞集	67•283
まつ	松	08	宇津保・祭の使	32
			栄花物語	162•550
			源氏・浮舟	2
			枕草子	107
			大和物語	10
		14	宇津保・嵯峨の院	4
			宇津保・吹上上	3
			栄花物語	66•155•159•172•327•515•532
			源氏・明石	8
			源氏・蓬生	9
			源氏・朝顔	7
			源氏・藤裏葉	3
			古今著聞集	223
			古本説話集	25
			狭衣物語	1•273
		01 M	蜻蛉日記	52
		03 M	宇津保・菊の宴	13
			古今著聞集	161
		05 M	古今著聞集	162
		08 M	宇津保・吹上上	5
			宇津保・蔵開上	55
			宇津保・蔵開下	39
			栄花物語	13
			古今著聞集	173•278
		11 M	栄花物語	557
			狭衣物語	174
まつがえ	松が枝	02	枕草子	255
		11 M	紫式部日記	31
まつかげ	松陰	14	狭衣物語	248
まつがみ	松紙	08	宇津保・あて宮	8
まつたけ	松竹	11 M	栄花物語	557
まつにとのみも	松にとのみも	11 M	狭衣物語	174
まつのえだ	松の枝	08	宇津保・春日詣	14
		11 M	栄花物語	550

まつのき	松の木	14	源氏・少女	17
			古本説話集	25
			枕草子	272
		01 M	浜松中納言物語	14
			枕草子	164
まつのけぶり	松の煙	14	枕草子	196
まつのこだち	松の木立	14	枕草子	378
まつのはやし	松の林	14	宇津保・吹上上	1
まつのみ	松の実	08 M	宇津保・楼の上上	34
まつのみのもん	松の実の紋	11	紫式部日記	17
まつばら	松原	03 M	宇津保・菊の宴	13
			蜻蛉日記	22
まつむし	松虫	14	源氏・鈴虫	8
			古今著聞集	274
まつやま	松山	14	狭衣物語	107
まと	的	01 M	今昔物語集	411
まど	窓	13	枕草子	270
まどころ	政所	13	源氏・松風	1
まな、まんな	真字、真名	16	今鏡	58
			栄花物語	27•470
			源氏・帚木	11
			源氏・梅枝	11
			源氏・葵	22
			狭衣物語	50•278
			堤・虫めづる姫君	4
			枕草子	92•142•143
			紫式部日記	83
まなこ	眼	15	栄花物語	285•338
		01 M	栄花物語	383•384
まへのには	前の庭	14	今昔物語集	291
ままはは	継母	02	源氏・蛍	18
まや	摩耶	02	栄花物語	259
		15	栄花物語	259
		01 M	栄花物語	259
まや	厩	01 M	栄花物語	259
まゆみ	檀	08	宇治拾遺物語	26
			宇津保・楼の上下	8
		14	和泉式部日記	10
			栄花物語	327
			源氏・篝火	1
まゆみのかみ	檀の紙	08	宇津保・あて宮	8
まらうど	まら人	03 M	栄花物語	198
まり	鞠	08	栄花物語	561
まるとも	丸鞆	10	今昔物語集	270
まろや	まろ屋	13	枕草子	335
まゐりもの	参り物	08	宇津保・蔵開下	35
まんえふしふ	万葉集	02	今鏡	139•140•143•145•148•149

			栄花物語	1•316
まんだら	曼荼羅、曼陀羅	01	古今著聞集	76•77
		15	栄花物語	301•321•322
			源氏・鈴虫	1
			源氏・幻	9•11
			古今著聞集	16•17•76•77
			今昔物語集	194•203
	曼陀羅［延暦寺］		三宝絵	67
まんなぶみ	真名書［漢籍］	02	紫式部日記	84

み

みえい	御影	01	今鏡	9
みえいざう	御影像［毘沙門天］	15	古今著聞集	31
みかき	御垣	14	狭衣物語	222
みかづき	三日月	08 M	栄花物語	550
みかど	帝［玄宗皇帝］	02	源氏・宿木	41
	帝［大和物語］		狭衣物語	114
	帝［玄宗皇帝］		枕草子	61
	帝	01 M	今鏡	9
みかど	御門	13	源氏・蓬生	2
		14	源氏・蓬生	2
みかはみづ	御溝水	14	栄花物語	487
			讃岐典侍日記	51
みぎのおほいどののいなばのめのと	右の大い殿の因幡の乳母	17	栄花物語	538
みぎは	汀	14	浜松中納言物語	24
みくさ	水草	14	源氏・夕顔	14
			源氏・藤裏葉	7
			狭衣物語	68
			枕草子	219•222•382
みくし	御櫛	10	大鏡	10
みくしげどの	御匣殿	17	宇津保・国譲中	36
			源氏・玉鬘	11•15
みくら	御倉	13	源氏・梅枝	1
			源氏・鈴虫	7
みくらまち	御倉町	13	源氏・少女	17
みくりすだれ	みくり簾	06	蜻蛉日記	31
みこ	御子［高陽親王］	17	今昔物語集	282
みこし	御輿	12	大鏡	94
		03 M	古今著聞集	201
みこひだり	御子左	17	栄花物語	316
みこひだりどの	御子左殿	14	栄花物語	515
みしやうたい	御聖体、御正体	15	今昔物語集	444•445
みす	御簾	06	宇津保・菊の宴	25

			宇津保・蔵開中	34
			宇津保・楼の上下	27
			栄花物語	59•84•373•407•414•422•447•562
			源氏・賢木	17
			源氏・朝顔	2
			源氏・蛍	6
			讃岐典侍日記	32
			更級日記	45
			浜松中納言物語	5
			枕草子	214•248•318
みずいじん	御随身	01 M	古今著聞集	198
みすぎは	御簾際	06	栄花物語	387•428
みそ	御衣	11	宇津保・藤原の君	13
			紫式部日記	25•53
みそかけ	御衣架	08	宇津保・忠こそ	3
みそはこ	御衣箱	08	宇津保・内侍のかみ	33
			宇津保・蔵開上	22•57
			宇津保・蔵開中	3
みそひつ	御衣櫃	08	宇津保・内侍のかみ	31
			宇津保・蔵開上	22•41
			落窪物語	106
みだい	御台	08	源氏・末摘花	4
みだう	御堂	13	栄花物語	214•216•242•249•257•259•269•270•272•273•280•281•289•290•293•336•381•436•491•530•589•590•595•604
			大鏡	30
			今昔物語集	284
			夜の寝覚	28
みだによらい	弥陀如来	15	栄花物語	281•285•459
		01 M	栄花物語	281
みだによらいのおほんてのいと	弥陀如来の御手の糸	15	栄花物語	459
みち	道	14	栄花物語	214
			大鏡	30
みちうかうきやう	御注孝経	02	今鏡	11
みちかぜ	道風	17	今鏡	72
			栄花物語	18•133•164•316
			源氏・絵合	22
			今昔物語集	303•311•312•313
みちのくにがみ	陸奥紙、陸奥国紙	08	今鏡	90•106
			宇治拾遺物語	43•46
			宇津保・蔵開上	42
			宇津保・蔵開中	12
			宇津保・国譲下	4
			大鏡	46

			蜻蛉日記	57
			源氏・末摘花	10
			源氏・賢木	8
			源氏・蓬生	6
			源氏・玉鬘	20
			源氏・胡蝶	14
			源氏・若菜上	36
			源氏・橋姫	15
			源氏・総角	25
			源氏・宿木	9
			今昔物語集	222•322•325
			枕草子	41•299•301•340
			夜の寝覚	17
		16	宇津保・蔵開上	42
			源氏・末摘花	10
			源氏・賢木	8
			源氏・蓬生	6
			源氏・玉鬘	20
			源氏・胡蝶	14
			源氏・若菜上	36
			源氏・橋姫	15
			源氏・総角	25
			源氏・宿木	9
			枕草子	41•340
みちのくにのしほがまのかた	陸奥国の塩竈の形	14 M	今昔物語集	353
みちのくにのしほがまのさま	陸奥国の塩竈の様	14 M	今昔物語集	353
みちやう	御帳	06	栄花物語	20•92•350•407•431•512
			とりかへばや	11
			枕草子	248
			紫式部日記	9
みちやうのかたびら	御丁の帷子	06	栄花物語	64•247
みづ	水	14	伊勢物語	9
			宇津保・俊蔭	5
			栄花物語	90
			源氏・帚木	12
			源氏・松風	4
			源氏・少女	16•17
			源氏・夕霧	2
			源氏・竹河	8
			更級日記	38
			竹取物語	11
			とりかへばや	14
			浜松中納言物語	4•5
			枕草子	196
		01 M	栄花物語	281
			源氏・帚木	8

			今昔物語集	320
			浜松中納言物語	14
		03 M	栄花物語	198
		07 M	源氏・花宴	2
		08 M	栄花物語	492•493
		11 M	栄花物語	304•538
			大鏡	103
みづがめ	水瓶	08	栄花物語	416•560
		01 M	古今著聞集	178
みづからくゆる	みづからくゆる	02	狭衣物語	29
みづからのありさま	みづからの有様	01 M	狭衣物語	306
みづくき	水茎	16	栄花物語	142
			源氏・幻	15
			源氏・梅枝	17
			狭衣物語	4
みづくきのあと	水茎の跡	16	今鏡	14•113
			栄花物語	142
			狭衣物語	89
			讃岐典侍日記	1
みづぐるま	水車	08 M	栄花物語	317
みづて	みづて	16	古今著聞集	67
みづとり	水鳥	08	栄花物語	317
		08 M	宇津保・内侍のかみ	35
みづのいきほひ	水の勢ひ	01 M	源氏・梅枝	19
みづのながれ	水の流れ	14	栄花物語	515•532
		01 M	栄花物語	538
みづやり	水遣り	08 M	栄花物語	497
		11 M	栄花物語	538
みづら	みづら	10	栄花物語	597
みづをけ	水桶	08	宇津保・国譲中	6
みどころ	見所	18	栄花物語	208•352•407
みなみおもて	南面	13	今昔物語集	305
みなもとのあきくに	源明国	17	古今著聞集	284
みのしろごろも	身のしろ衣	11	狭衣物語	20
みのむしつけるはな	蓑虫つける花	08	宇津保・春日詣	8
みのり	御法［金剛寿命陀羅尼経］	02	今鏡	103
		09	今鏡	103
みはかし	御佩刀	08	源氏・若菜上	27
			紫式部日記	17•44•80
		10	源氏・若菜上	27
			紫式部日記	17•44•80
みはし	御階	13	源氏・若菜上	41
みへおりもの	三重織物	11	栄花物語	550
みへがさね	三重襲	13	宇津保・楼の上上	6
みへのおりもの	三重の織物	11	狭衣物語	177
みほとけ	御仏	15	今鏡	35

みまや	御厩	13	源氏・少女	17
		14	源氏・少女	17
みみずがき	蚯蚓書	16	栄花物語	183
みもの	見物	18	栄花物語	208•313
みやうがうのいと	名香の糸	15	源氏・総角	2
みやうじゆ	明珠	08	古今著聞集	7
			今昔物語集	3
みやまぎ	深山木	14	源氏・少女	17
			源氏・宿木	26
			狭衣物語	73
			更級日記	18
みる	海松	08 M	宇津保・蔵開下	14
みろく	弥勒［丈六・三井寺］	15	打聞集	15
	弥勒		打聞集	17
	弥勒［法成寺］		栄花物語	259
	弥勒［関寺］		栄花物語	381•386
	弥勒		古今著聞集	13•15
	弥勒［関寺］		古本説話集	43
	弥勒［三尺・三井寺］		古本説話集	100
	弥勒		今昔物語集	51•106•110•124•135•138•140
			枕草子	253
（みろく）	（弥勒）	15	古本説話集	98•99•101•102•104•105
みろくのいしのざう	弥勒の石の像	15	三宝絵	27
みろくぼさつ	弥勒菩薩	15	今昔物語集	245•246

む

むかしがたり	昔語	02	源氏・若菜下	15
むかしのものがたり	昔の物語［栄花物語］	02	今鏡	6•88
むかしものがたり	昔物語	02	栄花物語	275•565•566
			蜻蛉日記	36
			源氏・末摘花	1•7
			源氏・蓬生	10
			源氏・少女	6
			源氏・蛍	18
			源氏・真木柱	3
			源氏・橋姫	10
			源氏・総角	10•21•32
			源氏・宿木	5
			源氏・蜻蛉日記	2
			源氏・夢浮橋	1
			狭衣物語	44•66•129•135
			讃岐典侍日記	23
			堤・思はぬ方に	1
			夜の寝覚	65

		01 M	源氏・蛍	18
むかしものがたりのひめぎみ	昔物語の姫君	02	狭衣物語	135
むかしやう	昔やう	16	狭衣物語	123
むかしゑ	昔絵	01	古今著聞集	201
むかばき	行縢	11	宇治拾遺物語	41
			古今著聞集	208
			古本説話集	97
			今昔物語集	254•256•327•328•414
むくのは	椋の葉	14	枕草子	243
むぐら	葎	08	宇津保・忠こそ	2
		14	宇津保・俊蔭	4•5
			源氏・蓬生	2
			枕草子	381
むし	虫	01 M	栄花物語	13
		08 M	宇津保・内侍のかみ	35
			宇津保・楼の上上	26
			古今著聞集	275
むしのこ	虫の籠	08	古今著聞集	299
むしろ	むしろ	08	枕草子	301
むすびたる	むすびたる［文］	16	枕草子	32
むすびはた	結び旗	15	栄花物語	249
むすびぶくろ	結び袋	08	宇津保・蔵開中	10
			古今著聞集	173
むすびめ	結び目	16	狭衣物語	242
むすびもの	結び物	08	宇津保・国譲上	13
むち	鞭	12	今昔物語集	22
むつき	襁褓	11	栄花物語	100
			紫式部日記	25
むね	棟	13	栄花物語	259
むもん	無紋	07	枕草子	333
		11	栄花物語	99
			源氏・末摘花	20
			源氏・葵	23
			源氏・須磨	1
			源氏・幻	4
			狭衣物語	277
			枕草子	132•306
			紫式部日記	22•44•45•47•97
むらかみのおほむにき	村上の御日記［天暦御記］	02	大鏡	7
むらかみのおほんときのにき	村上の御時の日記	02	栄花物語	152
むらぎく	村菊	14	栄花物語	327
		11 M	栄花物語	331
むらご	村濃	08	栄花物語	268
むらさき	紫	08	栄花物語	364

む

		16	栄花物語	364
むらさきがは	紫革	08	枕草子	221
むらさきがみ	紫紙	08	枕草子	65
		16	枕草子	65
むらさきのものがたり	紫の物語	02	更級日記	53
むらさきのゆかり	紫のゆかり	02	更級日記	23
むらとり	群鳥	03 M	蜻蛉日記	22
むりやうじゆきやう	無量寿経	02	落窪物語	82

め

め	和布	08	枕草子	100
めうしやうごん	めうしやうごん	02	浜松中納言物語	36
めぞめ	目染	08	源氏・鈴虫	1
めだう	馬道	14	栄花物語	214
めなう	瑪瑙	08	宇津保・吹上上	1•30

も

も	裳	11	伊勢物語	6
			今鏡	32
			宇津保・俊蔭	20•25
			宇津保・吹上上	8
			宇津保・菊の宴	12
			宇津保・内侍のかみ	12•16•20
			宇津保・沖つ白波	11
			宇津保・楼の上上	18•27•35•36
			宇津保・楼の上下	1•32•34
			栄花物語	99•108•113•253•361•364•376•391•415•418•429•478•480•533•535•538•540•542•544•550•551•557•558•605
			落窪物語	33•64•87
			大鏡	103
			蜻蛉日記	14
			源氏・夕顔	8
			源氏・葵	2
			源氏・蛍	6
			源氏・行幸	7
			源氏・若菜下	12
			源氏・夕霧	24
			源氏・蜻蛉日記	4•12
			今昔物語集	95•310
			狭衣物語	174•182
			堤・このつゐで	7
			堤・はなだの女御	2
			とりかへばや	54
			枕草子	52•96•148•152•168•197•

				216・315・316・320・363・380
			紫式部日記	14・16・17・24・24・31・31・44・45・47・53・79・80・95
			夜の寝覚	5・9・10・25・33・42・45
		16	宇津保・沖つ白波	11
もうし	毛詩	02	古今著聞集	61・63・64
			今昔物語集	119
もえき	萌木	14	源氏・若菜上	40
もかう	帽額	06	宇津保・楼の上下	2・27
			紫式部日記	69
もかうのす	帽額の簾	06	枕草子	36
もぎぬ	喪衣	11	源氏・夕霧	17
もくだいて	目代手	17	今昔物語集	403
もくのかみ	木工頭	17	栄花物語	163
			古今著聞集	86
もくのごんのかみ	木工の権の頭	17	古今著聞集	101
もくのすけ	木工の助	17	古今著聞集	284
もくのつかさのがく	木工寮の額	13	本朝神仙伝	8
もくゑ	もくゑ	01	枕草子	112
もじ	文字	16	栄花物語	212
			源氏・末摘花	3
			古今著聞集	136
			狭衣物語	122・166・245
			枕草子	143・340
			紫式部日記	87
もじづかひ	文字づかひ	16	狭衣物語	123
もじのつくり	文字のつくり	16	浜松中納言物語	22
もじやう	文字様	16	源氏・梅枝	19
			狭衣物語	43・85・122・226・229・240・278
			浜松中納言物語	77
もたひ	甕	08	宇津保・蔵開中	10
もちひ	餅	08	宇津保・吹上上	5
			今昔物語集	214
もてあそびもの	弄び物	08	宇津保・蔵開下	35・42
			宇津保・国譲上	14
			源氏・帚木	7
もとあらのこはぎ	本疎の小萩	07 M	狭衣物語	190
もとすけしふ	元輔集	02	紫式部日記	64
もとゆひ	元結	10	栄花物語	102
			源氏・桐壺	7
			源氏・澪標	3
			讃岐典侍日記	48
			枕草子	125
			紫式部日記	16・28
もとゐ	基	13	栄花物語	259
ものあはせのところ	物合の所	01 M	紫式部日記	50

ものいみのひめぎみ	物忌の姫君	02	落窪物語	11
ものうらやみのちゆうじやう	ものうらやみの中将	02	枕草子	255
ものがたり	物語	02	今鏡	1•2•63
	物語［大鏡］		今鏡	3
	物語		宇治拾遺物語	2
			栄花物語	10•181•199•203•554•555
			源氏・帚木	6
			源氏・蓬生	4
			源氏・絵合	14•15
			源氏・蛍	12•13•14•15•16
			源氏・若菜下	15
			源氏・夕霧	6
			源氏・東屋	1
			源氏・蜻蛉日記	1
			古本説話集	11
			狭衣物語	139
			更級日記	1•2•19•21•23•25•26•29•31•32•35•46•50•59
	物語［源氏物語］		更級日記	40
	物語		堤・思はぬ方に	2
			とりかへばや	2
			浜松中納言物語	41•42•43•44•45
			枕草子	70•83•94•97•98•164•190•230•241•255•297
			紫式部日記	4•59•60•84•85
			夜の寝覚	16•22
		01 M	源氏・絵合	14
（ものがたり）	（物語）	02	源氏・蛍	11
ものがたりのひめぎみ	物語の姫君	02	源氏・蜻蛉日記	1
ものがたりのほん	物語の本	02	紫式部日記	56•57
ものがたりのをんな	物語の女	02	紫式部日記	6
ものがたりゑ	物語絵	01	源氏・絵合	6•14
		02	源氏・絵合	6
ものこし	裳の腰	11	今鏡	31
			栄花物語	304•481•538
			源氏・宿木	7
ものし	もの師、物し	17	落窪物語	31
			今昔物語集	455
ものとりくふおきなのかた	物取り食ふ翁の形	08	宇津保・蔵開中	13
もののおほひ	ものの覆ひ	08	源氏・梅枝	2
もののぐ	物の具	12	今昔物語集	457
もののじやうず	物の上手	17	今昔物語集	280•282•304•382
もののひめぎみ	ものの姫君	02	とりかへばや	26
			源氏・若紫	12
			紫式部日記	6

も

		01 M	源氏・若紫	12
			紫式部日記	6
ものまきたるくるま	物蒔きたる車	12	宇津保・蔵開下	22
ものみぐるま	物見車	12	狭衣物語	178
		08 M	栄花物語	586
もばかま	裳袴	11	栄花物語	320
もひ	盌	08	宇津保・あて宮	8
もみぢ	紅葉	08	宇津保・嵯峨の院	2
			宇津保・祭の使	33
			宇津保・菊の宴	36
		14	伊勢物語	11
			和泉式部日記	10
			宇津保・嵯峨の院	4
			宇津保・吹上上	3
			宇津保・国譲下	10
			宇津保・楼の上上	19
			宇津保・楼の上下	9•30•39
			栄花物語	66•323•543•590
			大鏡	30
			源氏・宿木	26
			狭衣物語	71•250•296
			讃岐典侍日記	67
			更級日記	28•33
			堤・このつゐで	5
			浜松中納言物語	24
		03 M	宇津保・菊の宴	13
			栄花物語	198
			落窪物語	93
			蜻蛉日記	22
			今昔物語集	317
		08 M	栄花物語	550
		11 M	栄花物語	538•550
もみぢのいとをかしきえだ	紅葉のいとをかしき枝	08	蜻蛉日記	15
もみぢのかれこうじたる	紅葉の枯れ困じたる	08	宇津保・蔵開中	27
もものき	桃の木	14	枕草子	200
もものはな	桃の花	03 M	落窪物語	93
もや	母屋	13	栄花物語	285
もり	森	07 M	源氏・紅葉賀	7
もろこし	唐土	19	源氏・蜻蛉日記	8
			宇津保・沖つ白波	2
			宇津保・楼の上上	19
		01 M	源氏・絵合	22
もろこしだたせて	唐土だたせて	19	源氏・胡蝶	3
もろこしの	唐土の	19	源氏・若菜上	2
			源氏・宿木	12
			狭衣物語	169•182

			堤・よしなしごと	4
			本朝神仙伝	9
			宇津保・楼の上下	40
もろこしのかた	もろこしのかた	05 M	讃岐典侍日記	29
もろこしのひと	唐土の人	03 M	宇津保・楼の上上	21
もろこしのふね	唐土の船	12	栄花物語	149
もろこしのもの	唐土のもの	19	源氏・末摘花	4
もろこしぶね	唐船、もろこし船	12	伊勢物語	3
			竹取物語	17•19
もろもとのひやうゑのすけ	師基の兵衛佐	17	栄花物語	538
もろもろのぼさつ	諸々の菩薩	15	栄花物語	281
		01 M	栄花物語	281
もん	文	01	栄花物語	26•250•478•485•512•513•538•545•549•550•558
もん	紋	08	栄花物語	368
			源氏・梅枝	20
			枕草子	301
		11	今鏡	31•79
			宇治拾遺物語	65
			源氏・玉鬘	17
			源氏・藤裏葉	4
			狭衣物語	210
			枕草子	80•366
			紫式部日記	24•96
もん	門	13	枕草子	7•9
もんじふ	文集	02	栄花物語	240•277•402
			大鏡	17
			古今著聞集	54
			枕草子	254
			紫式部日記	88
		03 M	栄花物語	240
もんじゆ	文殊[法成寺]文殊	15	栄花物語	259
			今昔物語集	60
			枕草子	253
もんぜん	文選	02	栄花物語	240
			古今著聞集	55•58
			今昔物語集	119
			枕草子	254
		03 M	栄花物語	240

や

や	屋	08	源氏・若紫	26
			源氏・紅葉賀	3
		13	栄花物語	208
			落窪物語	97

			源氏・若紫	1
			竹取物語	25•28
			枕草子	88•136•214•216•217•282•345
		14	源氏・若紫	1
		03 M	今昔物語集	318
やう	瑩	08	宇津保・国譲下	32
やう	様	16	今鏡	72
やういう	揚雄	05 M	古今著聞集	142
やういう	養由	05 M	古今著聞集	150
やういうき	養由基	05 M	古今著聞集	149
やうき	様器	08	宇津保・蔵開中	34
			源氏・宿木	33
やうきひ	楊貴妃	02	今鏡	10
			宇津保・内侍のかみ	26
			宇津保・国譲下	2
			源氏・桐壺	1•5
			古今著聞集	137
			浜松中納言物語	9•53•54•56
			枕草子	61
		01 M	源氏・桐壺	5
やうこ	羊祜	05 M	古今著聞集	142
やうざう	影像	15	今昔物語集	113•168
やうらく	瓔珞	08	今昔物語集	28•103
		10	今昔物語集	43•80•104•178•182•188
		15	栄花物語	259•286
やかた	家形、屋形	12	栄花物語	149
		05 M	古今著聞集	146
やくがひ	夜具貝、屋久貝	08	宇津保・楼の上上	32
			枕草子	192
やくし	薬師	15	今昔物語集	72•126•133
			狭衣物語	214•262
（やくし）	（薬師）	15	打聞集	45
やくしきやう	薬師経	02	枕草子	252
やくしにょらい	薬師如来	15	古今著聞集	18•29
やくしにょらいのざう	薬師如来の像［延暦寺］	15	三宝絵	47
やくしのさんぞん	薬師の三尊	15	今昔物語集	130
やくしぶつ	薬師仏	15	今昔物語集	118•150•155•156
やくしぼとけ	薬師仏	15	打聞集	43
			宇津保・菊の宴	7
	薬師仏［石作寺］		宇津保・楼の上上	1
	薬師仏［法成寺］		栄花物語	347
	薬師仏		源氏・若菜上	22
			源氏・手習	25
			更級日記	2•3

や

			枕草子	253
やたがらす	やたがらす	08	讃岐典侍日記	28
やないばこ	柳筥	08	枕草子	126
			紫式部日記	35
やなぎ	柳	08	枕草子	116
		14	源氏・蓬生	9
			源氏・胡蝶	4
			狭衣物語	237
			枕草子	343
		08 M	宇津保・吹上上	5
やなぎかつら	柳かつら	10	枕草子	15
やなぎのつくりたる	柳の作りたる	08	栄花物語	499
やなぐひ	胡簶、胡録	08	大鏡	64
			古本説話集	97
			今昔物語集	414
やのいく	箭の行く	01 M	今昔物語集	411
やのうへ	屋の上	13	竹取物語	25
やへこうばい	八重紅梅	11 M	栄花物語	54
やへざくら	八重桜	14	狭衣物語	222•225
やへむぐら	八重葎	14	宇津保・楼の上上	33
			狭衣物語	250
やへやまぶき	八重山吹	08	宇津保・国譲上	11
			宇津保・国譲中	5
		14	狭衣物語	1
やま	山	14	今鏡	101
			宇津保・蔵開下	53
			栄花物語	39•66•172•208•214•216•323•357•519•543•596
			源氏・桐壺	8
			源氏・少女	16•17
			源氏・胡蝶	1•2
			源氏・野分	1•5
			源氏・藤裏葉	9
			源氏・若菜下	28
			源氏・橋姫	1
			狭衣物語	68•179
			三宝絵	10
			浜松中納言物語	5
			枕草子	105
			紫式部日記	49
		01 M	源氏・帚木	8
			狭衣物語	309
		03 M	宇津保・菊の宴	13
		07 M	栄花物語	160
		08 M	宇津保・内侍のかみ	35
			宇津保・吹上上	9•18
			栄花物語	313
		11 M	栄花物語	304

やまかは	山川	08 M	宇津保・内侍のかみ	35
やまざと	山里	01 M	蜻蛉日記	66
			今昔物語集	320
			枕草子	164
		03 M	栄花物語	198
			今昔物語集	317
		08 M	宇津保・内侍のかみ	35
やまざとのをかしきいへゐ	山里のをかしき家居	01 M	源氏・総角	34
やますげ	山すげ	08	枕草子	108
やまたちばな	山橘	08	源氏・浮舟	6
			枕草子	108
やまぢ	山路	03 M	今昔物語集	303
やまとなでしこ	大和撫子	14	狭衣物語	133
やまとの	大和の	19	今鏡	107
やまとの	大和の[撫子]	14	源氏・常夏	2
やまとものがたり	大和物語	02	打聞集	55
やまとゑ	大和絵	01	古今著聞集	168•202
			堤・よしなしごと	4
		03	堤・よしなしごと	4
やまの	山野	03 M	今昔物語集	318
やまのたたずまひ	山のたたずまひ	01 M	栄花物語	538
やまぶき	山吹	08	宇津保・国譲上	16
		14	源氏・少女	17
			源氏・胡蝶	4
			源氏・幻	6
		08 M	宇津保・吹上上	5
やまぶきのはなびら	山吹の花びら	08	枕草子	199
		16	枕草子	199
やまみち	山道	01 M	枕草子	164
やりど	遣戸	13	今昔物語集	288
やりどづし	遣戸厨子	08	枕草子	205
やりみづ	遣水	14	宇津保・国譲上	15
			宇津保・国譲下	5
			宇津保・楼の上上	32
			宇津保・楼の上下	11•30
			栄花物語	16•39•90•328•374•487•521
			源氏・若紫	6
			源氏・薄雲	8
			源氏・朝顔	8
			源氏・少女	17
			源氏・篝火	1
			源氏・藤裏葉	7
			源氏・若菜上	39
			源氏・若菜下	21
			源氏・総角	15

			源氏・東屋	10
			古本説話集	3
			今昔物語集	275•380
			更級日記	29
			紫式部日記	1•49
			夜の寝覚	2
		01 M	栄花物語	13
		08 M	古今著聞集	278
（やりみづ）	（遣水）	14	夜の寝覚	30•34

ゆ

ゆあむ	湯あむ	01 M	栄花物語	259
ゆいがう	遺告	02	本朝神仙伝	10
ゆいまきつ	維摩詰	15	三宝絵	68
ゆいまこじ	維摩居士	15	今昔物語集	146
ゆか	床	13	今昔物語集	26•28•36•45
ゆき	雪	14	宇津保・楼の上下	11
			栄花物語	530
			源氏・朝顔	7
		01 M	古今著聞集	134
		03 M	宇津保・菊の宴	13
			落窪物語	93
		07 M	とりかへばや	22
ゆきなり	行成	17	今鏡	72
			栄花物語	53
			大鏡	51
			古今著聞集	5•118•121•123
			今昔物語集	315
ゆきふりかかりたるえだ	雪降りかかりたる枝	08	宇津保・蔵開中	12
ゆきまろばし	雪まろばし	14	源氏・朝顔	9
ゆきやま	雪山	14	栄花物語	518
ゆげ	遊戯	01 M	栄花物語	259
ゆじゆつぽん	涌出品	02	栄花物語	232
ゆひくら	結鞍	08 M	宇津保・吹上上	18
ゆひを	結ひ緒	08	宇津保・吹上下	4
ゆふがほ	夕顔	02	更級日記	26
		14	源氏・夕顔	1
ゆまき	湯巻	11	宇津保・蔵開上	13
			栄花物語	96
ゆまきすがた	湯巻すがた	11	紫式部日記	16
ゆみ	弓	08	古本説話集	97
			今昔物語集	256•327
ゆみいたるひと	弓射たる人	01 M	今昔物語集	411
ゆめのしるべ	夢のしるべ	02	狭衣物語	196
ゆや	湯屋	13	大鏡	30

よ

よしちか	良親	17	古今著聞集	167
よしのぶしふ	能宣集	02	紫式部日記	64
よしふさこう	義房公	17	古今著聞集	76
よせうま	寄せ馬	05 M	古今著聞集	149•150
よそひ	装	11	栄花物語	148•158
			源氏・桐壺	5
			源氏・薄雲	5
			源氏・鈴虫	6
		01 M	源氏・桐壺	5
よそほひ	装ひ	11	宇津保・祭の使	26
			讃岐典侍日記	65
よつぎ	世継［栄花物語］	02	讃岐典侍日記	28
よね	米	08	宇津保・蔵開下	25•28
よのふるごと	世の古事	02	源氏・蛍	10
よもぎ	蓬	14	宇津保・俊蔭	4•5
			宇津保・楼の上上	37
			源氏・蓬生	2
			源氏・柏木	6
			更級日記	61
			枕草子	222•381
よりすけ	頼祐	17	栄花物語	327
（よりむねしふ）	（頼宗集）	02	今鏡	76
よるのおほむはかま	夜の御袴	11	宇津保・蔵開中	3
よるのさうぞく	夜の装束	11	宇津保・蔵開下	12
			栄花物語	229
よろひ	甲	11	今昔物語集	62•88
			讃岐典侍日記	29

ら

ら	羅	08	源氏・賢木	15
			紫式部日記	64
らいかうのず	雷工の図	01	古今著聞集	26
らいき	礼記	02	古今著聞集	61•63
らいばん	礼盤	15	栄花物語	258
らいふく	礼服	11	栄花物語	528
らう	廊	13	宇津保・蔵開下	53
			宇津保・国譲中	13
			栄花物語	214•242•256
			源氏・若紫	1
			源氏・蓬生	3
			源氏・少女	19
			源氏・胡蝶	4
			源氏・若菜下	28
			源氏・椎本	1
			源氏・東屋	10

			今昔物語集	288
			狭衣物語	73
			堤・よしなしごと	2
			枕草子	136•149•274
			夜の寝覚	28•62
		14	源氏・若紫	1
			源氏・胡蝶	4
			源氏・若菜下	28
らうえいしふ	朗詠集	02	今鏡	22
らうづくり	廊造	13	栄花物語	436
らうめくや	廊めく屋	13	源氏・須磨	5
らかん	羅漢	15	今昔物語集	113•269
らち	埒	14	源氏・少女	17
		08 M	栄花物語	586
らでん	螺鈿	08	宇津保・吹上上	13
			宇津保・蔵開中	21
			宇津保・楼の上上	16•21
			宇津保・楼の上下	27
			栄花物語	51•99•123•262•281•285•304•310•326•473•491•535•540
			大鏡	11
			源氏・若菜上	8•24
			源氏・夕霧	21
			源氏・東屋	2
			古今著聞集	105
			狭衣物語	182
			紫式部日記	14
らふ	鍚	08	宇津保・内侍のかみ	8
らまう	羅網	08	栄花物語	259
らまうとう	羅網灯	08	栄花物語	317
		14	栄花物語	317
らもん	羅紋	13	枕草子	181
らん	蘭	14	古今著聞集	274

り

りう	竜、龍	15	栄花物語	259
		01 M	栄花物語	259
			古今著聞集	178•179
りうてうのからふね	龍鳥の唐船	12	今鏡	15
りうもん	龍文	11 M	栄花物語	481
りうわうのいへ	龍王の家	01 M	栄花物語	232
りしやうぐん	李将軍	05 M	古今著聞集	149•150
りせき	李勣	05 M	古今著聞集	142
りふじん	李夫人	02	栄花物語	402
			古今著聞集	137
			浜松中納言物語	54
りほうわうのき	吏部王の記	02	古今著聞集	23

りやういき	霊異記	02	古今著聞集	230
りやうおうづ	霊応図［延暦寺］	15	三宝絵	69
りやうかいのぎけい	両界の儀形	15	本朝神仙伝	12
りやうかいのぞう	両界の像［極楽寺］	15	今昔物語集	448
りやうかいまんだら	両界曼陀羅	15	古今著聞集	34
			今昔物語集	194
りやうしう	良秀	17	宇治拾遺物語	18
りようとう	龍頭	12	栄花物語	256
			落窪物語	94
りようとうげきしゆ、りようとうげきす	龍頭鷁首	12	栄花物語	106•330
			源氏・胡蝶	3
			浜松中納言物語	15
			紫式部日記	42
りんじきやく	臨時客	03 M	今鏡	8
			栄花物語	484
りんだう、りうたん	龍胆、竜胆	08	宇津保・祭の使	30
		14	源氏・野分	7
			源氏・夕霧	14
		11 M	狭衣物語	210

る

るいじゆうかりん	類聚歌林	02	今鏡	149
るしやなぶつ	盧舎那仏	15	今昔物語集	122
るり	瑠璃	08	打聞集	13•14•50
			宇津保・吹上上	1•30
			宇津保・吹上下	2•8
			宇津保・菊の宴	25
			宇津保・あて宮	9•22
			宇津保・沖つ白波	4
			宇津保・国譲下	40
			宇津保・楼の上下	40
			栄花物語	212•237•284•345•416•491•538•545•550
			落窪物語	83
			源氏・梅枝	4
			源氏・宿木	33
			古今著聞集	67
			今昔物語集	1•56•58•107
			狭衣物語	182
			三宝絵	28
			竹取物語	21
			堤・貝あはせ	3
			枕草子	207

れ

れいぜいゐん	冷泉院	13	大鏡	15

れうし	料紙	09	古今著聞集	196
れんげ	蓮華	08	今昔物語集	253
		14	栄花物語	339
		15	栄花物語	338
れんげのかうぶり	蓮花の冠	15	栄花物語	338
れんげのざ	蓮花の座	15	栄花物語	338
			更級日記	60
れんじ	連子	13	宇津保・楼の上上	20
れんしやうぶ	廉承武	01 M	古今著聞集	308
れんだい	蓮台	15	栄花物語	281
		01 M	栄花物語	281

ろ

ろう	楼	13	宇津保・楼の上上	20•32
			宇津保・楼の上下	30•39
			栄花物語	359
		15	古今著聞集	157
		03 M	古今著聞集	157
ろうだい	楼台	13	今昔物語集	83
			浜松中納言物語	23•24
		14	浜松中納言物語	23•24
ろくくわんおん	六観音［法成寺］	15	栄花物語	222•337•338
	六観音		枕草子	253
ろくしんじゆ	緑真珠	08	栄花物語	259
ろくだう	六道	15	今昔物語集	154
ろくぢざう	六地蔵	15	今昔物語集	235
ろくろ	轆轤	08	宇津保・吹上上	5•8
			宇津保・吹上下	6
			宇津保・あて宮	23
ろくろひき	轆轤挽き	08	宇津保・吹上上	14
			宇津保・吹上下	6
ろつかくだう	六角堂	13	更級日記	29
ろんご	論語	02	今昔物語集	119
ろんごそ	論語疏	02	古今著聞集	59

わ

わう	王	15	栄花物語	259
		01 M	栄花物語	259
わうかくしやう	わうかくしやう	02	浜松中納言物語	2
わうじやうえうしふ	往生要集	02	栄花物語	295
わうじやうでん	往生伝［続本朝往生伝］	02	宇治拾遺物語	29
	往生伝		古今著聞集	32
わうしゆ	わうしゆ	02	浜松中納言物語	13
わうせうくん	王昭君	02	宇津保・国譲下	2
			源氏・絵合	8

			浜松中納言物語	54・56
		01 M	源氏・絵合	8
（わうせうくん）	（王昭君）	02	宇津保・内侍のかみ	24
わかかへで	若楓	14	源氏・胡蝶	11
わかくさ	若草	14	源氏・柏木	6
わかぐり	若栗	08 M	宇津保・楼の上上	34
わかなへ	若苗	14	蜻蛉日記	24
わかのじよだい	和歌の序代	02	大鏡	77
わかのまんだら	和歌の曼陀羅	01	古今著聞集	76
		15	古今著聞集	76
わかみや	若宮	01 M	狭衣物語	116
わかむらさき	わかむらさき	02	紫式部日記	55
わかんせう	和漢抄	03 M	古今著聞集	168
わきあけ	わきあけ	11	今鏡	35
わきみづ	湧き水	08 M	宇津保・蔵開中	23
わけさら	わけさ羅	08	栄花物語	86・561
わざ	態	17	今昔物語集	286・288
わた	綿	11	源氏・椎本	4
			枕草子	358
わたぎぬ	綿衣	11	枕草子	71・242
わたどの	渡殿	13	宇津保・国譲中	13
			栄花物語	214・242
			大鏡	30・59
			源氏・松風	1・4
			源氏・藤裏葉	9・10
			源氏・鈴虫	8
			夜の寝覚	28
		14	源氏・藤裏葉	9・10
			源氏・鈴虫	8
わたばな	綿花	10	源氏・竹河	9
わたりぶね	渡り舟	12	狭衣物語	106
わらうづ	藁沓	11	宇津保・藤原の君	13
			宇津保・国譲下	37
わらは	童	08	宇津保・楼の上上	15
			今昔物語集	281
		01 M	今昔物語集	285
わらふだ	円座	08	宇津保・菊の宴	35
		16	宇津保・菊の宴	35
わりご	破子	08	宇津保・吹上上	28・29
			宇津保・あて宮	9・12
			宇津保・国譲下	11
			栄花物語	497
			源氏・初音	1
われもかう	われもかう	14	源氏・匂兵部卿	1
		11 M	狭衣物語	79・149
わろもの	わろ者	17	源氏・帚木	8

ゐ

ゐ	井	14	蜻蛉日記	32
ゐぎもの	威儀物	08	宇津保・菊の宴	19
ゐせき	堰	14	狭衣物語	198
ゐなかのたち	田舎の館	07 M	枕草子	280
ゐなかひとのいへ	田舎人の家	03 M	蜻蛉日記	22
ゐのこのかた	亥の子の形	08	蜻蛉日記	61
ゐん	院	13	伊勢物語	13
		14	伊勢物語	13
	院［河原院］		栄花物語	321
	院［小一条院］	17	栄花物語	380

ゑ

ゑ	絵	01	伊勢物語	14
			今鏡	33•59•95•109
			宇津保・内侍のかみ	24•34
			宇津保・蔵開下	18
			宇津保・国譲中	8
			宇津保・国譲下	13
			宇津保・楼の上上	21
			宇津保・楼の上下	3•16•32•40•40
			栄花物語	13•40•57•63•82•139•152•161•168•186•192•200•232•241•242•247•253•279•281•288•309•311•347•350•352•362•363•374•376•403•414•423•434•442•446•467•471•478•489•494•510•524•535•537•540•550•556•557•562•570•574•583•602•606
			落窪物語	7•9•10
			大鏡	11•62•90
			蜻蛉日記	22•25•28•41•48•60•66
			源氏・桐壺	3•5
			源氏・夕顔	9•19
			源氏・若紫	2•3•11•12•16•17•20•21•22
			源氏・末摘花	21•22
			源氏・紅葉賀	6
			源氏・須磨	9•14
			源氏・明石	2•9•10
			源氏・澪標	6
			源氏・蓬生	5
			源氏・絵合	3•5•7•8•13•20•22•29•33•38•42•43•45•46

			源氏・朝顔	6
			源氏・初音	14
			源氏・胡蝶	4
			源氏・蛍	15・18
			源氏・梅枝	24
			源氏・若菜上	21・25
			源氏・総角	15・33・34・36
			源氏・宿木	18
			源氏・東屋	19・20
			源氏・浮舟	8・17・26
			源氏・蜻蛉日記	18・20
			源氏・手習	20
			古今著聞集	49・134・152・159・164・167・171・172・173・175・176・177・180・182・184・185・186・187・188・189・190・191・193・195・196・197・200・219・307
			古本説話集	96
			今昔物語集	46・47・66・93・286・303・308・314・317・320・375・436・450・451・464
			狭衣物語	2・26・27・51・58・58・92・116・122・153・160・163・179・182・263・296・301・302・303・304・305・308・310
			讃岐典侍日記	53・57
			更級日記	9・56
			三宝絵	4・5・6・7・8・15・16・17
			竹取物語	25
			土佐日記	5
			とりかへばや	1・9・12・20・25・37
			浜松中納言物語	1・14・17・25・41・42・43・44・45・58・74・82
			枕草子	33・53・94・121・148・164・183・205・225・229・231・232・248・294・296・322・357
			紫式部日記	6・50・81・91
			大和物語	2・11
			夜の寝覚	22・44・46・56・59・60・68・77
		15	古今著聞集	164
		16	源氏・絵合	7
(ゑ)	(絵)	01	蜻蛉日記	33
			源氏・絵合	4
			古今著聞集	181・183・196・200

			狭衣物語	306•307•309
			更級日記	12
			枕草子	206•277•278
ゑあざり	絵阿闍梨［延円］	17	大鏡	54
ゑあはせ	絵合	01	今鏡	77
			古今著聞集	169
ゑかき	絵書き	17	栄花物語	550
			古今著聞集	49•180
ゑざう	絵像	15	今昔物語集	200
ゑし	絵師、画師	17	宇治拾遺物語	59
			打聞集	29•30
			宇津保・吹上上	2
			宇津保・内侍のかみ	24
			宇津保・楼の上上	20
			栄花物語	248•367•498•537
			源氏・桐壺	5
			源氏・明石	2
			源氏・宿木	19•20
			源氏・浮舟	18
			古今著聞集	97•154•155•167•199
			今昔物語集	168•284•326•449
			三宝絵	60•66
			枕草子	219
ゑだくみ	画工	17	古今著聞集	2
ゑどころ	絵所、画所	17	栄花物語	11•13•478•498
			源氏・帚木	8
			古今著聞集	273
			今昔物語集	450
			狭衣物語	288
ゑどころのあづかり	絵所の預	17	古今著聞集	151
ゑどころのべつたう	絵所の別当	17	栄花物語	11
ゑのこころ	絵の心	01	狭衣物語	122
ゑぶくろ	餌袋	08	宇津保・楼の上下	40
			枕草子	174•274
		08 M	宇津保・蔵開上	34
ゑぶつし	絵仏師	17	宇治拾遺物語	16
ゑほとけ	絵仏	15	今昔物語集	158
ゑほん	絵本	01	古今著聞集	151•187
ゑま	絵馬	15	今昔物語集	181
ゑものがたり	絵物語	01	栄花物語	33•404
			源氏・蛍	7
			夜の寝覚	59
		02	栄花物語	33•404
			源氏・蛍	7
			夜の寝覚	59
（ゑものがたり）	（絵物語）	01	源氏・蛍	8
		02	源氏・蛍	8

ゑやう	絵様	01	源氏・胡蝶	4
			源氏・梅枝	6
			古今著聞集	164•177•178•194
			枕草子	143
ゑり	彫り	16	狭衣物語	122
ゑんざ	円座	08	古今著聞集	302•303

を

を	緒	08	大鏡	52
		10	宇津保・吹上上	13
をか	をか	08 M	古今著聞集	173
をぎ	荻	14	更級日記	41
			夜の寝覚	2
をぎのは	荻の葉	14	狭衣物語	136
をけ	桶	08	宇津保・蔵開上	35
			今昔物語集	345
をこゑ	鳴呼絵	01	今昔物語集	410•411•412
をこゑがき	鳴呼絵書	17	今昔物語集	413
をさめどの	納殿	17	源氏・桐壺	2
			源氏・若菜上	3
			紫式部日記	78
をし	鴛鴦	08	栄花物語	267•317
をしき	折敷	08	今鏡	52
			宇治拾遺物語	64
			宇津保・春日詣	17
			宇津保・吹上上	5•8•11•14
			宇津保・菊の宴	16
			宇津保・あて宮	8
			宇津保・内侍のかみ	17•27•28
			宇津保・蔵開上	22•33•53
			宇津保・蔵開下	36•39•40
			宇津保・楼の上上	31
			宇津保・楼の上下	18
			栄花物語	111
			源氏・若菜上	10
			源氏・若菜下	5
			源氏・竹河	3
			源氏・宿木	30•33
			古今著聞集	226
			今昔物語集	399
			枕草子	14
			紫式部日記	51
をしほやま	小塩山	11 M	紫式部日記	31
をたて	折立	08	栄花物語	232
をとこ	男	02	紫式部日記	4
		01 M	蜻蛉日記	52
			古今著聞集	187
			今昔物語集	320

		03 M	栄花物語	10•65•198
をとこぎみ	男君	02	栄花物語	554
をとこぐるま	男車	12	落窪物語	60
			枕草子	267
をとこで	男手	16	宇津保・国譲上	6•16
をとこのて	男の手	16	蜻蛉日記	4
をとこもじ	男文字	16	土佐日記	2
をとこゑ	男絵	01	栄花物語	537•550
をとこをむな	男女	01 M	源氏・浮舟	9
をとこをんなのかたち	をとこ女のかたち	01 M	枕草子	164
をのこ	男	08	宇津保・春日詣	7
			宇津保・祭の使	32
			蜻蛉日記	12
		01 M	大鏡	62
		08 M	宇津保・吹上上	18
をののたうふう	小野道風	17	古今著聞集	65
			本朝神仙伝	7
をののみちかぜ	小野道風	17	今昔物語集	303
をののみや	小野宮	13	大鏡	31
をののみやのき	小野宮の記	02	古今著聞集	263
をののよしき	小野美財	17	古今著聞集	116
をばな	尾花	08	宇津保・嵯峨の院	9
		14	源氏・宿木	27
			狭衣物語	197
			讃岐典侍日記	67
をみ	小忌	11	源氏・幻	12
			讃岐典侍日記	63
			とりかへばや	10
をみなへし	女郎花	14	源氏・匂兵部卿	1
			源氏・手習	7
			古今著聞集	274
			狭衣物語	197•313
			枕草子	244
			紫式部日記	3
		08 M	栄花物語	13
			落窪物語	84
をりえだ	折枝	08	枕草子	64
		06 M	栄花物語	310
		08 M	源氏・宿木	33
		11 M	栄花物語	540•545
			源氏・玉鬘	18
(をりえだ)	(折枝)	08	源氏・藤袴	3
			源氏・総角	14
をりたて	折立	08	宇津保・菊の宴	10
			栄花物語	100
をりづる	折鶴	11 M	宇津保・吹上上	21
をりびつ	折櫃	08	宇津保・蔵開上	18•35

を

			宇津保・蔵開下	14
			宇津保・国譲中	8
			宇津保・吹上上	18
			栄花物語	574
をんな	女	01 M	蜻蛉日記	52•66
			源氏・末摘花	22
			大和物語	2
		03 M	栄花物語	65
			落窪物語	93
			蜻蛉日記	22
			今昔物語集	318
をんないちのみや	女一の宮	02	源氏・蜻蛉日記	22
		01 M	源氏・蜻蛉日記	22
をんなぎみ	女君	02	源氏・蛍	15
		01 M	源氏・蛍	15
をんなぐるま	女車	12	和泉式部日記	9
			落窪物語	62
			蜻蛉日記	58
			源氏・葵	6
			源氏・総角	22
			今昔物語集	293
			狭衣物語	31
			とりかへばや	52
		03 M	栄花物語	198
			蜻蛉日記	22
			今昔物語集	303
をんなで	女手	16	宇津保・国譲上	6•16
			宇津保・国譲下	18
			蜻蛉日記	4
			源氏・梅枝	8•14•17
をんなてかき	女手かき	16	大鏡	29
をんなのさうぞく	女の装束	11	宇津保・蔵開下	12
			源氏・宿木	15
をんなのて	女の手	16	宇津保・蔵開中	15
をんなのひとりわかなつみたるかた	女の一人若菜摘みたる形	08 M	宇津保・蔵開中	11
をんなゑ	女絵	01	栄花物語	550
			蜻蛉日記	52
			源氏・総角	34
			枕草子	41
			紫式部日記	46

語句一覧

01 絵

あしで	葦手、芦手
あふぎ	扇
あや	文
あらうみのしやうじ	荒海の障子
いろどり	色どり
うたゑ	歌絵
えい	影
えいざう	影像
おきて	おきて
おび	帯
がえい	画影
かげ	影
かけばん	懸盤
かた	形、絵、像
かはほり	蝙蝠
かべのゑ	壁の絵
かみゑ	紙絵
からゑ	唐絵
きぬゑ	絹絵
げんじのゑ	源氏の絵
けんじやうのさうじ	賢聖の障子
げんじゑ	源氏絵
こきんゑ	古今絵
こころしらひ	心しらひ
ざいごのちゆうじやうのにき	在五中将の日記
さいひつ	彩筆
さうし	草子、冊子、双紙
さごろものゑ	小衣の絵
ざつゑ	雑絵
したゑ	下絵
しやうじ、さうじ	障子
しやうじのゑ	障紙の絵
（しやうじゑ）	（障子絵）
すずりのはこ	硯の箱
すまのにき	須磨の日記
すみがき	墨書き
すみゑ	墨絵
ちやうごんかのゑ	長恨歌の絵
づ	図
ついたちしやうじ、ついたちさうじ	衝立障子
つくりゑ	作り絵
とぐわ	図画
ところ	所
にき	日記
（にき）	（日記）
にせゑ	似絵
ぬのしやうじ、ぬのさうじ	布障子
はしら	柱
はしらゑ	柱絵
ばんゑ	蛮絵
ひあふぎ	桧扇、檜扇
ひをけ	火桶
ふで	筆
ふでとるみち	筆とる道
ふでのながれ	筆の流れ
ふみ	文
（ふみ）	（文）
ふるものがたり	古物語
ほん	本
まんだら	曼荼羅、曼陀羅
みえい	御影
むかしゑ	昔絵
もくゑ	もくゑ
ものがたりゑ	物語絵
もん	文
やまとゑ	大和絵
らいかうのず	雷工の図
わかのまんだら	和歌の曼陀羅
ゑ	絵
（ゑ）	（絵）
ゑあはせ	絵合
ゑのこころ	絵の心
ゑほん	絵本
ゑものがたり	絵物語
（ゑものがたり）	（絵物語）
ゑやう	絵様
をこゑ	嗚呼絵
をとこゑ	男絵
をんなゑ	女絵

01 M

あきのの	秋の野
あしのおひざま	葦の生ひざま
あなうらをむすぶ	蹠を結ぶ
あま	海人
あめ	雨
あめわかみこ	天稚御子
あらうみ	荒海
あをやぎ	青柳
いし	石
いせものがたり	伊勢物語
いそ	磯
いぬ	犬

いはほ	巌
いひむろのそうじやうじおん	飯室の僧正慈恩
いへ	家
いへゐ	家居
いもうとにきんおしへたるところ	妹に琴教へたるところ
いを	魚
うし	牛
うたのこころばへ	歌の心ばへ
うつほのとしかげ	宇津保の俊蔭
うねめ	采女
うぶね	鵜船
うま、むま	馬
うまがた	馬形
うみ	海
うらうら	浦々
えぼし	烏帽子
おいたるひと	老いたる人
おそくづ	おそくづ
おに	鬼
おほがさのかた	大傘のかた
おほかたばみ	大かたばみ
おほゐ	大井
かいきふのもの	戒急の者
かうらん	高欄
かがりび	篝火
かぐやひめ	かぐや姫
かぐやひめのものがたり	かぐや姫の物語
かしら	頭
かぜ	風
かた	形、絵、像
かたち	容貌
かなつゑ	かなつゑ
かほ	顔
からもり	唐守
がんじやうじゆのかた	願成就のかた
きく	菊
ぎやうじや	行者
きやうのうちのこころばへ	経の内の心ばへ
くさぐさのはな	くさぐさの花
くじ	孔子
ぐぜいのやうらく	弘誓瓔珞
くちすくめたるかた	口すくめたるかた
くほんれんだい	九品蓮台
くまののものがたり	くまのの物語
くも	雲
くわんおん	観音
くわんおんぼんのげのこころ	観音品の偈の心
けだもの	獣
けふそく	脇息、脇足
けぶり	煙
げらふ	下臈
けんぶつもんぽうのがく	見仏聞法の楽
ごうしやのぼさつのゆじゆつ	恒沙の菩薩の湧出
こうぼふだいし	弘法大師
ごうま	降魔
こうみやうぶじどの	光明峰寺殿
ごくらくかい	極楽界
ごくらくじやうど	極楽浄土
ごくらくのむかへ	極楽の迎
ごけ	後家
ここくのひと	胡国の人
こしがたな	腰刀
ごちのひかり	五智の光
こひするをとこのすまひ	恋する男の住まひ
こほふし	小法師
こまつのそうじやう	小松僧正
こめのたはら	米の俵
ざいごがものがたり	在五が物語
さうあん	草菴
さうぶ、しやうぶ	菖蒲
さくら	桜
さんじふにさう	三十二相
しき	四季
しこむだい	紫金台
ししがた	獅子形
しつたたいし	悉達太子
しつらひ	しつらひ
じふにだいぐわんのこころ	十二大願の心
しまごむのやはらかなるはだへ	紫磨金の柔かなる膚
じやうごてん	浄居天
しやうさむみ	正三位
しやうじゆ	聖衆
しやうじゆらいがうらく	聖衆来迎楽
じやうだう	成道
じやうぼんわうぐう	浄飯王宮
しやうらうびやうし	生老病死
しやかほとけ	釈迦仏、尺迦仏
しやのく	車匿
しやらさうじゆ	沙羅双樹
じようきふのひと	乗急の人

じようざいりやうじゆせん	常在霊鷲山
しよてん	諸天
すはま	洲浜、州浜
せいし	勢至
せちゑ	節会
せりかはのだいしやうのとほぎみ	芹川の大将のとほ君
ぜんちしき	善智識
せんぷくりん	千輻輪
その	園
そら	空
だいごくでんのぎしき	大極殿の儀式
だいしやう	大将[狭衣大将]
だいどうじ	大童子
たいぼく	大木
たうりてん	忉利天
たけとりのおきな	竹取の翁
だしゆ	打珠
ちご	児
ちごのかほ	ちごの顔
ちちのわう	父の王
ちやうごんか	長恨歌
つき	月
つきなみ	月次
つつじ	躑躅
つりどの	釣殿
て	手
てんにん	天人
てんぽふりん	転法輪
どうじ	童子
ところのさま	所のさま
となりのくにぐにのわうのむすめ	隣の国々の王の女
とり	鳥、鶏
なかじま	中島
なきたまへるところ	泣きたまへる所
なでしこ	撫子
なほしすがた	直衣姿
なみ	波
なりひら	業平
なんだ	難陀
にんにくのころも	忍辱の衣
ねはん	涅槃
ねんぢゆうぎやうじ	年中行事
はくらくてん	白楽天
はこやのとじ	藐姑射の刀自
はしりくるま	走り車
はちくどく	八功徳
はちでうのさだいじん	八条の左大臣
はつさうじやうだう	八相成道
ばつなんだ	跋難陀
はな	花
はな	鼻
はやし	林
ひかり	光
ひと	人
ひとまる	人丸
ひのもと	日本
ひやくくわん	百官
ふえふきたまひつる	笛吹きたまひつる
ぶにん	夫人
ふね	船、舟
ふみ	文
ほうらいさん	蓬莱山
ほうらいのやま	蓬莱の山
ほくめん	北面
ほけきやうのこころ	法華経の心
ぼさつ	菩薩
ほとけ	仏
ほととぎす	時鳥
ほふし	法師
まがき	籬
ませ	籬
まつ	松
まつのき	松の木
まと	的
まなこ	眼
まや	摩耶
まや	厩
みかど	帝
みずいじん	御随身
みだによらい	弥陀如来
みづ	水
みづがめ	水瓶
みづからのありさま	みづからの有様
みづのいきほひ	水の勢ひ
みづのながれ	水の流れ
むかしものがたり	昔物語
むし	虫
ものあはせのところ	物合の所
ものがたり	物語
もののひめぎみ	ものの姫君
もろこし	唐土
もろもろのぼさつ	諸々の菩薩
やうきひ	楊貴妃

やのいく	箭の行く
やま	山
やまざと	山里
やまざとのをかしきいへゐ	山里のをかしき家居
やまのたたずまひ	山のたたずまひ
やまみち	山道
やりみづ	遣水
ゆあむ	湯あむ
ゆき	雪
ゆげ	遊戯
ゆみいたるひと	弓射たる人
よそひ	装
りう	竜、龍
りうわうのいへ	龍王の家
れんしやうぶ	廉承武
れんだい	蓮台
わう	王
わうせうくん	王昭君
わかみや	若宮
わらは	童
をとこ	男
をとこをむな	男女
をとこをんなのかたち	をとこ女のかたち
をのこ	男
をんな	女
をんないちのみや	女一の宮
をんなぎみ	女君

02 物語・日記・歌集・漢籍・経典

あさうづ	あさうづ
あしびたくや	葦火たく屋
あだなるをとこ	あだなる男
あふぎ	扇
あべのおほし	阿部のおほし
あみだきやう	阿弥陀経
あめわかみこ	天稚御子
ありはらのなりひらのちうじやう	在原業平中将
いがたうめ	伊賀たうめ
いがのたをめ	伊賀のたをめ
いせしふ	伊勢集
いせのうみといふさいばら	伊勢海といふ催馬楽
いせものがたり	伊勢物語
いつさいきやう	一切経
いにしへのうたよみのいへいへのしふども	古の歌よみの家々の集ども
いはんき	為範記
いへのき	家の記
いへのしふ	家集
いまめきのちゆうじやう	いまめきの中将
いろごのみ	色好み
いをのものがたり	いをの物語
いんみやう	因明
うきふねのをんなぎみ	浮舟の女君
うたものがたり	歌物語
うちぎき	打聞
うぢしふゐのものがたり	宇治拾遺の物語
うぢだいなごんものがたり	宇治大納言物語
うぢどののぎよき	宇治殿の御記
うちのおほいどののひめぎみ	内の大い殿の姫君
うぢのさふのぎよき	宇治の左府の御記
うぢのだいしやう	宇治の大将
うぢのみやのむすめ	宇治の宮のむすめ
うつほ	宇津保
うつほのとしかげ	宇津保の俊蔭
うつぼのものがたり	うつぼの物語
うねべ	うねべ［大和物語］
うめつぼのだいしやう	梅壺の大将
うもれぎ	埋れ木
うらしまのこ	浦島の子
おちくぼのせうしやう	落窪の少将
おほえのわうじのむすめのわうぢよ	おほえの皇子のむすめの王女
おほつのわうじ	大津の皇子
おほゐのものがたり	おほゐの物語
おんやうじぶみ	陰陽師書
かうき	江記
かうきやう	孝経
かがやくひのみや	耀く日の宮
かぐやひめ	かぐや姫
かぐやひめのものがたり	かぐや姫の物語
かくれみの	隠れ蓑
かくれみのちゆうなごん	隠れ蓑の中納言
かげろふのにき	かげろふの日記
かぞへのかみ	主計頭
かたののせうしやう	交野の少将
かばねたづぬるみや	かばねたづぬる宮

かはほりのみや	かはほりの宮
がふ	楽府
かものものがたり	かもの物語
からくにといふものがたり	唐国といふ物語
からくにのちゆうじやう	唐国の中将
からもり	唐守
かりん	歌林
かをるのだいしやう	薫の大将
（かんけこうしふ）	（菅家後集）
かんじよ	漢書
かんむ	漢武
きうきやう	九経
きちじやうてんによ、きつしやうてんによ	吉祥天女
きやう	経
きやうかん	経巻［法華経］
（きやうてん）	（経典）
きやうろん	経論
ぎよしふ	御集［頼宗集］
ぎよしふ	御集［一条摂政御集］
ぎよしふ	御集［延喜御集］
ぎよしふ	御集［花山院御集］
きんえふしふ	金葉集
（きんえふしふ）	（金葉集）
きんぎよくしふ	金玉集
（きんたうしふ）	（公任集）
きんのふ	琴の譜
くじやくきやう	孔雀経
くすしぶみ	薬師書
くまののものがたり	くまのの物語
くらもちのみこ	車持の親王
けいし	経史
けごんきやう	華厳経、花厳経
けさうぶみあはせ	艶書合
げんじ	源氏
げんじのものがたり	源氏の物語
げんじのゑ	源氏の絵
げんじやうさんざう	玄奘三蔵
げんじやうさんざうのてんぢくにわたるときのき	玄奘三蔵の天竺に渡ときの記
げんじゑ	源氏絵
げんそう	玄宗
こうろくわんぞうたふし	鴻臚館贈答詩
ごかんじよ	後漢書
こきん	古今
こきんしふ	古今集
こきんのじよ	古今の序
こきんわかしふ	古今和歌集
こきんゑ	古今絵
こさうし	小冊子
こしう	古集
ごしふ	後集［菅家後集］
ごしふゐ	後拾遺
（ごしふゐしふ）	（後拾遺集）
ごせん	後撰
ごせんしふ	後撰集
ごだいき	五代記
こぢぶきやうのぬしのみしふ	故治部卿のぬしの御集
こまののものがたり	こまのの物語
こまんえふ	古万葉
こまんえふしふ	古万葉集
こむげんろく	坤元禄
これたかのみこ	惟喬親王
こんがうはんにや	金剛般若
こんがうはんにやきやう	金剛般若経
さいぐうき	西宮記
（さいぐうのにようごしふ）	（斎宮女御集）
ざいごがものがたり	在五が物語
ざいごちゆうじやう	在五中将
ざいごのちゆうじやうのにき	在五中将の日記
さいさうこう	最勝講
さいそうわうきやう	最勝王経
ざいちゆうじやう	在中将
さうし	草子、冊子、双紙
さうし	草子［枕草子］
さうすいき	壮衰記
さごろも	狭衣
さごろものゑ	小衣の絵
さでん	左伝
さるべきこころばへあることども	さるべき心ばへある事ども
さるべきもののしふ	さるべきものの集
さんきやう	産経
さんだいしふ	三代集
さんでうのみや	三条の宮
さんぽうゑ	三宝絵
（さんぼくきかしふ）	（散木奇歌集）
（しかしふ）	（詞華集）
しき	史記
しきぶのたいふのしふ	式部大輔の集
しくわん	止観

しくわんきやう	四巻経
しじやうくわう	熾盛光
しつたたいし	悉達太子
しなつくのこひまろ	しなつくの恋麿
しのじつたい	詩の十体
しふ	集
しふ	集[散木奇歌集]
しふ	集［法性寺関白御集］
しふ	集［公任集］
しふ	集［金葉集］
しふ	集［延喜御集］
しふ	集[花山院御集]
しふ	集［貫之集］
しふ	集[斎宮女御集]
しふ	集［歌集］
しふゐ	拾遺
しふゐせう	拾遺抄
じやうごてん	浄居天
しやうさむみ	正三位
しやうしよ	尚書
しやうとくたいしのおほんにき	正徳太子の御日記
しやうのいはやのひじり	しやうの岩やの聖
じやうやうきうにながめたるをんな	上陽宮にながめたる女
しやうりやうしふ	性霊集
しやかほとけ	釈迦仏、尺迦仏
じゆみようきやう	寿命経
じゆりやうぼん	寿量品
しよ	疏
じよほん	序品
しらら	しらら
しんぎやう	心経
しんぎやう	真経
しんこきん	新古今
ずいぐきやう	随求経
すずし	涼
すだれあみのおきな	すだれ編みの翁
すまのにき	須磨の日記
ずみやうきやう	寿命経
すみよし	住吉
すみよしのひめぎみ	住吉の姫君
すみよしのひめぎみのものがたり	住吉の姫君の物語
せいわうぼ	西王母
せうあみだきやう	小阿弥陀経
せきふじん	戚夫人
せついん	切韻
せりかは	せり河
せりかはのだいしやうのとほぎみ	芹川の大将のとほ君
せりつみしよのひと	芹摘みし世の人
せんざいしふ	千載集
せんじふ	撰集［詞華和歌集］
せんじふ	選集[後拾遺集]
せんじふ	選集［詞華集］
せんじもん	千字文
せんじゆきやう	千手経
ぜんしよ	前書［前漢書］
ぞくほんてうしうく	続本朝秀句
そでぬらすさいしやう	袖ぬらす宰相
そでぬらすといふものがたり	袖濡らすといふ物語
そらものがたり	そら物がたり
たいこうぼう	太公望
たいしやう	大将
だいじようきやう	大乗経
だいばぼん	提婆品
だいはんにや	大般若
だいはんにやきやう	大般若経
たうじよ	唐書
だうしんすすむる	道心すすむる
たけとりのおきな	竹取の翁
たまどのにおきたりけんひと	魂殿に置きたりけん人
たまのをのひめぎみ	玉の緒の姫君
だらに	陀羅尼
ぢきやう	持経
ちていのき	池亭の記
ぢぶきやうのしふ	治部卿の集
ちやうごんか	長恨歌
ちやうごんかのきさき	長恨歌の后
ちやうごんかのものがたり	長恨歌の物語
ちやうごんかのゑ	長恨歌の絵
ちゆういうき	中右記
ちゆうじやうのしふ	中将の集
つきまつをんな（つらゆきしふ）	月まつ女（貫之集）
てうぶくまろ	調伏丸
とうばうさく	東方朔
とさのおとど	土佐のおとど
としかげ	俊蔭
としかげのぬしのしふ	俊蔭のぬしの集

（としもんじふ）	（都氏文集）
としよりのせんじふ	俊頼の選集
とねりのねやのほふし	舎人の閨の法師
とほぎみ	とほぎみ
ないしのかみ	内侍の督
なかずみのじじゆう	仲澄の侍従
なかただ	仲忠
ながゐのじじゆう	ながゐの侍従
なにがしのだいしやう	なにがしの大将［狭衣大将］
なりひら	業平
なりひらのちゆうじやう	業平の中将
なんだ	難陀
にき	日記
にき	日記［権記］
にき	日記［土御門記］
にき	日記［和泉式部日記］
（にき）	（日記）
にほんぎ	日本紀
にほんほつけげんき	日本法花験記
にんさうするふみ	人相する書
にんわうきやう	仁王経
ねはんきやう	涅槃経
はうべんぽん	方便品
はくかん	はくかん
はくしもんじふ	白氏文集
はくらくてん	白楽天
はこやのとじ	藐姑射の刀自
ばつなんだ	跋難陀
はつゆきのものがたりのにようごどの	初雪の物語の女御殿
はんがく	はんがく
はんにやしんぎやう	般若心経
ひかるげんじ	光源氏
ひかるのげんじ	光の源氏
びしゆかつま	毘首羯磨
ひだのたくみ	飛騨の工匠
ひとまるがしふ	人丸が集
ひめぎみ	姫君
ひやうゑのおほいぎみ	兵衛の大君［正三位］
ぶくわうてい	武皇帝
ふげんじふがん	普賢十願
ふせごのせうしやう	伏籠の少将
ふたごころあるひとにかかづらひたるをんな	二心ある人にかかづらひたる女
ふぢはらのきみのむすめ	藤原の君のむすめ
ふみ	書
ふみ	書［讃岐典侍日記］
ふみ	書［江談抄］
ふるきしふ	古き集
ふるきものがたり	古き物語［大鏡］
ふるきものがたり	古き物語［栄華物語］
ふるごと	古事
へいちゆう	平中
ほくざんせう	北山抄
ほけきやう	法華経
（ほけきやう）	（法華経）
ほけきやうのしよ	法華経の疏
ほけでん	法花伝
（ほつしやうじくわんぱくぎよしふ）	（法性寺関白御集）
ほふざう	法蔵
ほふもん	法文
ほんてうしうく	本朝秀句
（ほんてうもんずい）	（本朝文粋）
ほんもん	本文
まうさうくん	孟嘗君
まつがえ	松が枝
ままはは	継母
まや	摩耶
まんえふしふ	万葉集
まんなぶみ	真名書［漢籍］
みかど	帝［玄宗皇帝］
みかど	帝［大和物語］
みちうかうきやう	御注孝経
みづからくゆる	みづからくゆる
みのり	御法［金剛寿命陀羅尼経］
むかしがたり	昔語
むかしのものがたり	昔の物語［栄華物語］
むかしものがたり	昔物語
むかしものがたりのひめぎみ	昔物語の姫君
むらかみのおほむにき	村上の御日記［天暦御記］
むらかみのおほんときのにき	村上の御時の日記
むらさきのものがたり	紫の物語
むらさきのゆかり	紫のゆかり

むりやうじゆきやう	無量寿経	をとこぎみ	男君
めうしやうごん	めうしやうごん	をののみやのき	小野宮の記
もうし	毛詩	をんないちのみや	女一の宮
もとすけしふ	元輔集	をんなぎみ	女君

03 屏風絵・屏風歌

ものいみのひめぎみ	物忌の姫君	からゑ	唐絵
ものうらやみのちゆうじやう	ものうらやみの中将	ぢごくへんのびやうぶ	地獄変の屏風
ものがたり	物語	ぬのびやうぶ	布屏風
ものがたり	物語［大鏡］	びやうぶ	屏風
ものがたり	物語［源氏物語］	（びやうぶうた）	（屏風歌）
（ものがたり）	（物語）	びやうぶのうた	屏風の歌
ものがたりのひめぎみ	物語の姫君	びやうぶのゑ	屏風の絵
ものがたりのほん	物語の本	びやうぶゑ	屏風絵
ものがたりのをんな	物語の女	（びやうぶゑ）	（屏風絵）
ものがたりゑ	物語絵	やまとゑ	大和絵
もののひめぎみ	ものの姫君		

03 M

もんじふ	文集	あじろ	網代
もんぜん	文選	あはたやま	粟田山
やうきひ	楊貴妃	いけ	池
やくしきやう	薬師経	いさりび	漁火
やまとものがたり	大和物語	いづみ	泉
ゆいがう	遺告	いね	稲
ゆふがほ	夕顔	いは	岩、石
ゆじゆつぽん	涌出品	いへ	家
ゆめのしるべ	夢のしるべ	うづゑ	うづゑ
よしのぶしふ	能宣集	うづき	四月
よつぎ	世継［栄花物語］	うま、むま	馬
よのふるごと	世の古事	うめのはな	梅の花
（よりむねしふ）	（頼宗集）	うゑき	植木
らいき	礼記	おき	沖
らうえいしふ	朗詠集	おに	鬼
りふじん	李夫人	かき	垣
りほうわうのき	吏部王の記	かぐら	神楽
りやういき	霊異記	がしたるところ	賀したるところ
るいじゆうかりん	類聚歌林	かすがのつかひ	春日の使
ろんご	論語	かは	川、河
ろんごそ	論語疏	かはみず	溝水
わうかくしやう	わうかくしやう	がふ	楽府
わうじやうえうしふ	往生要集	かみまつるところ	神祭る所
わうじやうでん	往生伝	からの	唐の［絵］
わうしゆ	わうしゆ	がんじつのせちえ	元日の節会
わうせうくん	王昭君	かんじよ	漢書
（わうせうくん）	（王昭君)	きぬた	擣衣
わかのじよだい	和歌の序代	きり	霧
わかむらさき	わかむらさき	くにぐにのし	国々の詩
ゑものがたり	絵物語	くらべうま	競馬
（ゑものがたり）	（絵物語）	ごかんじよ	後漢書
をとこ	男		

こまひく	駒牽く
こまむかへ	駒迎へ
こむげんろく	坤元禄
さうぶふくいへ	菖蒲葺く家
さがの	嵯峨野
さくら	桜
さくらのはな	桜の花
さつきのせち	五月節
さるべきこころばへあることども	さるべき心ばへある事ども
しき	四季
じふごや	十五夜
しやうぐわつついたち	正月朔日
しらぎく	白菊
せんざいほり	前栽掘り
せんずい	山水
た	田
だいきやう	大饗
たちばな	橘
たなばた	七夕
たなばたまつれるいへ	七夕祭れる家
たびびと	旅人
たびゆくひと	旅ゆく人
たまのむらぎく	玉の村菊
たん	潭
ぢごくゑ	地獄絵
ちどり	千鳥
ちひさきつる	小さき鶴
つき	月
つきなみ	月次
つきのえん	月の宴
つきのかげ	月の影
つまど	妻戸
つりぶね	釣舟
つる	鶴
ところのす	所の衆
とらのかは	虎の皮
ながつきここのか	九月九日
にひたのいけ	新田の池
ねのひ	子の日
のすぢ	野筋
はちす	蓮
はつかり	初雁
はつきじふごや	八月十五夜
はなぞの	花園
はまづら	浜づら
はまべ	浜辺
はやの	はや野
はらへ	祓
ひと	人
ひとのいへ	人の家
ふえふきてゆくひと	笛吹きてゆく人
ふぢ	藤
ふぢのはな	藤の花
ふづきなぬか	七月七日
ぶつみやう	仏名
ふね	船、舟
ぶらくゐんのぎ	豊楽院の儀
ふるきがのうた	古き賀の歌
ほこ	桙
ほとけ	仏
ほととぎす	時鳥
ほんもん	本文
まつ	松
まつばら	松原
まらうど	まら人
みこし	御輿
みづ	水
むらとり	群鳥
もみぢ	紅葉
もものはな	桃の花
もろこしのひと	唐土の人
もんじふ	文集
もんぜん	文選
や	屋
やま	山
やまざと	山里
やまぢ	山路
やまの	山野
ゆき	雪
りんじきやく	臨時客
ろう	楼
わかんせう	和漢抄
ゐなかひとのいへ	田舎人の家
をとこ	男
をんな	女
をんなぐるま	女車

04 屏風

あじろびやうぶ	網代屏風
おにびやうぶ	おに屏風
ごしやく	五尺
こびやうぶ	古屏風
ししやく	四尺
ぬのびやうぶ	布屏風
ひあむしろびやうぶ	檜籧篨屏風

びやう	屏
びやうぶ	屏風
へい	屏
まくらびやうぶ	枕屏風

05 障子

あかりしやうじ	明障子
あふぎ	扇
あらうみのしやうじ	荒海の障子
かみしやうじ	紙障紙
けんじやうのさうじ	賢聖の障子
こしやうじ	小障子
しやうじ、さうじ	障子
しやうじぐち、さうじぐち	障子口
しやうじのくち	障子の口
しやうじのゑ	障子の絵
（しやうじゑ）	（障子絵）
ついたちしやうじ、ついたちさうじ	衝立障子
なかしやうじ、なかさうじ	中障子
なかのしやうじ、なかのさうじ	中の障子
ぬのしやうじ、ぬのさうじ	布障子
びやうぶ	屏風

05 M

あらうみのかた	荒海のかた
いゐん	伊尹
うぢのあじろ	宇治の網代
うま、むま	馬
うまがた	馬形
うまのかた	馬のかた
おほきなるひと	大きなる人
かぎ	賈誼
かんちゆう	管仲
ぎちよう	魏徴
きよはくぎよく	蘧伯玉
ぐせいなん	虞世南
くどくのこころばへ	功徳の心ばへ
ぐわんえい	桓栄
げいくわん	倪寛
けんじん	賢臣
このゑづかさ	近衛司
こんめいち	昆明池
さる	猿
しさん	子産
しびと	死人
しゆんそんとう	叔孫通
しよかつりやう	諸葛亮
すみよしのひめぎみのものがたり	住吉の姫君の物語
せうか	蕭何
そぶ	蘇武
たいこうぼう	太公望
だいごりん	第五倫
たか	鷹
ちやうか	張華
ちやうりやう	張良
ちゆうざんぼ	仲山甫
ちんしよく	陳寔
ていげん	鄭玄
てながあしなが	手長足長
とうう	鄧禹
とうちゆうじよ	董仲舒
とじよくわい	杜如晦
とよ	杜預
とら	虎
なあるところどころ	名ある所々
にはとり	鶏
ねんぢゆうぎやうじ	年中行事
の	野
ばうげんれい	房玄齢
ばしう	馬周
はねうま	跳ね馬
はんこ	班固
ふえつ	傅説
ぶんわう	文翁
まつ	松
もろこしのかた	もろこしのかた
やういう	揚雄
やういう	養由
やういうき	養由基
やうこ	羊祜
やかた	家形、屋形
よせうま	寄せ馬
りしやうぐん	李将軍
りせき	李勣

06 障屏具

あく	幄
あげばり	幄、幄舎
あや	綾
いよす	伊予簾
いよすだれ	伊与簾
うすもの	うす物
かたびら	帷子、帷
かべ	壁

かべしろ	壁代
きちやう	几帳
（きちやう）	（几帳）
きちやうのかたびら	几帳の帷
きちやうのて	几帳の手
しとみ	蔀
す	簾
すだれ	簾
ぜじやう	軟障
（ぜじやう）	（軟障）
ちやう	帳
とばり	帳
なつのきちやう	夏の几帳
ぬの	布
はし	端
ひらばり	平張
へいまん	屏幔
ほしやう	歩障
まく	幕、縵
（まく）	（幕）
みくりすだれ	みくり簾
みす	御簾
みすぎは	御簾際
みちやう	御帳
みちやうのかたびら	御丁の帷子
もかう	帽額
もかうのす	帽額の簾

06 M

あき	秋
えだざし	枝差
きく	菊
くちきがた	朽木形
なみ	波
はくたくわう	白沢王
をりえだ	折枝

07 扇・団扇

あふぎ	扇
（あふぎ）	（扇）
あふぎがみ	扇紙
あふぎのほね	扇のほね
あふぎひき	扇ひき
あふぎびやうし	扇拍子
いつへあふぎ	五重扇
うちは	団扇、打輪
えだあふぎ	えだあふぎ
かはほり	蝙蝠
したゑ	下絵
たかあふぎ	高扇
ながあふぎ	長扇
ぬりぼね	塗骨
ひあふぎ	桧扇、檜扇
ふるかはほり	古蝙蝠
ほね	骨
むもん	無紋

07 M

あきのの	秋の野
あめ	雨
あらたうち	新田打ち
うた	歌
うたまくら	歌枕
がふ	楽府
きやうのさるべきところ	京のさるべき所
さをしか	小牡鹿
し	詩
たけ	竹
つき	月
なはしろ	苗代
ひ	日
ほうらい	蓬萊
ほふもん	法文
みづ	水
もとあらのこはぎ	本疎の小萩
もり	森
やま	山
ゆき	雪
ゐなかのたち	田舎の館

08 工芸品

あうむ	鸚鵡
あかひも	赤紐
あげまき	総角
あこやのたま	あこやの玉
あさゆひ	麻結
あしづ	あしづ
あそびもの	遊物
あづまぎぬ	東絹
あは	粟
あふこ	朸
あふちのはな	楝の花
あふひ	葵
あまがつ	天児
あみ	網
あめうし	黄牛
あや	綾
あやかいねり	綾掻練

あやにしき	綾錦
あやめ	菖蒲
あやめのは	菖蒲の葉
あをがみ	青紙
あをずり	青摺
いかけぢ	沃懸地
いけ	池
いさご	砂、砂子
いし	椅子
いし	石
いつつぎぬ	いつつ絹
いづもむしろ	出雲筵
いと	糸
いとげ	糸毛
いひ	飯
いりかたびら、いれかたびら	入帷子
いろかは	色革
いを	魚
うぐひす	鶯
うげん	繧繝
うげんばし	繧繝縁
うすだん	薄緂
うすもの	薄物、羅
うすやう	薄様
うちしき	打敷
うづち	卯槌
うつは	器
うつはもの	器、器物
うづゑ	卯杖
うてな	台
うどんげ	優曇花
うま、むま	馬
うみかた	海形
うめ	梅
うめのえだ	梅の枝
うめのはな	梅のはな
うりわりご	瓜破子
うるし	漆
うゑき	植木
うんちようのもん	雲鳥の紋
えだ	枝
えびら	蠆簿
えぶくろ	餌袋
えぶり	朳
おきぐち	置口
おそひ	襲
おにがた	鬼形

おほがしら	おほがしら
おほひ	覆
おほやなぐひ	大胡録
おほわりご	大破子
おほを	大緒
おまし	御座
おもて	表
おもてがた	面形
おもの	御膳
おりもの	織物
おんぎやうのくすり	陰形の薬
かいねり	掻練
かうけち	講結
かうご	香壺
かうじ	柑子
かうなう	香嚢
かうらいばし	高麗端、高麗縁
かうらいべり	高麗端
かがみ	鏡
かがり	篝
かぎ	鍵
がく	額
かくひち	かくひち
かけばん	懸盤
かけぶくろ	懸袋
かけもの	賭物
かご	籠
かさ	傘
かさきせたるもの	笠着せたる者
かざしのはな	挿頭の花
かさね	襲
かざりちまき	かざりちまき
かた	形、絵、像
かたき	形木
かたな	刀
かたびら	帷子、帷
かたもん	固紋、固文
がつき	楽器
かつを	鰹
かなまり	金椀、鋺
かなまる	金鋺
かなもの	金物
かは	川、河
かは	革、皮
かはぎぬ	皮衣、裘
かはご	革籠、皮籠
かはぶくろ	皮袋
かはまきゑ	革蒔絵

かはらけ	土器
かひ	匙
かひ	貝
かひ	かひ
かひあはせ	貝合
かひおほひ	貝おほひ
かみ	紙
かむやがみ、かみやがみ、かうやがみ	紙屋紙
かめ	瓶
かも	鴨
かゆづゑ	粥杖
からあや	唐綾
からうづ	唐櫃
からかがみ	唐鏡
からかさ	唐傘
からかみ	唐紙
からくしげのぐ	唐櫛笥の具
からくだもの	唐菓物
からくみ	唐組
からくみのひぼ	唐組のひぼ
からしきし	唐色紙
からなでしこ	唐撫子、唐瞿麦
からにしき	唐錦
からびつ	唐櫃
からもの	唐物
からわ	からわ
かりのこ	雁の子
かりのをぐみ	かりのをぐみ
かりようびん	伽陵頻
かりようびんが	迦陵頻伽
（がんぐ）	（玩具）
き	綺
き	木
きく	菊
きく	菊［組紐］
きくのはな	菊の花
きじ	雉
きちかう	桔梗
きぬ	絹
きぬ	衣
きぬがさ	衣笠、蓋
きやうだい	京台
ぎよく	玉
ぎよくばん	玉幡
きん	琴
きんうるし	琴漆
きんぎよく	金玉

きんのうるし	きんの漆
ぐ	具
くげのからはな	供花の唐花
くけばり	絎針
くし	櫛
くしのてうど	櫛の調度
くしのはこ	櫛の箱、櫛の筥
くじやく	孔雀
くすだま	薬玉
（くすだま）	（薬玉）
くだもの	菓物
くはくえふ	虎魄葉
くびつな	頸綱
くぼて	葉椀
くみ	組
くり	栗
くるま	車
くれたけ	呉竹
くれたけのえだ	呉竹の枝
くろぬり	黒塗
くわてう	花鳥
くゑまん	華鬘
けそく	華足
けそくのさら	華足の皿
けづりき	削り木
けぬき	毛抜
けふそく	脇息、脇足
げんじやう	玄上
こ	籠
こ	卵
ご	碁
こい	鯉
ごいしけ	碁石笥
こうばい	紅梅
ごえふ	五葉
ごえふのえだ	五葉の枝
こがね	黄金、金
こがねづくり	黄金作り
こがねづくりのくるま	黄金造りの車
こがねのざ	黄金の座
こがねのすぢ	黄金の筋
こがねのたま	こがねの玉
こがねのはく	金の薄
こからびつ	小唐櫃
ごき	御器
こぐるま	小車
こころば	心葉
ござ	御座

こしたかつき	腰高杯
こぜんし	濃染紙
こたか	小鷹
こと	琴
ことり	小鳥
こはく	琥珀
こばこ	小箱、小筥
こひ	鯉
こま	駒
こまいぬ	狛犬
こまくらべのかた	駒競のかた
こまつ	小松
こまつぶり	こまつぶり
こまにしき	高麗錦
こまぶえ	高麗笛
こもん	小文、小紋
こやすがひ	子安貝
こやすのかひ	子安の貝
こゆみのゆづか	小弓のゆづか
ごろう	呉綾
ころもばこ	衣箱、衣筥
ころもばこのをたて	衣筥の折立
こわりご	小破子
こをけ	小桶
こんるり	紺瑠璃
ざ	座
さいく	細工
さいで	裂帛
さいのつの	犀の角
さう	箏
ざうがん	象眼、象嵌
さうしのはこ	草子の箱
さうしばこ	冊子筥
さうぞく、しやうぞく	装束
さうぶ、しやうぶ	菖蒲
さうぶのね	菖蒲の根
さかき	榊、賢木
さかきのえだ	榊の枝
さかづき	盃、坏
さくら	桜
さくらのえだ	桜の枝
さくらのはな	桜の花
さけ	鮭
ささげもの	ささげ物
ざつはう	雑宝
さら	皿
さを	棹
しきし	色紙
しきしがた	色紙形
しきみ	樒
しきもの	敷物
しこむごん	紫金銀
しこんのだい	紫金台
しし	獅子
したかた	下形
したづくゑ	下机
したん	紫檀
しぢ	榻
しちほう	七宝
しつらひ	しつらひ
しとね	褥、茵
しもと	しもと
しやう	笙
しやうがん	しやうがん
しやうこ	鉦鼓
しやうのふえ	笙の笛
しやくせんだん	赤栴檀
しやこ	車渠
しやりんとう	車輪灯
しゆぎよく	珠玉
じようしやう	縄床
しらきぬ	白絹
しらたま	白玉、白珠
しらはし	白箸
しるしのおほんはこ	しるしの御筥
しるしのはこ	しるしのはこ
しろかね	白銀
しろきき	しろき木
しろぎく	白菊
（しろるり）	（白瑠璃）
しんこむえふ	真金葉
しんじ	神璽
しんじゆ	真珠
す	州
すいしやう、すいさう	水精、水晶
すいびやう	水瓶
すぎからびつ	杉唐櫃
すきながびつ	透長櫃
すきばこ	透箱、透筥
すごろくのばん	双六の盤
すず	鈴
すずし	生絹
すずり	硯
すずりがめ	硯瓶
すずりのかめ	硯の瓶
すずりのはこ	硯の箱

すずりのはこのふた	硯の筥の蓋
すずりのふた	硯の蓋
すだれ	簾
すなご	砂子
すにはこ	すにはこ
すはう	蘇枋
すはうもんせん	蘇枋文籤
すはま	洲浜、州浜
すはまもの	洲浜物
すふたつ	すふたつ
すみ	炭
すみとり	炭取り
すり	簏
せうのふえ	簫の笛
ぜに	銭
そめくさ	染め草
だい	台
だいかうじ	大柑子
たいこ	大鼓
だいばん	台盤
たいまつ	松明
たうはう	鐺飯
たうわん	陶鋺
たか	鷹
たかつき	高坏
たかはら	竹原
たから	宝
たからもの	宝物
たぎのぐ	弾棊の具
たたうがみ、たたむがみ	畳紙
たたみ	畳
たたみわた	畳綿
たち	太刀
たちばな	橘
たな	棚
たなづし	棚厨子
たはら	俵
たま	玉
たまつくり	たまつくり
たらひ	盥
だん	緂
たんざく	短冊
だんし	檀紙
だんのくみ	緂の組
ぢしき	地敷、地鋪
ぢずり	地摺
ぢやう	杖
ぢやうだい	帳台
ちやわんのまくら	茶碗の枕
ちらしろかね	ちらしろかね
ぢん	沈
ぢんかう	沈香
ついがさね	衝重
つき	杯
つき	月
つぎがみ	継紙
つきひのやまひき	月日の山引き
つくえ	机
つくりえだ	造り枝、作り枝
つくりはな	造花、作り花
つくりもの	造り物
づし	厨子
つた	蔦
つつみ	包
つな	綱
つぼ	壺
つる	鶴
つゑ	杖
でい	泥
てうし	銚子
てうど	調度
（てうど）	（調度）
てばこ	手筥
てんがい	天蓋
でんがく	田楽
とうかい	燈械
とうだい	灯台
とうろ	灯籠、燈炉
とこなつ	常夏
とこなつのはな	常夏の花
とらのかしら	虎の頭
とり	鳥、鶏
とりあはせ	鶏合
ながすびつ	長炭櫃
ながだたみ	長畳
なかどり	中取り
ながびつ	長櫃
なしのはな	梨の花
なしゑ	梨絵
なでしこ	撫子
なは	縄
なりひさご	生瓢
にかい	二階
にしき	錦
にしきばし	錦端
にびいろがみ	鈍色紙

によいす	如意珠
ぬきす	貫簀
ぬさ	幣
ぬさぶくろ	幣袋
ぬの	布
ぬひもの	縫物
ぬりもの	塗物
ね	根
のきのあやめ	軒の菖蒲
は	葉
はかり	秤
はぎ	萩
はく	箔
はこ	箱、筥、函
はこのふた	箱の蓋
はし	箸
はし	縁
はしのだい	箸の台
はず	筈
はすのは	蓮の葉
はすのみ	蓮の実
はたご	旅籠
はたごうま	旅籠馬
はたほこ	宝幢
はち	鉢
はちす	蓮
はちすのはなびら	蓮のはなびら
ばちめん	撥面
はつり	はつり
はな	花
はながめ	花瓶
はなこ	花籠
はなすすき	花薄
はなのうつはもの	華器
はなのえだ	花の枝
はなのかた	花の形
はなばこ	花筐
はなふれう	花文綾
はらへのもの	祓への物
はり	針
はりしゆ	頗梨珠
はりばこ	張筥
ばん	盤
はんさい	斑犀
はんざう	半挿
ひいな、ひひな（ひいな）	雛（雛）

ひいなあそび、ひひなあそび	雛遊び
ひいなあそびのてうど	雛あそびの調度
ひいなのてうど	雛の調度
ひひなあそびのぐ	雛遊びの具
ひひななどのやづくり	雛などの屋づくり
ひひなのとの	雛の殿
ひけ	飯笥
ひげこ	鬚籠
ひごんき	緋金錦
ひさくがた	杓形
ひさげ	提
ひすい	翡翠
ひそく	秘色
ひちりき	篳篥
ひつ	櫃
ひつぎ	棺
ひと	人
ひとかげのいと	日蔭の糸
ひとがた	人形
ひとへ	一重
ひとり	薫炉、火取
びは	琵琶
ひばし	火箸
ひぼし	日乾し
ひも	紐
ひやうもん	平文
びやくるり	白瑠璃
ひよどりかご	鵯籠
ひら	枚
ひる	蒜
ひわりご	檜破子
ひをけ	火桶
ふえ	笛
ふくろ	袋
ふさ	総
ふじのやま	富士の山
ふせぐみ	伏組
ふせんりよう	浮線綾
ふた	蓋
ふだ	札
ぶたい	舞台
ふたへおりもの	二重織物
ふぢ	藤
ふぢのはな	藤の花
ふで	筆
ふでゆひ	筆結

ふね	船、舟
ふばこ、ふみばこ	文箱
ふりつづみ	振鼓
ふりはた	振幡
ぶんだい	文台
へいじ	瓶子
へいれう	平綾
へうのかは	豹の皮
へり	縁
ほう	鳳
ほうけん	宝剣
ほうじゆ	宝樹
ほうもち、ほうもつ	捧物
ほそぐみ	細組
ほとき	瓮
ほととぎすのかた	ほととぎすの形
ほりもの	彫物
まがり	鋺
まきゑ	蒔絵
（まきゑ）	（蒔絵）
まくら	枕
ます	升
ませ	籬
まつ	松
まつがみ	松紙
まつのえだ	松の枝
まゆみ	檀
まゆみのかみ	檀の紙
まり	鞠
まゐりもの	参り物
みそかけ	御衣架
みそはこ	御衣箱
みそひつ	御衣櫃
みだい	御台
みちのくにがみ	陸奥紙、陸奥国紙
みづがめ	水瓶
みづとり	水鳥
みづをけ	水桶
みのむしつけるはな	蓑虫つける花
みはかし	御佩刀
みやうじゆ	明珠
むぐら	葎
むしのこ	虫の籠
むしろ	むしろ
むすびぶくろ	結び袋
むすびもの	結び物
むらご	村濃

むらさき	紫
むらさきがは	紫革
むらさきがみ	紫紙
め	和布
めぞめ	目染
めなう	瑪瑙
もたひ	甕
もちひ	餅
もてあそびもの	弄び物
ものとりくふおきなのかた	物取り食ふ翁の形
もののおほひ	ものの覆ひ
もひ	盌
もみぢ	紅葉
もみぢのいとをかしきえだ	紅葉のいとをかしき枝
もみぢのかれこうじたる	紅葉の枯れ困じたる
もん	紋
や	屋
やう	瑩
やうき	様器
やうらく	瓔珞
やくがひ	夜具貝、屋久貝
やたがらす	やたがらす
やないばこ	柳筥
やなぎ	柳
やなぎのつくりたる	柳の作りたる
やなぐひ	胡籙、胡録
やへやまぶき	八重山吹
やますげ	山すげ
やまたちばな	山橘
やまぶき	山吹
やまぶきのはなびら	山吹の花びら
やりどづし	遣戸厨子
ゆきふりかかりたるえだ	雪降りかかりたる枝
ゆひを	結ひ緒
ゆみ	弓
よね	米
ら	羅
らでん	螺鈿
らふ	錫
らまう	羅網
らまうとう	羅網灯
りんだう、りうたん	龍胆、竜胆
るり	瑠璃
れんげ	蓮華

ろくしんじゆ	緑真珠
ろくろ	轆轤
ろくろひき	轆轤挽き
わけさら	わけさ羅
わらは	童
わらふだ	円座
わりご	破子
ゐぎもの	威儀物
ゐのこのかた	亥の子の形
ゑぶくろ	餌袋
ゑんざ	円座
を	緒
をけ	桶
をし	鴛鴦
をしき	折敷
をたて	折立
をのこ	男
をばな	尾花
をりえだ	折枝
（をりえだ）	（折枝）
をりたて	折立
をりびつ	折櫃

08 M

あうむ	鸚鵡
あきのの	秋の野
あきやま	秋山
あしたづ	葦鶴
あしで	葦手、芦手
あま	海人
あまのり	甘海苔
あめうし	黄牛
あをのり	青海苔
いさご	砂、砂子
いし	石
いせのうみといふさいばら	伊勢海といふ催馬楽
いは	岩、石
いはいし	巌石
いはほ	巌
いを	魚
うぐひす	鶯
うしほ	潮
うちは	団扇、打輪
うつせがひ	うつせ貝
うつはもの	器、器物
うのはな	卯花
うま、むま	馬
うみ	海
うめ	梅
うめのをりえだ	梅の折枝
えだ	枝
かいぶ	海賦
かうごのはこ	香合の筥
かうろ	香炉
かがみ	鏡
かがみがた	鏡形
かきね	垣根
かた	形、絵、像
かつを	鰹
かひ	匙
かへ	榧
かほ	顔
かめ	亀
からくさ	唐草
からす	烏
からとり	唐鳥
かんどり	揖取
き	木
きぎく	黄菊
きく	菊
きくのはな	菊の花
きじ	雉
くさ	草
くちなは	くちなは
くひ	杙
くもがた	雲形
くものかた	雲の形
くるま	車
げんじのきみ	源氏の君
こい	鯉
こうばい	紅梅
ごえふ	五葉
ごえふのえだ	五葉の枝
こけ	苔
こてふ	胡蝶
ことり	小鳥
このは	木の葉
こひ	鯉
こまつ	小松
こやま	小山
さうのて	左右の手
さくら	桜
さくらびと	桜人
さをしか	小牡鹿
しか	鹿
しし	獅子

しま	島
すざき	州崎
すすき	薄
すながし	洲流
すはま	洲浜、州浜
すみひろ	すみひろ
せんざい	前栽
たいこ	大鼓
たいこだい	大鼓台
たかうな	笋
たけ	竹
たちばな	橘
たなばたまつり	七夕祭り
たひ	鯛
たまのえだ	玉の枝
ちくだい	竹台
ちどり	千鳥
つき	月
つくりえだ	造り枝、作り枝
つくりばな	造花、作り花
つち	土
つつじ	躑躅
つゆ	露
つる	鶴
つるかめ	鶴亀
てながあしなが	手長足長
てふ	蝶
てふまひのわらは	蝶舞の童
てんじやうわらは	殿上わらは
とこなつのえだ	常夏の枝
とこなつのくさむら	常夏の叢
とり	鳥、鶏
なつめ	棗
ぬさ	幣
ねのひ	子日
の	野
のやま	野山
はし	箸
はし	嘴
はと	鳩
はな	花
はまぐり	はまぐり
ひと	人
ひよどり	鵯
ふぢ	藤
ふづきなぬかのたなばたまつり	七月七日の七夕祭
ふな	鮒
ふなこ	船子
ふね	船、舟
ほうらい	蓬萊
ほうらいさん	蓬萊山
ほうらいのやま	蓬萊の山
ほやきのあはび	火焼きの鮑
ほんもん	本文
ませ	籬
まつ	松
まつのみ	松の実
みかづき	三日月
みづ	水
みづぐるま	水車
みづとり	水鳥
みづやり	水遣り
みる	海松
むし	虫
ものみぐるま	物見車
もみぢ	紅葉
やなぎ	柳
やま	山
やまかは	山川
やまざと	山里
やまぶき	山吹
やりみづ	遣水
ゆひくら	結鞍
らち	埒
わかぐり	若栗
わきみづ	湧き水
ゑぶくろ	餌袋
をか	をか
をのこ	男
をみなへし	女郎花
をりえだ	折枝
をんなのひとりわかなつみたるかた	女の一人若菜摘みたる形

09 装丁

あみだきやう	阿弥陀経
うつほのとしかげ	宇津保の俊蔭
かねのすぢ	金の筋
がふ	楽府
からくみ	唐組
きやう	経
きやうかん	経巻
きやうのかみ	経の紙
きんのふ	琴の譜
くみ	組

げんじ	源氏
こがね	黄金、金
こきん	古今
ごせんしふ	後撰集
こんし	紺紙
こんじ	金字
こんでい	金泥
こんでいのきやう	紺泥の経
さうし	草子、冊子、双紙
しきし	色紙
しふゐせう	拾遺抄
じゆみやうきやう	寿命経
たけとりのおきな	竹取の翁
ぢく	軸
ぢす	帙簀
てふ	てふ
ねはんきやう	涅槃経
ひつ	櫃
ひも	紐
ふみ	書
へうし	表紙
ほけきやう	法華経
まきもの	巻物
みのり	御法［金剛寿命陀羅尼経］
れうし	料紙

10 装身具

あやゐがさ	綾藺笠
いしのおび	石の帯
うちいでのたち	打出の太刀
えい	纓
えぼし	烏帽子
おび	帯
かうがい	笄
かうぶり	冠
かさ	笠
かざし	挿頭
（かざし）	（挿頭）
かざりたち	飾太刀
かづら	鬘
（かづら）	（鬘）
かぶと	冑
かみかぶり	紙冠
かむり	冠
かんざし	釵、簪
ぎよたい	魚袋
きらめきえぼし	きらめき烏帽子
くし	櫛
くたい	裙帯
くたいひれ	裙帯領巾
（けさう）	（化粧）
さいし	釵子
さうかい	草鞋
さうぶかつら	菖蒲鬘
さくらばな	桜花
さしぐし	挿櫛、刺櫛
さびえぼし	さび烏帽子
しざや	尻鞘
しやく、さく	笏
（しやくたい）	（石帯）
じゆんばう	巡方
しりきれ	尻切れ
しろいもの	白い物
すきかさ	透笠
すゑ	仮髻
たち	太刀
たちのをかは	たちのをかは
たま	玉
てんくわん	天冠
なはえい	縄纓
はかし	佩刀
はな	花
ひかげ	日蔭、日影
ひかげぐさ	日かげ草
ひかげのいと	ひかげの糸
ひかげのかづら	ひかげのかづら
ひさごばな	瓢花
ひたひ	蔽髪
びづら	びづら
ひらを	平緒
ひれ	領巾、領布
べに	紅
ほうくわん	宝冠
ぼうし	帽子
ほそだち	細太刀
まるとも	丸鞆
みくし	御櫛
みづら	みづら
みはかし	御佩刀
もとゆひ	元結
やうらく	瓔珞
やなぎかつら	柳かつら
わたばな	綿花
を	緒

11 衣装

あかぎぬ	赤衣
あかぎぬすがた	赤衣姿
あかけさ	赤袈裟
あかひも	赤紐
あけぎぬ	緋衣
あこめ	衵
あこめのおほんぞ	衵の御衣
（あさごろも）	（麻衣）
あつぎぬ	あつぎぬ
あはせ	袷
あはせのきぬ	袷の衣
あふひ	葵［紋］
あや	綾
あやうすもの	綾薄物
あやおりもの	綾織物
あやかいねり	綾掻練
あやのもん	綾の紋
あやめ	文目
あられぢ	あられ地［紋］
あを	襖
あをし	襖子
あをずり	青摺
あをばかま	襖袴
いしやう	衣装
（いしやう）	（衣装）
いだしあこめ	出衵
いだしうちき	出袿
いだしぎぬ	出衣
（いだしぎぬ）	（出衣）
いつつ	五つ
いつへがさね	五重襲
いつへのおほんぞ	五重の御衣
うきもん	浮文、浮紋
うすききぬ	薄き衣
うすごろも	薄衣
うすずみごろも	薄墨衣
うすずみぞめ	薄墨染
うすもの	薄物、羅
うすやう	薄様
うちあこめ	打衵
うちあはせ	打袷
うちいだし	打出
（うちいだし）	（打出）
うちいで	打出
うちいでのころも	うちいでの衣
うちかけ	うちかけ
うちかりばかま	打狩袴
うちき	袿
うちきすがた	袿姿
うちぎぬ	打衣
うちばかま	打袴
うちもの	打物、擣物
うはおそひ	うはおそひ
うはぎ	表着
うはざし	うはざし
うへおりもの	上織物
うへのおほんぞ	上の御衣、表の御衣
うへのきぬ	上の衣、袍
うへのはかま	上の袴、表の袴
えぼし	烏帽子
おきぐち	置口
おくみ	衽
おび	帯
おほうちき	大袿
おほんぞ、おほむぞ	御衣
おりひとへ	織単衣
おりもの	織物
かいねり	掻練
かいねりがさね	掻練襲
かくれみの	隠れ蓑
かけとぢ	かけとぢ
かさなり	重り
かさね	襲
かざみ	汗衫、衫
かたばみ	かたばみ［紋］
かたぎのもん	かたぎの紋
かたびら	帷子、帷
かたまた	片股
かたもん	固紋、固文
かね	金、かね
かは	革、皮
かはぎぬ	皮衣、裘
かみぎぬ	紙衣
かみしも	上下
からあや	唐綾
からぎぬ	唐衣
からころも	唐衣
からさうぞく	唐装束
からにしき	唐錦
からのおほんぞ	唐の御衣
からも	唐裳
かりぎぬ	狩衣
かりぎぬさうぞく	狩衣装束

かりぎぬすがた	狩衣姿
かりぎぬばかま	狩衣袴
かりさうぞく	狩装束
かりのおほんぞ	狩の御衣
き	綺
きすずし	黄生絹
きぬ	絹
きぬ	衣
きぬなが	衣なが
きぬのすそ	衣の裾
きぬのつま	衣の端、衣の褄
きぬばかま	絹袴
きのかは	木の皮
きのはう	黄袍
くくり	くくり
くくりぞめ	括り染
くちおき	口置き
くつ	沓
くらべうまのさうぞく	競馬の装束
くれなゐぎぬ	紅絹
くろばかま	黒袴
くろはんぴ	黒半臂
けさ	袈裟
こうちき	小袿
こくえ	黒衣
こけのころも	苔の衣
こし	腰
こばかま	小袴
ごふく	呉服
こめ	穀
こもん	小文、小紋
ころも	衣
ころもで	衣手
ころもはかま	衣袴
さうぞく、しやうぞく	装束
さしぬき	指貫
さん	衫
しげめゆひ	滋目結ひ
ししき	四色
したうづ	下沓、襪
したがさね	下襲
したがさねのしり	下襲のしり
したぎ	下着、下著
しびら	褶
しやうえ	青衣
じやうえ	浄衣
しらあを	白襖
しらがさね	白襲

しらさうぞく、しろしやうぞく	白装束
しらたび	白足袋
しらばかま、しろばかま	白袴
しらはり	白張
しらはりばかま	白張袴
しり	裾
しろきころも	白き衣
しろぎぬ	白衣
すいかん	水干、水旱
すいかんばかま	水干袴、水旱袴
すずし	生絹
すそ	裾
すそつき	裾つき
すそのつま	裾の褄
すぢ	筋
すぢおき	筋置き
すみぞめ	墨染
すりからぎぬ	摺唐衣
すりかりぎぬ	すり狩衣
すりぎぬ	摺衣
すりごろも	摺衣
すりも	摺裳
せいさむ	青衫
そで	袖
そでがち	袖がち
そでぐち	袖口
そふく	素服
たい	たい
たうじき	当色
ただきぬ	平絹
たふさぎ	犢鼻褌
たもと	袂
ちはや	ちはや
てうふく	朝服
てんえ	天衣
とのゐぎぬ	宿直衣
とのゐさうぞく	宿直装束
とのゐすがた	宿直姿
とのゐもの	宿直物
とのゐもののきぬ	宿直物の衣
なかべ	中陪
なふ	衲
なふのけさ	衲の袈裟
なほし	直衣、襴
なほしすがた	直衣姿
なほしのころも	襴衫
なり	なり

にしき	錦
ぬの	布
ぬばかま	奴袴
ぬひめ	縫目
ぬひもの	縫物
ねりぎぬ	練衣
はう	袍
はかま	袴
はかまうはぎ	袴表着
はくおし	薄押し
はりあはせ	張り袷
はりにしき	張綿
はりひとへ	張単
はりわた	張綿
はんぴ	半臂
はんぴのを	半臂の緒
ひきなほし	引直衣
ひしのもん	ひしの紋
ひたたれ	直垂
ひたたればかま	直垂袴
ひとはなごろも	ひとはな衣
ひとへ	単衣、単
ひとへがさね （ひとへがさね）	単襲 （単襲）
ひとへかりぎぬ	ひとへ狩衣
ひとへぎぬ	単衣
ひとへのおほんぞ	一重の御衣
ひとへばかま	単袴
ひのさうぞく	日の装束
ひのよそひ	日の装ひ
ひひなぎぬ	雛衣
ひへぎ	引倍木
ひも	紐
ひらからぎぬ	平唐衣
ひをどし	緋縅
ぶく	服
ふくさ	ふくさ
ふせんりよう	浮線綾
ふたあゐ	二藍
ふたつぎぬ	二衣
ふたへおりもの	二重織物
ふたへもん	二重文
ふぢごろも	藤衣
ふぢばかま	藤袴
ふるぎぬ	古衣
ふるきのかはぎぬ	黒貂の裘
ほい	布衣
ほうこ	布袴
ほそてづくり	細畳
ほそなが	細長
ほそぬの	細布
ほふぶく	法服
まげさ	麻袈裟
まつのみのもん	松の実の紋
みそ	御衣
みのしろごろも	身のしろ衣
みへおりもの	三重織物
みへのおりもの	三重の織物
むかばき	行縢
むつき	襁褓
むもん	無紋
も	裳
もぎぬ	喪衣
ものこし	裳の腰
もばかま	裳袴
もん	紋
ゆまき	湯巻
ゆまきすがた	湯巻すがた
よそひ	装
よそほひ	装ひ
よるのおほむはかま	夜の御袴
よるのさうぞく	夜の装束
よろひ	甲
らいふく	礼服
わきあけ	わきあけ
わた	綿
わたぎぬ	綿衣
わらうづ	藁沓
をみ	小忌
をんなのさうぞく	女の装束

11 M

あきのくさ	秋の草
あきのくさむら	秋の草むら
あきのの	秋の野
あられふるらしといふうた	あられふるらし、といふ歌
いけ	池
いけのふぢなみ	池の藤浪
いさご	砂、砂子
いは	岩、石
えださし	枝差
おいづる	老鶴
おほうみ	大海
おほうみのすりめ	大海の摺目
おほゐがは	大井河

おほゐがはのみづのながれ	大井河の水の流れ
かいぶ	海賊
かがみ	鏡
かたぎのかた	型木のかた
かづら	葛
かづらのもみぢ	葛の紅葉
からくさ	唐草
からくしげ	唐櫛笥
からなでしこ	唐撫子、唐瞿麥
からびし	唐菱
きくのをりえだ	菊の折枝
きくもみぢ	菊紅葉
くも	雲
くもとり	雲鳥
くわぶりよう	花文綾
くわん	窠
こきん	古今
こころばへあるうた	心ばへある歌
ごせん	後撰
こまつばら	小松原
さうし	草子、冊子、双紙
さくらのはな	桜の花
すずめ	雀
すはま	洲浜、州浜
たけのふし	竹の節
ちやうだい	帳台
ぢんのいは	沈の岩
つき	月
つる	鶴
つるかめ	鶴亀
てふ	蝶
となせのたき	戸無瀬の滝
となせのたきのみなかみ	戸無瀬の滝の水上
とほやま	遠山
とり	鳥、鶏
なみ	波
はぎ	萩
はたをりめ	はたをりめ
はな	花
ばんゑ	蛮絵
ひ	日
ひのおましのかた	昼の御座のかた
ふぢ	藤
ふぢのをりえだ	藤の折枝
まがきのきく	籬の菊
まつ	松
まつがえ	松が枝
まつたけ	松竹
まつにとのみも	松にとのみも
まつのえだ	松の枝
みづ	水
みづやり	水遣り
むらぎく	村菊
もみぢ	紅葉
やへこうばい	八重紅梅
やま	山
りうもん	龍文
りんだう、りうたん	龍胆、竜胆
われもかう	われもかう
をしほやま	小塩山
をりえだ	折枝
をりづる	折鶴

12 乗物・出車・馬具

あかいとげ	赤糸毛
あじろ	網代
あじろぐるま	網代車
あじろのおほんくるま	網代の御車
あぶみ	鐙
いだしぎぬ	出衣
いだしぐるま	出車
（いだしぐるま）	（出車）
いとげ	糸毛
いとげのおほんくるま	糸毛の御車
いとげのくるま	糸毛の車
いよすだれ	伊予簾
うし	牛
うず	雲珠
うつし	移
うつしのくら	移の鞍
うま、むま	馬
うまくら	馬鞍
おばしま	蘭
おほぶね	大船
かうのこし	香の輿
かうらん	高欄
かざりうま	荘馬
かざりぐるま	飾り車
かたびら	帷子、帷
からくら	唐鞍
からぐるま	唐車
（からぐるま）	（唐車）
からのおほんくるま	唐の御車
からふね	唐船

ぎつしや	牛車
きんだちぐるま	君達車
くら	鞍
くらほね	鞍橋
くるま	車
くるまのそでぐち	車の袖口
くるまのもん	車の紋
げきす	鷁首
こがねづくり	黄金作り
こし	輿
こぶね	小船
さうぶのおほんこし	菖蒲の御輿
さを	棹
したくら	下鞍
したすだれ	下簾
しやうりうのくるま	青竜の車
しりがい	鞦
すきぐるま	透車
そで	袖
そでぐち	袖口
ちからぐるま	力車
つきげのおほんうま	月毛の御馬
てぐるま	輦車
なぎのはな	水葱の花
はじとみぐるま	半部車
はしぶね	はし舟
ひさしのおほんくるま	廂の御車
ひのこし	火の輿
ひはだ	檜皮
びらう	檳榔
びらうげ	檳榔毛
びらうげのくるま	檳榔毛の車
びらうのくるま	檳榔の車
ふながく、ふねのがく	船楽
ふね	船、舟
（ふね）	（船）
みこし	御輿
むち	鞭
もののぐ	物の具
ものまきたるくるま	物蒔きたる車
ものみぐるま	物見車
もろこしのふね	唐土の船
もろこしぶね	唐船、もろこし船
やかた	家形、屋形
りうてうのからふね	龍鳥の唐船
りようとう	龍頭
りようとうげきしゆ、りようとうげきす	龍頭鷁首
わたりぶね	渡り舟
をとこぐるま	男車
をんなぐるま	女車

13 建築

あかのたな	閼伽の棚
あく	幄
あげばり	幄、幄舎
あづまや	東屋
あみだだう	阿弥陀堂
あやひがき	綾檜垣
あをじ	青瓷
いしずゑ	礎
いた	板
いたじき	板敷
いたど	板戸
いたぶき	板葺
いたま	板間
いたや	板屋
いぬふせぎ	犬防
いへ	家
いほり	庵
いまだいり	今内裏
うきはし	浮橋
うぢはし	宇治橋
うてな	台
うぶや	産屋
うまばのおとど、むまばのおとど	馬場のおとど
おうてんもんのがく	応天門の額
おちくぼ	落窪
おとど	大殿
おほとの	大殿
おほゐどの	大炊殿
おんやうのつかさのがく	陰陽寮の額
かうし	格子
かうらん	高欄
かうろう	高楼
かき	垣
かど	門
かはら	瓦
かはらぶき	瓦葺
かはらや	かはら屋
かはらゐん	河原院
（かはらゐん）	（河原院）
かべ	壁

かべいた	壁板
かべのゑ	壁の絵
かやうゐんどの	高陽院殿
かやや	茅屋、萱屋
からはし	唐橋
からびさし	唐廂
からもんや	唐門屋
かりや	仮屋
きたのたい	北の対
きぬや	絹屋
きやうざう	経蔵
きりかけ	きりかけ
くうでん	宮殿
くうでんろうかく	宮殿楼閣
くぎぬき	釘貫
くみれ	組入
くら	蔵
くらうどまち	蔵人町
くらまち	倉町
くるまやどり	車宿
くるるど	枢戸
くれはし	呉橋、呉階
くろど	黒戸
くわいろう	廻廊
けいし	家司
けつ	闕
（けんちく）	（建築）
こいへ	小家
こきでんのかべ	弘徽殿の壁
こけ	苔
ごしよ	御所
こじり	木尻
こしんでん	小寝殿
こんだう	金堂
ざうしまち	曹司町
さうのつりどの	左右の釣殿
さこんのぢん	左近の陣
さじき	桟敷
さじきのや	桟敷の屋
しものや	下の屋
しゆろう	鐘楼
しらかはどの	白河殿
しんでん	寝殿
すざくもんのがく	朱雀門の額
すまひ	住まひ
せいりやうでん	清涼殿
そうばう	僧坊
そとば	率都波
そりはし	反橋
たい	対
だいごくでん	大極殿
だいざうのつめいし	大象のつめいし
だいたふ	大塔
だいばんどころ	台盤所
だいり	内裏
だう	堂
たきどの	滝殿
たてざま	立様
たてじとみ	立蔀
たふ	塔
たほうたふ	多宝塔
たほうのたふ	多宝の塔
たほうぶつたふ	多宝仏塔
たまのうてな	玉の台
たるきのはし	榱の端
ぢぶつだう	持仏堂
ちやうらくじ	長楽寺
ちゆうもん	中門
ぢゆうろう	重楼
つくりざま	造りざま
つちみかど	土御門
つちみかどどの	土御門殿
つまど	妻戸
つりどの	釣殿
ていとのなんめんのみつつのもん	帝都の南面の三つの門
てら	寺
てんじやう	天井
と	戸
とうさんでうどの	東三条殿
とぐち	戸口
との	殿
とのづくり	殿造り
とばゐん	鳥羽院
とびら	扉
とまや	苫屋
とりゐ	鳥居
なかのらう	中の廊
ながはし	長橋
なげし	長押
なしつぼのきたのや	梨子壺の北の屋
なでん	南殿
にしのたい	西の対
にわうだう	仁王堂
ねんずだう	念誦堂
のき	軒

ばう	房
はし	階
はし	橋
はしがくしのま	階隠の間
はじとみ	半蔀
はしら	柱
はしらゑ	柱絵
はなちいで	放出
はなのいらか	花の甍
はまゆか	浜床
ひあむしろ	檜籧篨
ひがき	檜垣、桧垣
ひさし	廂
ひたきや	火焼屋
ひはだ	檜皮
ひはだぶき	檜皮葺
ひはだぶきのや	檜皮葺の屋
ひはだや	檜皮屋
ひむがしのたい	東の対
ひろびさし	広庇
ぶたい	舞台
ふむやのはしら	大学の柱
ぶらくゐん	武楽院
へい	塀
べちなふ	別納
ほうでん	宝殿
ほそどの	細殿
ほふざう	法蔵
ほりかはゐん	堀河院
まど	窓
まどころ	政所
まろや	まろ屋
みかど	御門
みくら	御倉
みくらまち	御倉町
みだう	御堂
みなみおもて	南面
みはし	御階
みへがさね	三重襲
みまや	御厩
むね	棟
もくのつかさのがく	木工寮の額
もとゐ	基
もや	母屋
もん	門
や	屋
やのうへ	屋の上
やりど	遣戸
ゆか	床
ゆや	湯屋
らう	廊
らうづくり	廊造
らうめくや	廊めく屋
らもん	羅紋
れいぜいゐん	冷泉院
れんじ	連子
ろう	楼
ろうだい	楼台
ろつかくだう	六角堂
わたどの	渡殿
ゐん	院
をののみや	小野宮

14 庭

あきのはな	秋の花
あきのはやし	秋の林
あげばり	幄、幄舎
あさがほ	朝顔
あさぢ	浅茅
あしがき	葦垣
あやめ	菖蒲
あらばたけ	荒畠
いけ	池
いけやま	池山
いさご	砂、砂子
いし	石
いしだて	石立て
いたがき	板垣
いたひがき	板檜垣
いたや	板屋
いづみ	泉
いなば	稲葉
いは	岩、石
いはかげ	岩蔭
いはつつじ	岩躑躅
いはほ	巌
いはほいし	巌石
いはゐのしみづ	岩井の清水
いへ	家
いりえ	入江
うきくさ	浮草
うきはし	浮橋
うしほのみづ	潮の水
うちまつ	打松
うのはな	卯花
うまば	馬場

うまばのおとど、むまばのおとど	馬場のおとど
うめ	梅
うめのき	梅の木
うめのはな	梅の花
うゑき	植木
えだざし	枝差
えのき	榎
おほがき	大垣
おほき	大木
かかり	かかり
かがりび	篝火
かき	垣
かきつばた	杜若
かきね	垣根
かきほ	垣ほ
かしはぎ	柏木
かづら	葛
かは	川、河
かばざくら	樺桜
かはらゐん	河原院
（かはらゐん）	（河原院）
かへで	楓
かやうゐんどの	高陽院殿
からなでしこ	唐撫子、唐瞿麦
からの	唐の［撫子］
き	木
きぎのこずゑ	木々の梢
きぎのもみぢ	木々の紅葉
ききやう	桔梗
きく	菊
きくさ	木草
きし	岸
きぬや	絹屋
きやうざう	経蔵
くさ	草
くさき	草木
くさせんざい	草前栽
くさのか	草の香
くさむら	叢
くず	葛
くずは	葛葉
くたに	くたに
くもで	蜘蛛手
くれたけ	呉竹
ぐれんげ	紅蓮華
くわんざう	萱草
こうばい	紅梅
ごえふ	五葉
こぎ	小木
こくすいのえん	曲水の宴
こけ	苔
こけがち	苔がち
こしば	小柴
こしばがき	小柴垣
こずゑ	梢、木末
こだち	木立
このは	木の葉
こひがき	小檜垣
こほり	氷
こまつ	小松
こも	菰
さうのつりどの	左右の釣殿
さうび	薔薇
さうぶ、しやうぶ	菖蒲
さうぼく	草木
さかき	榊、賢木
さくら	桜
さくらのは	桜の葉
さくらのはな	桜の花
しのすすき	篠薄
しのぶ	しのぶ
しばがき	柴垣
しほがま	塩竈
しほがまのかた	塩竈の形
しほがまのさま	塩竈の様
しま	島
しもがれ	霜枯れ
しやりんとう	車輪灯
しゆろう	鐘楼
しらかはどの	白河殿
しろきとり	白き鳥
しろきはな	白き花
しをに	紫苑
すいがい	透垣
すすき	薄
すずむし	鈴虫
すな	砂
すなご	砂子
すはま	洲浜、州浜
すまひ	住まひ
すろのき	棕櫚の木
せんざい	前栽
（せんざい）	（前栽）
そりはし	反橋
たき	滝

たきどの	滝殿
たきのみづ	滝の水
たけ	竹
たけのはやし	竹の林
たけのひ	竹の樋
たちばな	橘
たていし	立石
たに	谷
ちゆうもん	中門
ついぢ、ついひぢ	築土、築地
つた	蔦
つたのもみぢ	蔦の紅葉
つちみかどどの	土御門殿
つつじ	躑躅
つな	綱
つぼ	つぼ［庭］
つぼせんざい	壺前栽
つゆ	露
つりどの	釣殿
とうろ	灯籠、燈炉
ときはぎ	常磐木
とばゐん	鳥羽院
とりゐ	鳥居
なかじま	中島
なかついぢ	中築地
なかのす	中の洲
なかのらう	中の廊
なぎさのゐん	渚の院
なつのかげ	夏の陰
なでしこ	撫子
なみ	波
ならかしは	楢柏
には	庭
（には）	（庭）
にはび	庭火
の	野
のき	軒
のべ	野辺
はぎ	萩
はし	階
はし	橋
はしら	柱
はちす	蓮
はちすのはな	蓮の花
はな	花
はなざくら	花桜
はなたちばな	花橘
はなのき	花の木

はなのこずゑ	花の木末
ははそはら	柞原
はま	浜
はるのやま	春の山
ひがき	檜垣、桧垣
ひた	引板
ひたきや	火焼屋
ひとむらすすき	一叢薄
ひともとぎく	ひと本菊
ふじのやま	富士の山
ぶたい	舞台
ふぢ	藤
ふぢつぼ	藤壺
ふぢのはな	藤の花
ふぢばかま	藤袴
ふながく、ふねのがく	船楽
ふね	船、舟
へい	塀
へいまん	屏幔
べちなふ	別納
ぼうたん	牡丹
ぼうたんぐさ	牡丹草
まがき	籬
まさご	真砂
ませ	籬
まつ	松
まつかげ	松陰
まつのき	松の木
まつのけぶり	松の煙
まつのこだち	松の木立
まつのはやし	松の林
まつむし	松虫
まつやま	松山
まへのには	前の庭
まゆみ	檀
みかき	御垣
みかど	御門
みかはみづ	御溝水
みぎは	汀
みくさ	水草
みこひだりどの	御子左殿
みち	道
みづ	水
みづのながれ	水の流れ
みまや	御厩
みやまぎ	深山木
むくのは	椋の葉
むぐら	葎

むらぎく	村菊
めだう	馬道
もえき	萌木
もみぢ	紅葉
もものき	桃の木
や	屋
やなぎ	柳
やへざくら	八重桜
やへむぐら	八重葎
やへやまぶき	八重山吹
やま	山
やまとなでしこ	大和撫子
やまとの	大和の［撫子］
やまぶき	山吹
やりみづ	遣水
（やりみづ）	（遣水）
ゆき	雪
ゆきまろばし	雪まろばし
ゆきやま	雪山
ゆふがほ	夕顔
よもぎ	蓬
らう	廊
らち	埒
らまうとう	羅網灯
らん	蘭
りんだう、りうたん	龍胆、竜胆
れんげ	蓮華
ろうだい	楼台
わかかへで	若楓
わかくさ	若草
わかなへ	若苗
わたどの	渡殿
われもかう	われもかう
ゐ	井
ゐせき	堰
ゐん	院
をぎ	荻
をぎのは	荻の葉
をばな	尾花
をみなへし	女郎花

14 M

みちのくにのしほがまのかた	陸奥国の塩竈の形
みちのくにのしほがまのさま	陸奥国の塩竈の様

15 仏像・仏画・仏具

あかのぐ	閼伽の具
あかのたな	閼伽の棚
あみだ	阿弥陀
（あみだ）	（阿弥陀）
（あみだによらい）	（阿弥陀如来）
あみだのさんぞん	阿弥陀の三尊
あみだのゑざう	阿弥陀の絵像
あみだぶつ	阿弥陀仏
あみだほとけ	阿弥陀仏
いしのざう	石の象
（いちじやう）	（一丈）
いちまんさんぜんのほとけ	一万三千の仏
いちまんさんぜんぶつ	一万三千仏
（いつしやく）	（一尺）
いと	糸
うすつ	烏瑟
うねめ	采女
えい	影［性空］
えふ	葉
おに	鬼
かうざ	高座
がうざんぜ	降三世
かうろ	香炉
かこしちぶつ	過去七仏
かせふ	迦葉
かた	形、絵、像
がといふとり	鵝といふ鳥
かね	鐘
かめ	瓶
がんじやうじゆのかた	願成就のかた
きちじやうてん	吉祥天
（きちじやうてん）	（吉祥天）
きちじやうてんによ、きつしようてんによ	吉祥天女
きづくり	木作
きやうじのぼさち	脇士の菩薩
ぎやうじや	行者
きやうばこ	経函、経筥、経箱
きりはた	きり旗
くじやくみやうわう	孔雀明王
（くじやくみやうわう）	（孔雀明王）
くすりのつぼ	薬の壺
ぐぜいのやうらく	弘誓瓔珞
くたい	九体
くたいのあみだほとけ	九体の阿弥陀仏
くほんれんだい	九品蓮台
くも	雲
ぐわつくわう	月光
くわらいてんじん	火雷天神

くわんおん	観音
（くわんおん）	（観音）
くわんおんのざう	観音の像
くわんおんぼんのげのこころ	観音品の偈の心
くわんじざいぼさつ	観自在菩薩
くわんぜぼさつ	観世菩薩
ぐんだり	軍陀利
けい	磬
けぶつ	化仏
けんのごほふ	剣の護法
けんぶつもんぼうのがく	見物聞法の楽
ごうしやのぼさつのゆじゆつ	恒沙の菩薩の湧出
こうぼふだいし	弘法大師
ごうま	降魔
こくうざうぼさつ	虚空蔵菩薩
ごくらく	極楽
ごくらくかい	極楽界
ごくらくじやうど	極楽浄土
ごくらくじやうどのさう	極楽浄土の相
ごくらくのむかへ	極楽の迎
ごしきのいと	五色の糸
ごだいそん	五大尊
ごだいりきぼさつ	五大力菩薩
ごちのひかり	五智の光
ごぶつ	五仏
こんがうかいのだいまんだら	金剛界の大曼陀羅
こんがうざわう	金剛蔵王
こんがうやしや	金剛夜叉
こんぐ	金鼓
こんじきのさんぞん	金色の三尊
ざ	座
ざう	象
ざう	像
さうあん	草菴
さうでん	聖天
さくぢやう	錫杖
さへのかみ	道祖の神
さんじふにさう	三十二相
さんじふろくにんのみやうじ	三十六人の名字
（さんじやく）	（三尺）
しこむだい	紫金台
ししのおほんざ	師子の御座
じしぼさつ	慈氏菩薩
しちぶつやくし	七仏薬師

じつさいのほとけ	十斎の仏
しつたたいし	悉達太子
してんわう	四天王
してんわうのざう	四天王の像
じふいちめんくわんおん	十一面観音
じふいちめんしせんしゆのくわんおん	十一面四千手の観音
しふこんがうじん	執金剛神
じふさいのほとけ	十斎の仏
じふでし	十弟子
じふにじんしやう	十二神将
じふにだいぐわんのこころ	十二大願の心
しまごむのやはらかなるはだへ	紫磨金の柔かなる膚
しやうくわんおん	正観音
じやうごてん	浄居天
しやうじゆ	聖衆
しやうじゆらいがうらく	聖衆来迎楽
じやうだう	成道
じやうど	浄土
しやうにん	聖人［性空］
じやうぼんわうぐう	浄飯王宮
しやうらうびやうし	生老病死
しやか	釈迦
（しやか）	（釈迦）
しやかざう	釈迦像
しやかによらい	釈迦如来、尺迦如来
しやかぶつ	釈迦仏、尺迦仏
しやかぼさつならびにけふじにぼさつ	釈迦菩薩并に脇士二菩薩
しやかほとけ	釈迦仏、尺迦仏
しやかほとけのざう	釈迦仏の像
しやかむにぶつ	尺迦牟尼仏
しやかむにぶつのざう	釈迦牟尼仏の像
しやくそん	釈尊
しやのく	車匿
しやりほつ	舎利弗
しよてん	諸天
しらやまのくわんおん	白山の観音
すず	鈴
ずず	数珠
（ずず）	（数珠）
ずずのを	数珠の緒
ずずばこ	数珠箱
せいし	勢至
ぜんざいどうじ	善財童子
せんじゆ	千手［観音］

せんじゆくわんおん	千手観音
ぜんちしき	善知識
せんぷくりん	千輻輪
せんぶつ	千仏
たいざうかいのごぶつ	胎蔵界の五仏
たいざうかいのまんだら	胎蔵界の曼陀羅
たいしやく	帝釈
だいにちによらい	大日如来
だいにちによらいのほうくわん	大日如来の宝冠
だいひ	大悲
だいひざ	大悲者
だいぶつ （だいぶつ）	大仏 （大仏）
だいほうれんげのざ	太宝蓮華の座
だいぼさつ	大菩薩
だいぼんしんをん	大梵深遠
だいゐとく	大威徳
たうりてん	忉利天
たかつき	高杯
たからのはな	宝の花
たきぎ	薪
たふ	塔
たふ	たふ
たほう	多宝
たほうのたふ	多宝の塔
たほうのみたふ	多宝の御塔
たほうぶつ	多宝仏
たま	玉
ぢごくへんのびやうぶ	地獄変の屏風
ぢごくゑ	地獄絵
ぢざう	地蔵
ぢざうぼさつ	地蔵菩薩
ちざうぼさつのざう	地蔵菩薩の像
ちちのわう	父の王
ちひさきじやうどのさう	小浄土の相
ぢぶつ	持仏
ぢやうろく	丈六
ぢやうろくのほとけ	丈六の仏
ぢやうろくのみやうわう	丈六の明王
ちゆうぞん	中尊
ちゆうだい	中台
ちゆうだいのそん	中台尊
ちゑのつるぎ	智恵の剣
つくりはな	造花、作り花
つくりぼとけ	作り仏
づし	厨子
づしぼとけ	厨子仏
つぼ	壺
つゆ	露
てんにん	天人
てんぽふりん	転法輪
てんりうはちぶしゆう	天龍八部衆
てんりんしやうわう	転輪聖王
とうじん	等身
とつこ	独鈷
となりのくにぐにのわうのむすめ	隣の国々の王の女
どろたふ	泥塔
なんだ	難陀
にしきのはた	錦の旗
につくわう	日光
によいほうじゆ	如意宝珠、女意宝珠
によいりん	如意輪
によいりんくわんおん	如意輪観音
にわう	二王
にんにくのころも	忍辱の衣
ぬひぼとけ	繍仏
ねはん	涅槃
ねんじゆ	念珠
は	葉
はた	幡
はち	鉢
はちくどく	八功徳
はちす	蓮
はちすのいと	蓮の糸
はちすのずず	蓮の数珠
はちすのはな	蓮の花
はつさうじやうだう	八相成道
ばつなんだ	跋難陀
はな	花
はながめ	花瓶
はなづくえ	花机
はなのうつは	花の器
ばんがい	幡蓋
ひかり	光
びしやもん、びさもん	毘沙門
びしやもんてん	毘沙門天
ひと	人
びやくがう	百毫
ひやくくわん	百官
びるしやな	毘盧舎那
びんづる	賓頭盧
ふくうけんじやくくわんおん	不空羂索観音

ふげん	普賢
（ふげん）	（普賢）
ふげんぼさつ	普賢菩薩
ふだ	札
（ぶつが）	（仏画）
ぶつき	仏器
ぶつぐ	仏供
ぶつざう	仏像
（ぶつざう）	（仏像）
ぶつしやり	仏舎利
ぶつぼさつ	仏菩薩
ぶつみやう	仏名
ふでのかたち	筆の形
ふどう	不動
ふどうそん	不動尊
ふどうそんのししや	不動尊の仕者
ふどうみやうわう	不動明王
ふどうみやうわうぞう	不動明王像
ぶにん	夫人
ふるな	富楼那
ほうがい	宝蓋
ほうざ	宝座
ほうたく	宝鐸
ほうたふ	宝塔
ほうとう	宝幢
ほうなるいは	方なる石
ほうもち、ほうもつ	捧物
ほうれい	宝鈴
ほうれんげ	宝蓮華
ほけきやうのこころ	法華経の心
ほけのまんだら	法華の曼荼羅、法華の曼陀羅
ぼさつ	菩薩
ほとけ	仏
（ほとけ）	（仏）
ぼむわう	梵王
ほんぞん	本尊［阿弥陀］
まかびるしやな	摩訶毘盧遮那
まなこ	眼
まや	摩耶
まんだら	曼荼羅、曼陀羅
みえいざう	御影像［毘沙門天］
みしやうたい	御聖体、御正体
みだによらい	弥陀如来
みだによらいのおほんてのいと	弥陀如来の御手の糸
みほとけ	御仏
みやうがうのいと	名香の糸
みろく	弥勒
（みろく）	（弥勒）
みろくのいしのざう	弥勒の石の像
みろくぼさつ	弥勒菩薩
むすびはた	結び旗
もろもろのぼさつ	諸々の菩薩
もんじゆ	文殊
やうざう	影像
やうらく	瓔珞
やくし	薬師
（やくし）	（薬師）
やくしによらい	薬師如来
やくしによらいのざう	薬師如来の像
やくしのさんぞん	薬師の三尊
やくしぶつ	薬師仏
やくしぼとけ	薬師仏
ゆいまきつ	維摩詰
ゆいまこじ	維摩居士
らいばん	礼盤
らかん	羅漢
りう	竜、龍
りやうおうづ	霊応図
りやうかいのぎけい	両界の儀形
りやうかいのぞう	両界の像
りやうかいまんだら	両界曼陀羅
るしやなぶつ	盧舎那仏
れんげ	蓮華
れんげのかうぶり	蓮花の冠
れんげのざ	蓮花の座
れんだい	蓮台
ろう	楼
ろくくわんおん	六観音
ろくだう	六道
ろくぢざう	六地蔵
わう	王
わかのまんだら	和歌の曼陀羅
ゑ	絵
ゑざう	絵像
ゑほとけ	絵仏
ゑま	絵馬

15 M

あみだ	阿弥陀
かえん	火焰
きやうもんのさるべきところどころのこころばへ	経文のさるべき所々の心ばへ
くじやく	孔雀
だいほふまに	大法摩尼

はちえふのはちす	八葉の蓮
ほけ	法華
ほふもん	法文

16 書・文

あしで	葦手、芦手
あと	跡
あふぎ	扇
（あふぎ）	（扇）
いまめきたるすぢ	今めきたる筋
いまやうのて	今様の手
いを	魚
うぐひす	鶯
うすずみ	薄墨
うすだん	薄緂
うすやう	薄様
うたゑ	歌絵
うつせみ	空蝉
うれへぶみ	愁文
おうてんもんのがく	応天門の額
おんやうのつかさのがく	陰陽寮の額
かきざま	書きざま
かきたるさま	書きたるさま
がく	額
かさね	襲
かたかな、かたかんな	片仮名
かな、かんな	仮名
かなぶみ	仮名文
かなまじり	仮名交り
かはほり	蝙蝠
かはらけ	土器
かへりごと	返り事
かみ	紙
かみづかひ	紙づかひ
かむやがみ、かみやがみ、かうやがみ	紙屋紙
くさのしる	草の汁
くだり	行
けさうぶみ	懸想文
げもん	解文
こ	卵
こがねのけ	黄金の毛
こがねのでい	金の泥
こきでんのかべ	弘徽殿の壁
ごしやく	五尺
こずみ	濃墨
こぜんし	濃染紙
こてふ	胡蝶
ことて	異手
ことば	詞
こぶみ	古文
さう	草
さうがち	草がち
さうかな	草仮名
さうし	草子、冊子、双紙
さうしよ	草書
さうのて	草の手
さうのもじ	草の文字
さうぶ、しやうぶ	菖蒲
しきし	色紙
しきしがた	色紙形
じち	実
じひつ	自筆
しやうじ、さうじ	障子
（しよ）	（書）
しん	真
しんぴつ	宸筆
すざくもんのがく	朱雀門の額
すそうす	末薄
すぢ	筋
すみ	墨
すみがれ	墨がれ
すみぐろ	墨黒
すみつき	墨つき
すみつぎ	墨つぎ
せうそこ	消息
せんじもん	千字文
そで	袖
たけのは	竹の葉
ただの	ただの
たたうがみ、たたむがみ	畳紙
たちばなのみ	橘の実
たてぶみ	立文
たんざく	短冊
つぎがみ	継紙
つつみぶみ	包文
て	手
てかき	手書き
てすさみ	手すさみ
てつき	手つき
てならひ	手習
てのさま	手のさま
てのすぢ	手の筋
てふ	蝶
てほん	手本
てんなが	点長

とり	鳥、鶏
とりのあと	鳥の跡
なかさだのすぢ	中さだの筋
なでしこ	撫子
は	葉
はちす	蓮
はちすのはなびら	蓮のはなびら
はなちがき	放ち書き
はなびら	花びら
ひだまひのふだ	日給の簡
ひとつがき	一つ書き
ひとふで	一筆
びやうぶ	屛風
ひら	枚
ふで	筆
ふでかれ	筆涸れ
ふでづかひ	筆づかひ
ふでつき	筆付
ふでとるみち	筆とる道
ふでのおきて	筆のおきて
ふでのさきら	筆の先ら
ふでのすさび	筆のすさび
ふでのたち	筆のたち
ふでのたちど	筆の立ちど
ふでのながれ	筆の流れ
ふみ	文
（ふみ）	（文）
ふみがき	文書き
ほん	本
ぼんじ	梵字
まうしぶみ	申文
まな、まんな	真字、真名
みちのくにがみ	陸奥紙、陸奥国紙
みづくき	水茎
みづくきのあと	水茎の跡
みづて	みづて
みみずがき	蚯蚓書
むかしやう	昔やう
むすびたる	むすびたる［文］
むすびめ	結び目
むらさき	紫
むらさきがみ	紫紙
も	裳
もじ	文字
もじづかひ	文字づかひ
もじのつくり	文字のつくり
もじやう	文字様
やう	様
やまぶきのはなびら	山吹の花びら
わらふだ	円座
ゑ	絵
ゑり	彫り
をとこで	男手
をとこのて	男の手
をとこもじ	男文字
をんなで	女手
をんなてかき	女手かき
をんなのて	女の手

17 画家・能書・職人

あじやり	阿闍梨［義清］
あやおり	綾織
あやべのうちまろ	あやべの内麻呂
ありふさ	有房
いせ	伊勢
いひむろのあざり	飯室の阿闍梨
いもじ	鋳師、鋳物師
いよのにふだう	伊予の入道
うち	内裏［冷泉帝］
うちつくり	うちつくり
うちどの	打殿、擣殿
うちのおほんめのと	内の御乳母
うをかひ	魚養
うんけい	雲慶
えんかん	延幹
えんかんぎみ	延幹君
えんぎ	延喜
えんぎのみかど	延喜帝
えんぐゑんあじやり	延源阿闍梨
おほじやうず	大上手
かうぜい	行成
かうぜう	康成、かう上
かうやのだいし	高野の大師
かぢ	鍛冶
かぢたくみ	鍛冶工匠
かなをか	金岡
かねゆき	兼行
かはなり	川成
かはらけづくり	土器造り
かはらつくり	瓦作
かべぬり	壁塗
かむや	紙屋
かやのみこ	賀陽親王、高陽親王
からものし	唐物師

ぎしやうあじやり	義清阿闍梨
きのつらゆき	紀貫之
きのみちのたくみ	木の道の匠
きみただ	公忠
きみもち、きむもち	公茂
きみもち	公望
きむつね	公経
きやうじ	経師
ぎやうでん	宜陽殿
くうかい	空海
くだらのかはなり	百済川成
くらうどどころ	蔵人所
くらづかさ	内蔵寮
くわんばくとのただみち	関白殿忠通
けんけい	賢慶
こうしやう	功匠
こうぼふだいし	弘法大師
こさむでうのおほとののごんちゆうじやう	故三条の大殿の権中将［藤原公任］
こじやうず	小上手
こせのあふみ	巨勢相覧
こせのひろたか	巨勢広高
ごひつくわしやう	五筆和尚
これふさ	伊房
ごんのだいなごん	権大納言
さいく	細工
さいしやうのないしのすけ	宰相の内侍のすけ
さいてう	最澄
さがてんわう	嵯峨天皇
さがのみかど	嵯峨帝
さだのぶ	定信
さもんのふしやうかもりのありかみ	左門の府生掃守の在上
さりのだいにのむすめ	佐理の大貳の女
さりのひやうぶきやうのむすめのきみ	佐理の兵部卿のむすめの君
しきぶきやうのみや	式部卿宮
じじゆうのだいなごん	侍従の大納言
じじゆうのだいなごんのむすめ	侍従の大納言のむすめ
じじゆうのちゆうなごん	侍従の中納言
じやうず	上手
しろがねのかぢ	銀鍛冶
すけまさ	佐理
すみがき	墨書き
すりしき	修理職
すりづかさ	修理職
すりのかみ	修理の大夫
すりのさいしやう	修理宰相
そめどの	染殿
だいくよしただ	大工吉忠
たいし	太子
だいし	大師［弘法大師］
だいじんよりつね	大進よりつね
だいに	大弐［佐理］
だいにのおほむむすめ	大弐の御女
だいぶつしかうじやう	大仏師康成
だいぶつしぢやうてう	大仏師定朝
たうふう	道風
たかみち	孝道
たくみ	工匠
たくみづかさ	内匠寮
たちばなはやなり	橘逸勢
ためうぢ	為氏
ためなり	為成
ちえだ	千枝
ちかずみ	近澄
ぢやうてう	定朝
ちゆうなごん	中納言［藤原行成］
ちりやうぼう	智了房
つくもどころ	作物所、造物所
つくもどころのべつたう	造物所の別当
つねたふのちゆうなごんごんだいぶのははきたのかた	経任の中納言権大夫の母北の方
つねのり	常則
つねより	つねより
つらゆき	貫之
ていじのゐん	亭子院
てかき	手書き
てかきのだいなごん	手かきの大納言［藤原行成］
てんが	殿下［藤原基通］
とうのちゆうじやうただすえあそん	頭の中将忠季朝臣
とうのべん	頭弁［行成］
としゆき	敏行
としより	俊頼
とばそうじやう	鳥羽僧正
なりみつ	成光
ぬひどの	縫殿
のうしよ	能書
のぶざね	信実
のぶまさ	延正

のりなが	教長
はくうち	薄打
びしゆかつまてん	毘首羯摩天
ひだのたくみ	飛騨の工匠
ひはだぶき	檜皮葺
ひろたか	広高、弘高
ふかえ	深江
ぶつし	仏師
ぶつしかうじやう	仏師康成、かう上
ぶつしぢやうてう	仏師定朝
ふどの	文殿
まきゑし	蒔絵師
みぎのおほいどののいなばのめのと	右の大い殿の因幡の乳母
みくしげどの	御匣殿
みこ	御子[高陽親王]
みこひだり	御子左
みちかぜ	道風
みなもとのあきくに	源明国
もくだいて	目代手
もくのかみ	木工頭
もくのごんのかみ	木工の権の頭
もくのすけ	木工の助
ものし	もの師、物し
もののじやうず	物の上手
もろもとのひやうゑのすけ	師基の兵衛佐
ゆきなり	行成
よしちか	良親
よしふさこう	義房公
よりすけ	頼祐
りやうしう	良秀
わざ	態
わろもの	わろ者
ゐん	院［小一条院］
ゑあざり	絵阿闍梨[延円]
ゑかき	絵書き
ゑし	絵師、画師
ゑだくみ	画工
ゑどころ	絵所、画所
ゑどころのあづかり	絵所の預
ゑどころのべつたう	絵所の別当
ゑぶつし	絵仏師
をこゑがき	嗚呼絵書
をさめどの	納殿
をののたうふう	小野道風
をののみちかぜ	小野道風
をののよしき	小野美財

18 美を評価する言葉

かざり	飾
（かざり）	（飾り）
くわさ	過差
ごむしよく	厳飾
さうぞく、しやうぞく	装束
しざま	しざま
しやうごん、さうごん	荘厳
だうしやうごん	堂荘厳
（には）	（庭）
にほひ	にほひ
びれい	美麗
ふうりう、ふりう	風流
ふりうざ	風流者
みどころ	見所
みもの	見物

19 舶来であることを示す言葉

かうらいの	高麗の
からくにの	唐国の
からの	唐の
からめいたり	唐めいたり
からめいたる	唐めいたる
からめき	唐めき
からめきたる	唐めきたる
からもの	唐物
くだらのくにより	百済の国より
くだらより	百済より
ここの	ここの[大和の]
こま	高麗
こまうどの	高麗人の
こまの	高麗の
しらぎの	新羅の
はくさいこくの	百済国の
もろこし	唐土
もろこしだたせて	唐土だたせて
もろこしの	唐土の
もろこしのもの	唐土のもの
やまとの	大和の

本書は【本文編】【索引編】の2冊セットです。

平安時代文学美術語彙集成【索引編】

2005年11月10日　初版第1刷発行
2006年 5 月30日　　　第2刷発行

編　者　平安時代文学美術研究会©

発行者　池田つや子

装　画　平 松 礼 二

装　幀　恩 田 麒 麟

発行所　有限会社　笠間書院

〒101-0064　東京都千代田区猿楽町 2-2-5
Tel.03-3295-1331 Fax.03-3294-0996
振替 00110-1-56002

NDC分類　913.361

ISBN4-305-70298-3 C3591

壮光舎印刷／渡辺製本

【本文紙は中性紙を使用しています】

e-mail info@kasamashoin.co.jp